回到過去變成貓

BACK TO THE PAST TO BECOME A CAT NO.12 END

陳詞懶調×PieroRabu

東區四賤客

黑碳（blackC）

主角貓。本名「鄭歎」，原為人類的他不知為何變成一隻黑貓，穿越到過去年代。為求生存，他開始訓練自己的貓體，展開以貓的角度看世界的貓生歷險。

警長

白襪子黑貓。個性好鬥，打起架來不要命，總跟吉娃娃過不去。技能是學狗叫。

阿黃

黃狸貓。外形嚴肅威風，其實內在膽子小，還是個路痴。技能是耍白目，被鄭歎稱為「黃二貨」。

大胖

黑灰色狸花貓。很聰明，平時不動則已，動則戰鬥力爆表。技能是被罰蹲泡麵。

焦家四口

焦明生（焦爸）

收養黑碳的主人，楚華大學生命科學系教授，住在東教職員社區B棟五樓。他很保護黑碳，與黑碳之間有種莫名的默契。也因為黑碳到處「惹事」的關係，讓他認識不少各行各業的能人。

顧蓉涵（焦媽）

高中英語老師，從垃圾堆中撿回黑碳。鄭歎很喜歡吃她做的料理。

焦遠

焦家的獨生子，很照顧妹妹的好哥哥。他保送上京大，離開父母、小柚子和黑碳，展開在京城的大學新鮮人生活。

顧優紫（小柚子）

因父母離異而寄住焦家，是焦遠的表妹。終於進入高中生活的她，選擇寄宿制的學校，讓黑碳在夜晚相當寂寞。

小動物們

大山

衛稜等人的師父養的獰貓，二毛稱其為「格格」。快二十歲的老貓，依然強健有力，很聰明，卻總愛使壞，常弄得二毛等人雞飛狗跳。

小福（小福子）

身上的毛是紅褐色的紅熊貓，被不法人士在身體裡藏禁藥並關住，最後倖存下來，由獸醫林叔醫治並收養。

黑芝麻（芝麻）

李元霸和爵爺的第二胎，毛色是白底帶黑點，像是大麥町犬。黑碳「退役」後，成為小郭的新片寵兒。

將軍

珍稀物種的藍紫金剛鸚鵡，屬於鸚鵡中的高富帥。牠超級愛唱老歌，喜歡咬貓耳朵，最厲害的技能是懂摩斯密碼！

人類朋友

阿金

在黑碳流浪賣藝時曾一起合奏過，一直很感謝黑碳。他與團員努力打拚，終於讓new boy在歌壇闖出知名度，以創作曲《貓的幻想》虜獲一眾年輕人的心。

師父

何濤、裴亮、衛稜、二毛等人的師父，大山的主人，與友人林叔一起照料大山。跟著二毛一起叫黑碳為「黑煤炭」，對於黑碳的事蹟也相當有興趣。

裴傑

裴亮最小的兒子，十歲。個性活潑又愛搗蛋，全家只有裴亮制得住他。他意外的被不法人士綁走，靠著冷靜與耐心、以及黑碳搭救才存活下來。

卓小貓

小卓的兒子，稱呼黑碳為「黑哥」。很聰明且早熟的孩子，對於終於能與母親小卓一起生活感到開心，不過對於母親可能再嫁卻感到擔憂。

Contents

Back to the past to become a cat

第一章

與齊大大再相會

時隔四年，再次來到齊大大的老家，看著車窗外的風景建築，鄭歎對照了一下記憶中的那些畫面，發現村子似乎往外擴張不少，就算是國慶假期已過，這裡的人還是不少，周圍擺攤的商販也比四年前多了許多。

商業規劃變好了，廣告也打出去了，所以遊客變多。而且像衛稜和二毛這類在旅遊高峰期之後才出門的人，也顯然不少。

遊客變多之後，這裡的管理也嚴格不少，以前鄭歎來的時候還看到有猴子相互扔東西，現在路過的那些攤子上，猴子們要麼乖乖的站在旁邊，要麼做一些表演招攬一下顧客，總之沒發生四年前的扔東西事件。

想想也是，既然要將這裡好好規劃作為一個旅遊勝地，在地居民也不會允許這些猴子們太囂張，要是扔屎砸中了遊客該怎麼辦？

那可不僅僅只是投訴的問題了，誰也不會願意旅個遊被迎面扔一團可疑物吧？

關於這個問題，二毛也問了。

裴亮很自豪的說：「現在下山的這些猴子都改邪歸正了，不像以前那麼頑劣。這些傢伙們聰明著呢，知道那樣做討不到好，不過若是隨便賣個乖，表演一個，還能撈到不少吃的。」

裴亮開著車在前面領路，因為重新規劃過，路線也與四年前有所不同。

鄭歎原以為齊大大會穿著牠的虎皮裙拿著「金箍棒」炫耀一把，卻沒料到，齊大大前些日子太過舒服，得意忘形了，被落下的石頭砸傷，現在在家靜養。

「沒什麼大問題吧？」二毛問。

「沒啥，就一開始躺了兩天，然後就活蹦亂跳的了，只不過家裡老人怕牠亂蹦踏感染傷口，才將牠拘在家裡。」

鄭歎見到齊大大的時候，那隻傻蛋猴子正坐在家裡的一張竹椅子上，還蹺著個腿，拿東西吃著。牠頭上包著一圈紗布，不過看這傢伙的神色，屁事沒有，精神得很。

看到鄭歎之後，齊大大立刻從椅子上站起，居高臨下對著鄭歎唧唧啊啊的叫，似乎在威懾。鄭歎沒理牠。每次見面牠總會這樣，沒點新意。

相比起鄭歎的不理不睬，二元和衛小胖倒是很感興趣，被自家老爹帶著過去。

「齊大大，這是衛小胖，這是二元，好好招待他們。」裴亮對齊大大說道。

齊大大警惕的眼神從鄭歎身上挪開，面對衛小胖和二元的時候態度好多了，不過還是時不時往鄭歎那邊瞟。

鄭歎壓根沒在意齊大大那點小心思，他知道齊大大打不過自己，還吃了好幾次苦頭，所以防著自己，不過他來這裡不是為了看齊大大那張猴臉的。鄭歎想著什麼時候溜山上去看一看。

◆◇◆◇◆◇◆◇◆

老規矩，來的第一天好好休息，第二天才外出。

本來二毛是想先帶著孩子在村裡面逛一逛，買點小玩意兒，可是兩個孩子似乎對山上更感興趣，尤其是聽裴亮的小兒子說了山上有野果子吃、還有更多的猴子之後，兩個孩子更想上山了。

這樣正好，鄭歎跟著往山上跑。至於齊大大，依舊被強制留在家裡養傷。

山上不同於村子裡，變化不大。

二毛和衛稜帶著老婆和孩子拍照，鄭歎則直接跑了。

「黑煤炭！別跑太遠！」二毛叫道。

「爸爸，黑哥去哪裡？」二元問。

「妳黑哥自己找小夥伴玩去了。」二毛道。

「黑哥的小夥伴？」二元好奇了，「我們也去看看。」她對黑哥的小夥伴很感興趣。

衛小胖顯然也是，也不想留在原地拍照了，拉著衛稜要過去。

衛稜給了二毛一拳頭：誰讓你這傢伙瞎說！

二毛聳聳肩，他只是隨口瞎編而已，哪知道兩個孩子會當真，還硬要過去。

看看周圍，鄭歎已經跑沒影了，不過因為鄭歎帶著那個有定位功能的貓圈，不難找。於是，二毛拿出手機，調出一個軟體，看著螢幕上的顯示指了指路，「那邊。」

雖然二毛知道鄭歎的位置，可鄭歎是用跑的，而二毛這邊則是用走的，還要顧著兩個不大點的小孩子，所以要慢很多。

四年沒來，記憶有些模糊了，鄭歎沿著記憶中的一些片段找了找，試了幾次便尋到了大致的位置。

只是，在靠近那個陡坡的時候，鄭歎受到了點阻礙。

這次沒有齊大大的搗亂，不會召喚來更多的猴子，鄭歎一路跑來，也碰到了幾隻，順勢甩掉一些麻煩。至於現在正躲在樹上朝鄭歎扔果子的那個傢伙，是一隻小猴子。

這猴孩子不去跟著牠媽、跟著牠的族群，跑這裡來幹嘛？

鄭歎看了樹上一眼，小猴子看到鄭歎之後有些膽小的往樹枝裡縮了縮。見狀，鄭歎也沒那個心思去欺負弱小，轉身繼續往陡坡那邊靠近。

「咚！」

腦門被砸了一下。

鄭歎：「……」

——誰說這裡的猴子改邪歸正的？！

鄭歎回頭瞪向那棵樹，上面的小猴子見到鄭歎看過來，本來露出的大半個身子，又往樹枝裡縮了回去。

鄭歎：「……」混蛋。

——猴孩子跟熊孩子一樣煩人。

鄭歎將那隻煩人的小猴子瞪進樹枝裡面，然後快速跑到陡坡那邊，跳了下去。

剛才還沒注意，鄭歎從陡坡上下來後才發現，這裡跟四年前完全不一樣了。

四年前的這裡雖然有垃圾，但也有很多植物，還有那一大叢的蘭花。可現在，垃圾是少了，卻到處都有燒過的痕跡，雖然看上去那場災難已經過了很久，雜草也長出來一些，但旁邊的石壁上黑色依然在。至於原本的那些植物、那些花草，大概早就覆滅在那場大火裡。

本以為同樣的季節過來，會看到大叢大叢的蘭花，會看到更多的「玉貓仙」，沒想到會變成這樣。難怪來的時候沒有聞到氣味。

這燒的不僅是難得一見的、曾經轟動一時的花，還燒了錢。一盆「玉貓仙」估價數千萬，原本在這裡有更多的蘭花，那就更加價值不菲了。

這要是讓蘭老頭知道，估計又得激動得躺進醫院。

正想著，一顆石子砸在鄭歎腳邊。

鄭歎往上看，依舊是那隻煩人的小猴子。

因為這裡的情形，鄭歎的心情變得很不好，現在加上那隻煩人的小猴子搗亂，鄭歎的心情就更差了。

鄭歎打算著過去原本長著蘭花的地方仔細看一看，然後再上去跟那隻小猴子好好算帳。可沒想到，鄭歎往那邊靠近的時候，陡坡上那隻小猴子叫得更厲害了，扔石子的動作也更頻繁。鄭歎腳步一頓，躲開那隻猴子扔過來的石子，繼續往那邊走，同時也分神注意著陡坡上那隻小猴子。

見鄭歎沒理會牠，小猴子急了，眼看著鄭歎往那邊越走越近，小猴子直接從陡坡上滑下去，因為太過著急，差點踏空摔下去，好在下方還有些雜草墊著，沒怎麼樣。

在雜草上打了個滾之後，那隻小猴子就迅速往曾經長蘭花的地方跑過去，攔在鄭歎前面又蹦又跳、張牙舞爪的虛張聲勢。這要是一般的貓就跑了，可鄭歎不吃這套，就齊大大那傢伙他都照樣踹，這小猴子他還沒放在眼裡，於是一抬腳，便往那邊撲過去。

見鄭歎這樣子，小猴子嚇住了，往旁邊躲，瞪著眼睛畏懼的看著鄭歎，嘴裡發出一些聲音，不知道是在向周圍的同伴求救還是在對著鄭歎叫。

鄭歎瞥了一眼旁邊戰戰兢兢縮成一團的小猴子，撥開一些雜草，仔細的看了看，這一看便發現，以前的那些蘭花確實沒了，但在原來的地方冒出了一些小芽。

鄭歎仔細聞了聞，氣味有些像是蘭花的葉子。又聞了聞，他分辨不出來是野生型還是那種自然突變型。

不過，有這麼幾個芽，總比全軍覆沒的好。

他剛才的壞心情稍微好了那麼點。

看了看旁邊的小猴子，鄭歎心想，難道這猴子剛才是在護著這幾個葉芽？

小猴子現在已經沒叫了，而是好奇的看著鄭歎。

上方傳來一些聲響，是幾隻大猴子。小猴子牠媽也在裡面，看到小猴子之後便從上邊跳了下來，將小猴子撈在懷裡，警戒的看著鄭歎。

鄭歎沒理牠們，看了看那幾個葉芽，周圍的土有些乾，鄭歎掃了一眼四周，角落裡有個空礦泉水瓶，估計是之前被扔的。

鄭歎仔細聽了聽四周的動靜，確定沒人過來，便站立起身，過去將瓶子撿了。這附近有條小溪，鄭歎抱著空瓶子來到小溪邊，扭開瓶蓋，裝了點水。察覺到什麼，鄭歎一回頭，發現那幾隻大猴子都在邊上看著自己，那隻小猴子則掛在母猴身上，盯著他的動作。

裝了水之後，鄭歎又將瓶蓋重新扭好，抱著瓶子往回走。那幾隻猴子又跟著鄭歎跑回陡坡這裡，看著鄭歎將瓶蓋扭鬆，倒了水在蘭花的葉芽那裡。

倒完水之後，鄭歎將瓶蓋扭緊，放在旁邊。

一陣山風吹過，那個空礦泉水瓶被吹倒，沿著坡度往下滾。

原本掛在母猴身上的小猴子快速跑過去將瓶子撿起，那動作快到連母猴都來不及阻止，估計平日裡這小猴子皮慣了。

小猴子想學鄭歎剛才的動作，卻發現瓶蓋怎麼也弄不開，不由得唧唧叫了兩聲。那幾隻大猴子也湊過來，拿過瓶子，擺弄了兩下，依舊打不開，看起來還想用牙咬來著。

鄭歎實在看不過去，往那邊走。

山下村子裡的那些猴子們不是挺聰明的嗎？插科打諢，上房揭瓦，啥都能幹。不過，大概是山上這些基本上不進村的猴子們沒怎麼接觸過那些。

拿著瓶子的大猴子見鄭歎走過來，趕緊將手上的瓶子扔下，退開。小猴子還想過去將瓶子撿起，被母猴子快一步揪住尾巴拖回去。可是等鄭歎拿起瓶子的時候，幾隻猴子又伸著脖子盯著鄭歎的動作。

於是，在二毛他們找鄭歎的時候，鄭歎正在教這些猴子們怎麼扭瓶蓋。

曾經有一篇關於基因研究的報導說過，人類與猩猩的相似度很高，差別只有大約百分之一到二，而正是這百分之二的基因差異，使得猩猩在智慧、行為、心理等方面與人類有著相當大的差異，所謂差之毫釐，繆以千里。

但這並不是說明猩猩、猴子之類的蠢，相比起很多動物來說，牠們算是聰明的了。

那幾隻猴子看著鄭歎將瓶蓋扭開、旋緊，再扭開、再旋緊，反覆幾次之後，估計牠們也手癢了，鄭歎看著示範得差不多，將瓶子重新放在地上，然後後退幾步。

那隻被母猴撈在懷裡的小猴子一看鄭歎的行為，便迫不及待的掙脫出來，去拿那個空礦泉水瓶。這次母猴沒有再揪著牠的尾巴拖回來，幾隻大猴子湊在一起看著小猴子的動作。

鄭歎剛才扭瓶蓋的時候並沒有扭緊，所以小猴子按照剛才鄭歎的動作試了兩下，便將瓶蓋扭開了。一見自己成功，小猴子激動得手舞足蹈，嘴裡唧唧啊啊的叫著，似乎在炫耀。

一隻大猴子接過瓶子，將扭下來的瓶蓋放在瓶口，一動，瓶蓋掉下來，放上去，又掉下來。旁邊另一隻大猴子看不過去了，搶過瓶子，然後拿著瓶蓋小心的放在上面，手指頭捏著瓶蓋扭了扭，不對勁，再扭，依舊不對勁，牠盯著瓶子看了幾眼，換個方向扭，這次對了。

使勁揮動了兩下塑膠瓶也沒見瓶蓋落下，那隻大猴子高興的「喔喔」叫。

鄭歎就看著那幾隻猴子圍過去搶著瓶子玩，小猴子這次搶不過了，看了看周圍，跑開。母猴回頭的時候，小猴子已經跑老遠，叫也叫不回來。

現在鄭歎終於知道這小猴子之前怎麼是獨自一個了。這放在人類小孩裡面就是那種怎麼說都不聽的類型。

沒多大會兒，小猴子不知道從哪裡撿來一個稍微小一些的飲料瓶，瓶蓋擰得不算緊，小猴子擰了一下便擰開了，然後又接著擰緊。

看著這些猴子玩瓶蓋，鄭歎心裡嘆氣，一個礦泉水瓶也能當玩具玩得這麼高興。

正想著，鄭歎耳朵一動，他聽到了人聲，是二毛他們過來了。

很快那些猴子們也發現了過來的那些人，有些警惕，小猴子被母猴叫過去。掛母猴身上時，小猴子手上的那個小飲料瓶也沒扔掉。

二毛幾人到陡坡這裡的時候，鄭歎已經爬上去等著了。

「黑煤炭你來這裡幹什麼？」二毛問。其實二毛心裡也有疑問，他想到了四年前被這隻貓帶出去的蘭花苗。

往前走了一步，二毛往陡坡下瞧了一眼。

「哎，裴師兄，這裡被燒過？」二毛指著下方問道。

裴亮無奈道：「是啊，其實這塊地方來的人不算多，正因為這樣，一些巡山的人也沒注意這裡，再加上一些人怠忽職守，忽略了這一塊，這下邊之前積累了很多垃圾，五月那時候有人不知道往下方扔了什麼東西，著火了，坡下面的植物幾乎全部燒光，周圍那些石壁上現在還是黑的呢。」

很多旅遊景點即便掛了告示牌，但還是會有一些人不去在意，隨意扔、隨意吐，連一些危險的東西也隨意甩了，估計是為了找樂子。

如果那個扔火源的人知道他這一把火燒掉了多少錢的話，會是個什麼感想？

「那事之後，這周圍就多放了幾個垃圾桶。」裴亮指著一個看上去像是木樁的東西說道。

為了配合旅遊景點這周圍的環境，垃圾桶也做得比較親近自然。

鄭歎看了看那個垃圾桶，這裡有，那麼附近應該還有不少地方放置這樣的垃圾桶，可是即便有垃圾桶，鄭歎還是在下方看到了被扔的塑膠瓶，雖說不像四年前那樣子扔得到處都是，但也依舊存在。

「這亂丟亂扔的現象依然存在啊。」二毛看著陡坡下方一些並不太顯眼的包裝紙說道。

「肯定不會絕對避免。不過，這其中也有那些猴子的『功勞』。」裴亮道。

「啥功勞？」

「山上那些猴子們警覺性很強，對陌生人是敬而遠之的，所以牠們極少下山去村子裡跟人相處，但同時，牠們的好奇心也很強，我好幾次上山都看到有猴子翻垃圾桶。清潔工不可能隨時盯著垃圾桶，這麼大片地方，數百個垃圾桶，怎麼可能一下子就清理得過來？就算清潔工人數多，也不能時刻注意著。」

「呵，那些猴子們還有這癖好？二元，乖女兒，我們不跟那些壞猴子們學啊。」二毛對二元說道。

帶著孩子，也不好在山上待太久，孩子們也沒那麼多的精力，所以大家只在山上待了半天，下午便下山回村子裡。

◆◇◆◇◆◇◆◇◆

次日，二毛和衛稜沒上山，而是帶著兩個孩子逛地攤，而鄭歎則跟著裴亮上山，裴亮要去山上的旅館，鄭歎則去了陡坡那裡。

鄭歎過去的時候，正好看到那隻小猴子拿著裝了水的瓶子來到那幾個長葉芽的地方，學著鄭歎昨天的樣子，將水倒到那裡，手法有些拙劣，扭瓶蓋還是不那麼順，但相比起昨天什麼都不知道的樣子要好多了。

原本鄭歎還擔心那裡的蘭花會因為太乾而枯死，現在則擔心水澆太多，適度澆水這個觀念一時也教不會那猴子，鄭歎只能往好的方面想了。怎麼說那裡也不會因為缺水而枯死不是？最近這邊的天氣確實比較乾旱。

小猴子也發現了鄭歎，大概是年紀太小的原因，不像山上的大猴子們那樣過於警惕，而且昨天的事情也讓小猴子對鄭歎的戒心減少了很多，不那麼膽怯了。

爬上陡坡，小猴子對著鄭歎揚了揚手上已經空的飲料瓶。

——這是在……邀功？

不管是不是，鄭歎走過去，見小猴子沒有避開，抬起一隻手，輕輕拍了拍下猴子的頭。

——好孩子。

不過，總是獨自溜出來這點不好，這還是猴子中的未成年呢。難道猴子也有叛逆期？

澆了水之後，小猴子也沒事幹，手上依然抓著那個小飲料瓶，鄭歎看著牠這樣子走路爬樹太艱難，便扯了點藤蔓綁住瓶子，套小猴子脖子上了。

小猴子對這個很好奇，將套環取下來又套上去，還拿著抖了抖，「唧唧」的叫了幾聲，表達牠的高興和心喜。

鄭歎打算在山裡面逛一逛，在城市裡待久了，來到大自然頓時覺得身心舒暢，雖然楚華大學裡面的綠化很不錯，但那裡畢竟是平原地區，還是在城市之內，與山林地帶的大自然、大環境是不一樣的。

一邊慢悠悠走著，鄭歎一邊想著事情，當然，也會分出一點注意力來注意周圍的動靜，在山裡閒晃，不多注意點會吃虧的。

不久，察覺到身後似乎有些異常，鄭歎轉身往後看過去。

那隻脖子上掛著塑膠瓶的小猴子跟著也就算了，居然還有其他的猴子跟著，有昨天的兩隻大猴子，也有鄭歎沒見過的。

看牠們也沒有宣戰的意思，只是跟著走，估計是湊熱鬧，看到同伴跟著，牠們也跟著。

鄭歎走了走，見那些猴子依然跟著，原本打算快速跑起來將後面的猴子們甩掉，但在看到一個垃圾桶之後，鄭歎改了主意。

一隻猴子在垃圾桶那裡翻動著，未必是在找食物，裴亮說過，不管是喜歡下山的猴子，還是總待在山上的猴子，都是不缺食物的，這裡的人對牠們很好。所以，鄭歎更傾向於相信這隻翻垃圾桶的猴子只是覺得好玩。

隨著牠的翻動，垃圾桶裡面有一些食物盒子和包裝袋被掀出來。

鄭歎立起身，走過去將一個包裝袋撿起，扔進垃圾桶裡，然後蹲在旁邊看著那些猴子們。

一開始附近的猴子們都沒什麼反應，過了大約半分鐘後，那隻掛著飲料瓶的小猴子走過去，撿起掉落在垃圾桶旁邊的一團紙，扔進垃圾桶裡，然後試探著看向鄭歎。

鄭歎想了想，走過去輕輕拍了一下小猴子的頭。

小猴子高興得唧唧喔喔叫了一會兒，又將一個包裝紙扔進去，繼續看向鄭歎。

鄭歎這次懶得動了。小猴子見狀，往鄭歎那邊挪一步，再挪，再挪，一直挪到鄭歎旁邊。看了看旁邊睜大眼睛盯著自己的小猴子，鄭歎鬍子抖了抖，抬起手再次拍了拍牠的猴頭。

看著又興沖沖過去撿垃圾的小猴子，鄭歎琢磨著自己還是趕緊溜了算了。

旁邊有一隻大猴子原本站在樹上抓癢癢，看到小猴子這行為，大概覺得會比較好玩，便爬下樹，過去跟著撿東西往裡扔。

有一隻就有第二隻、第三隻。周圍原本看熱鬧的猴子也跟著過去學。

等小猴子再回頭的時候才發現，鄭歎已經跑沒影了。

此時此刻，沒誰料到這些猴子間發生的事情，正在潛移默化中改變著山上大批猴子的行為。以至於後來來這裡旅遊的遊客隨意扔垃圾，或者往垃圾桶扔卻沒扔進去而掉落在垃圾桶旁邊時，總會有猴子走過去將掉落在旁邊的東西撿起來扔進垃圾桶裡去。

為了這事，不少電視臺都過來採訪過，直接當作範本來教育一些人：垃圾扔進垃圾桶裡，這是連猴子都知道的事情，你不懂？

不過，在外地人誇讚這裡的猴子平均素質高的時候，村子裡大多數人都笑而不語，心裡則想著：那是你們沒看到那些猴子們之前的表現，那簡直就是反面教材。

當然，那些都是後話，暫且不提。

鄭歎也不知道自己一時興起當作樂子的事情會引發這一連串的變化，他看著時間，按時下山回裴亮家去了。太晚的話，二毛會向焦爸焦媽那裡告狀。

晚上，兩個小孩被各自的媽帶去睡覺，留下衛稜、二毛和裴亮三個師兄弟在喝酒。人嘛，大多數在高興和傷心的時候會容易喝多喝醉。

裴亮更是，喝多了之後就和齊大大合夥耍了一套怪怪的猴拳，接著一人一猴拿著「金箍棒」扮孫大聖，還因為誰扮演得更像而吵起來。

是的，裴亮跟齊大大，一人一猴，語言不同，卻吵得火熱。

二毛看著臉都吵紅了的一人一猴，笑得在地上打滾；衛稜還稍微清醒點，拍了好幾張照片。

裴亮的大兒子看不過去，關好門，別讓外面的人看到自家老爹丟人的樣子。

在邊上旁觀的鄭歎想起了以前的一句笑話：從猴子變成人需要成千上萬年，從人變回猴子卻只需要一瓶酒。

◆◇◆◇◆◇◆◇◆

總有些猴子是不喜歡下山的，鄭歎在裴亮家裡住下的這幾天時間，在山上總碰到的那幾隻猴子從沒下過山，但是鄭歎上山的時候，那些猴子卻會送東西給鄭歎。

一開始是那隻小猴子，拿著鄭歎沒吃過的果子遞過來。鄭歎當時和裴亮、二毛他們一起，小猴子對於陌生人還是比較警戒，相比起動物，牠似乎對人類更警戒畏懼一些，所以小猴子將東西放在鄭歎眼前之後就跑了。

「這種果子可以吃，我吃過一次。」裴亮走過來看了看，說道。從前齊大大有給過他，他試著吃過，沒毒，只是對他來說，不怎麼喜歡那個味道，或許在猴子眼中是美味吧。

「黑煤炭，這個我先幫你收著，回去了給你。」二毛走過來將果子撿起，看了看之後放進帶著的背包裡面，然後對裴亮道：「剛才那隻小猴子怎麼會喜歡在脖子上掛一個空飲料瓶？你們這裡山上的猴子還有這種癖好？」

裴亮搖搖頭，「不知道。」

以前裴亮確實沒在山上見到過，不管是山上還是山下的猴子，牠們對很多東西都很好奇，也很好學，但他以前也從沒見過有哪隻猴子在脖子上掛個空的塑膠瓶。

這隻掛著塑膠瓶的小猴子，二毛和裴亮他們上次去尋找鄭歎的時候看到過，只是裴亮以為哪位遊客一時興起替猴子掛了個瓶子，等猴子興趣沒了，就會將瓶子扔掉，可這幾天上山，每次看到那隻小猴子，空塑膠瓶依舊還掛脖子上，只能說這隻小猴子太喜歡這樣做，還沒玩厭而已。

「不過我看，黑煤炭應該是幫過那隻小猴子。猴子也是一種感性的生物。我以前在大學的基地那邊跟一些學生聊的時候，聽他們說過，如果猴子甲幫助了猴子乙，後者就會用好吃的食物作為回報，從而建立起一個寬容的合作型社會。」

「除此之外，如果有兩個人，打個比方，人物A以及B，猴子從這兩人手中取食物的機率幾乎是相等的，看不出牠們對誰更有好感，但如果B拒絕向A提供合作，並且顯得自私的話，猴子們看到後很多會選擇避開B提供的食物。有人說，這是因為牠們對B產生了厭惡情緒，從感情角度評估對方的品行和能力，覺得B可能會不太好相處。我們家齊大大就是，感情相當豐富，賊精賊精的。」

說著裴亮又指了指鄭歎，接著說道：「既然那隻小猴子選擇向黑碳提供食物，一個可能是因為黑碳幫了牠，再一個可能就是，根據剛才那隻小猴子的表現我推測，大概牠覺得黑碳比較好相處，在示好。」

二毛看了看在旁邊一副茫然樣子的鄭歎，說道：「黑煤炭好像跟很多動物都相處得好。」

而鄭歎則想著，自己到底幫了那些猴子什麼，除了扭個瓶蓋之外，也沒啥了啊，更別說向猴子們提供食物了，他上山從來不帶食物。對於很多野外的動物來說，不都是食物第一嗎？

沒有繼續糾結這個問題，一行人繼續往山上走，二毛和衛稜今天上山是為了幫裴亮處理一下山上的事情，所以沒帶老婆和孩子，腳程也快一些，早點做完早點下山，然後好好睡一覺，明天他們就打算離開了。

下山的時候，又碰到了那隻小猴子，還有另外幾隻大猴子。看到鄭歎之後，牠們朝著鄭歎叫了叫，有幾隻也過來送東西，都是一些果子之類的，有跟之前小猴子送的一樣的那種果子，也有其他的，都是在這個季節山上結的野果。

「牠們唧唧喔喔的在說啥？」二毛問裴亮。

「打招呼。確切的說，牠們是在跟黑碳打招呼。」裴亮解釋道。

「黑煤炭的動物緣果然很好。」頓了頓，二毛笑著對鄭歎喊道：「黑煤炭，看這些猴子對你這麼好，要不你留這裡當壓寨貓算了。」

鄭歎沒理會二毛，他將果子聚到一起，等著二毛來收。有幾種果子他沒吃過，待會兒回去嚐嚐鮮。

二毛還幫鄭歎照了好幾張跟那些猴子們一起的合照。有隻猴子大概平日裡跟遊客們合照慣了，對照相機熟悉，見二毛拍照，還過去跟鄭歎挨著，擺姿勢，搔首弄姿，然後又一副哥倆好似的摟了摟鄭歎的脖子。

鄭歎將那隻猴子蹬開了。

「對了，裴師兄，你上次去師父那裡的時候帶了些什麼？」二毛問。

「沒啥，就自家釀的一些酒，一些本地的特色小吃啥的，還有一些照片，東西多了我也帶不了。再說了，師父他老人家也不缺啥，一般的東西送過去他還嫌棄。」裴亮說道。

「那我怎麼辦？繼續送桌子嗎？」二毛道。

「師兄弟裡面就你送的桌子最多，他老人家愛拍桌子的毛病都是你慣的。」站在一旁的衛稜抱怨道。

「現在改了，畢竟年紀來了，哪能次次都將桌子劈開，劈不開他老人家還嫌面上無光，索性也不怎麼拍了。二毛你還是送點別的，真的要送了桌子，你又得挨罵。這次可不同以前，以前就你一個，挨打挨罵再丟面子也沒關係，可是這次帶著老婆孩子，你想在老婆孩子眼前被批？」裴亮說道。

不同於衛稜和二毛，裴亮因為之前總帶著齊大大到處跑，去過好幾次師父那邊，甚至有一次齊大大拍電視劇就在那附近，這次只是因為二毛和衛稜都過去，他正好沒啥事，也陪著一起過去而已。

這次齊大大要在家裡養傷，裴亮他老婆要在家照看老人、孩子和猴子，不會跟他一起離開，而裴亮的大兒子和女兒現在學業緊了點，再加上曾經被裴亮帶著過去師父那邊幾次，這次裴亮也不打算帶了，只打算帶著小兒子。

裴亮最小的兒子裴傑也就十歲左右，現在正是皮的時候，成天跟著村裡的孩子和猴子們混一起，裴亮不在家的時候，裴傑就跟個小魔王似的，家裡除了裴亮之外，他誰的話都不聽。

知道會被自己老爹帶出去玩，裴傑立刻拿著大旅行袋開始收拾東西。因為年紀太小的關係，他跟裴亮出去的次數比他的哥哥姐姐們要少得多，難得這次裴亮說要帶著他，裴傑高興得跟屋頂上的猴子們對著嚎了近半個小時，直到被裴亮抓下來才老實。

而最讓裴傑高興的其實是，出遠門就意味著不用上學，好事啊！

出發這天，齊大大淚眼婆娑站在門口，一副被拋棄的樣子，要不是被拉著，牠早就不管不顧的鑽車裡去了。

裴傑拖著旅行袋往車裡面甩，路經門口的時候，還抬手往齊大大沒受傷的後腦輕拍了一下，勸道：「你就好好在家待著養傷吧！」

「二元，跟爺爺奶奶叔叔阿姨哥哥姐姐還有齊大大說再見。」二毛對二元說道。

聞言，二元從後車窗露出頭，挨個叫了叫，擺擺手。衛小胖也從前面那輛車裡露出頭來向大家說再見。

而正抱著果子啃的鄭歎，從副駕駛座旁邊的窗戶探出頭，手一勾，將剛吃的果核對著齊大大扔了過去，然後對憤怒得尖叫的齊大大置之不理。

車子開始行駛，看了看越來越遠的山巒，鄭歎想，下次不知道什麼時候才能再過來了。上次來是四年前，下一次的話，難道還得再隔個四年？或是更久？又或者，再也不來？至於山上那處可憐的蘭花，只能將希望寄託在那隻小猴子身上了。

◆◇◆◇◆◇◆◇◆

等車開出村子，駛上並沒多少人的公路，二毛戴著藍芽耳機，打電話給他師父。

「師父哎，您親愛的徒弟要過去看您了！」二毛親熱的喊道。

電話那頭頓了頓，才慢悠悠回答：「都有誰？」

「我，裴師兄，衛師兄。」

「孩子帶來了？」

「帶了帶了！」

「老婆呢？」

「也帶了，在後排坐著呢！我跟衛師兄都是一家三口出動，裴師兄帶了裴傑小子。」

「貓呢？」

「帶了黑煤炭，黑米暫時放我媽那裡。」

「哦，那就好。」

那邊說完這幾個字之後，二毛就聽到了嘟嘟的電話掛掉的聲音。

摘了耳機，二毛透過無線對講機對衛稜和裴亮說道：「我們又招嫌了。」

「又不是第一次。」對講機那頭，衛稜道：「對了，大山現在多大了？十七？十八？我記得已經有好些年了。」

「快二十歲了，我當年還是個毛頭小子的時候，牠就在那裡，不過那時候估計牠還沒成年，看起來跟一般的貓差不多大，我當時還真將牠當一般的貓來看待的，誰知道牠越長越大，瞎子也知道牠不是一般的貓了。」二毛回憶了一下，說道。

「我今年上半年去的時候還看到牠叼了一隻兔子呢，那樣哪像是二十歲的老貓。」裴亮將自己今年的見聞說了說。

「還健康就好，不然師父他老人家又得寂寞了。」衛稜嘖嘖道。

「不是說要幫牠找個伴的嗎？」二毛對這個很感興趣。

「找過啊，師父託人幫忙找過好幾個呢，都是相處一段時間就把人家打跑了。」

二毛他們三個師兄弟在聊，鄭歎支著耳朵聽著。

很早的時候，鄭歎就對衛稜他們嘴裡的「師父家的貓」很好奇，只是衛稜和二毛他們以前不怎麼願意談起那隻貓。

聽到二毛說那隻貓快二十歲，鄭歎還真的驚訝了一下。他在楚華市的時候見過不少老貓，有一些十多歲就已經跳不動了，大山二十歲還能去抓兔子，可見其不一般。

第二章

Oh! My! Cat!

二毛他們師父住在西南的一個小城鎮，三輛車到達這個小城鎮的時候，已經是下午時分了。

這邊的公路修得好，公路兩旁放眼望去都是大塊大塊的田地。

山不算太高，從山腳到山上都能看到一些民房，而二毛他們師父所住的地方則在靠小城鎮邊沿山上的山腰處。

「幾年沒來，發現這裡的變化還挺大，至少路加寬了。」二毛看著車外的風景建築說道。

「房子多了，也建得好了。」衛稜也道。

裴亮由於來的次數多，沒那麼多感慨。

「還記得路嗎？」裴亮問。

「當然記得！」

雖然這裡跟記憶中相比變化有些大，但路還是記得的，二毛和衛稜都不用裴亮說，直接開著車沿著路往前面走，經過一個岔道口之後，民房稍微少了點。

沿著路，車往山上開。

鄭歎和後座的二元母女倆一樣，也看著車窗外。他在副駕駛座這裡看得比較清楚，立起身之後，前面和旁邊的景色都能看見。

正看著，鄭歎瞧見前面一百公尺遠處水泥路旁邊的石墩上有東西蹲在那裡。褐黃色的一坨。

隨著車開過去，石墩漸漸近了，正在開車的二毛則將車窗打開，激動的朝那邊喊：「格格！看這邊！看這邊！」

蹲在石墩上的那一坨動了動，站起來看向車，然後抖了抖那帶著一束長毛的黑耳朵，打了個哈欠，跳下石墩，跟著車跑起來。

就在鄭歎琢磨著這個所謂的「格格」到底是誰的時候，對講機裡傳來後面那輛車上衛稜的聲音：「大山果然依舊在這裡等著。」

——大山？

鄭歎從車裡探出頭再次仔細看了看在車外跟著跑的那隻大貓。

——我艸！

鄭歎心裡的羊駝駝又開始揮蹄子了。

——這他媽是貓嗎？！！

——是嗎？！

——不對，好像也是，獰貓也屬於貓亞科的，是貓吧？

鄭歎一直以為二毛他們說的「大山」是一隻像虎子牠媽那種超級貓之類的，沒想到會是這麼大一隻獰貓！

對於二毛他們來說，獰貓、山貓、野貓、家貓，不都是貓嗎？即便跟普通的家貓不一樣，依舊還是個貓樣，在外的時候為了稱呼方便，他們向來都直接叫貓。

二毛將車速降了降，反正離目的地也不遠了，不著急，車速降下來也配合下大山的速度，畢竟牠已經不年輕了，就算能跑能跳能抓兔子，也不能無視牠二十歲的年紀在這個種群裡面是已經進入老年的年齡。

「二元，那是妳大山……叔。」本來二毛剛還打算讓二元叫「大山哥」的，但想了想大山的年紀，還是改成「叔」了。要是按照貓的年紀計算方式，估計得喊「爺」。

「為什麼牠又叫大山又叫格格？跟黑哥叫黑碳和黑煤炭一樣有兩個名字嗎？」二元疑惑。

其實，這裡的人只有二毛一個叫大山為「格格」，二毛也耐心的向二元解釋了一下原因。

當年二毛一開始也是和其他人一樣叫牠大山的，後來有一次，二毛看到大山耳朵上的那兩束毛被風吹得往下折的時候，突然想起了村裡人那段時間經常看的一部以清朝格格為主的電視劇裡面人物的旗頭，於是二毛就經常開玩笑叫大山為格格，無關性別。

很快，前面就出現一個大院子。院子的大門口，一位老人站在那裡等著，正是鄭歎曾經見過一面的那位老人家，也就是二毛他們所喊的「師父」。

大山跑到家之後就蹲在老人家旁邊，半張著眼睛，看上去有些冷淡，但熟悉牠的都知道，這只是表象，就和現在站在社區大門口的老人家臉上波瀾不驚、其實心裡早就開心得沸騰一樣，表裡未必一致。

車子駛進院子裡停妥，看到下車的孩子之後，老人也站不住了，趕緊走過去。

跟著老人家走動的大貓盯著二毛他們掃了一眼，視線最後落在鄭歎身上。

鄭歎頓時心裡一緊。這隻大貓的眼神讓鄭歎感覺到一股壓力，沒有惡意，卻讓鄭歎感覺到很緊張。

「格格，來抱抱！」

當年離開的時候，二毛因為大山的原因，總覺得貓都是鬼主意多、難伺候、神經質，後來養了黑米，漸漸改觀了一些。不管當初大山捉弄過他們多少次，這幾年沒見，二毛心裡還是怪想念牠的。

對於二毛的擁抱，大山站在那裡端著一副冷淡的樣子，沒動，也沒掙扎，沒有排斥的樣子。而衛稜和裴亮雖然對這隻大貓有感情，但卻不會像二毛那樣上去擁抱，因為衛稜當年被抓傷過，他怕現在過去擁抱的話挨一爪子，在老婆孩子眼前丟面子。至於裴亮，雖然沒帶著齊大大，但身上還是會有一些猴子的氣味，會被大山嫌棄，他才不會上去找麻煩。

「我也要抱抱！」二元提著毛毛裙子跑過來，在二毛的引導下，微微環了環大山的脖子，便被二毛迅速帶離了。

那邊衛小胖也心癢，圓滾滾的跑過來。

衛稜想阻止，可師父老人家說了句：「沒事，大山不會隨意傷害小孩子的。」

邁出一步的衛稜只能止住，不過還是叮囑兒子稍微抱一下就好。

衛小胖應著聲，過去直接張開手臂朝大山摟過去，大概是因為第一次接觸這種大點的貓，衛小胖很高興，將他爸剛才那句「稍微抱一下就好」拋腦後了，還緊了緊胳膊，挨著大山的臉蹭了兩下。在衛小胖的印象中，貓都應該和二元家的黑米以及黑哥那樣，是比較友好的。

二毛將二元抱著不著痕跡往後退了一步。

衛稜打算過去將自家兒子拎回來，卻被旁邊伸出來的枴杖擋住了，只能在心裡著急。

老人家臉上帶著淡淡的笑意，看著那邊。

還好衛小胖沒有繼續抱下去，鬆開胳膊，轉了個身，對衛稜道：「爸爸，來照張相！」

二毛又抱著二元往後挪了一步。

衛稜還沒動，他老婆先動了，拿了相機出來，顯然她對大山這隻特殊的大貓很感興趣。

「來，小胖笑一個，三、二、一！」

衛小胖咧著嘴擺出個笑，就感覺下身一涼，還沒來得及收回笑，那邊相機就喀嚓一聲。

鄭歎：「……」

那隻大貓，在眾目睽睽之下，在拍照的前一刻，將衛小胖的褲子扒了。

二毛已經將二元的眼睛擋住。

老人家臉上的笑意加深了一些。

「哈，衛稜，這跟你當初……」裴亮忍不住笑道。

「咳！」衛稜一個威脅的眼神朝裴亮掃過去，止住裴亮剩下的話，淡定的走過去幫衛小胖將褲子提起。

他們師兄弟幾個以前在這裡的時候，因為一開始摸不透這隻貓的脾氣性子，總會吃點虧、出點醜，偏偏這隻貓身後站著師父這個大靠山，就算師父沒在家，牠想躲的時候也很難找到牠，你還真拿牠沒有辦法。

衛稜從前挨過抓、被扒過褲子，鞋子還被叼走去裝鳥蛋；裴亮也被捉弄過，杯子裡被放小昆蟲，被窩裡被塞螞蚱、塞蛇等；核桃師兄當年因為職業的原因，對於注意自己的視線特別敏銳，而每次核桃師兄來這裡看望師父的時候，大山就蹲在核桃師兄的房間窗戶外，啥都不做，就盯著裡面，盯得核桃師兄一整夜都睡不安寧，拉窗簾也沒用，依舊冷汗涔涔、噩夢連連，一閉眼就感覺黑暗中有一雙帶著古怪笑意的野獸的眼睛近在咫尺。

這類的事情太多太多，多得衛稜他們都不想回憶。

老人家這裡一直沒什麼小孩，但有這隻貓在，抵得上好幾個熊孩子了，可熊孩子也就熊那麼幾年，這隻貓卻一直如此，熊了二十年，如果順利的話，今後也會繼續下去。不僅愛找麻煩，牠還練就了一副和老人家一樣的古怪脾氣，本來在二毛他們看來，很多貓科動物的脾氣本就比較古怪，再從老人家這裡取取經，那就更古怪了。別看牠長得一副正經樣，有時候還端著一副高傲冷漠的架子，一眨眼，下一刻就使壞了。

雖然其他幾人很好奇，但裴亮卻不再說，誰在這裡沒點尷尬事，若他將衛稜的事爆出來，衛稜也會將他的事爆出來，何必呢？現在都是當爹的人了，私下裡說說還行，在老婆和孩子眼前就算了吧。

二毛對二元道：「妳大山叔不喜歡被別人一直抱，跟黑米不一樣，記住了嗎？」

二元很認真的點了點頭。

鄭歎看著衛小胖憋紅的臉，再看看二毛他們幾個複雜的表情，似乎明白了什麼。

這邊院子裡幾人正說著話，外面走進來一個人。

「喲，來客人啦。」

來者五十來歲，穿著有些褪色的青布衣裳，提著個箱子進來。

見到來人之後，二毛、衛稜以及裴亮都露出笑容。

「林叔，您來了。」

「原來是二毛、衛稜和裴亮回來了，還帶老婆、孩子呢，難怪還沒進來就感覺院子裡揚著喜氣。」林叔說道。

「進屋說話。」老人家率先踏進屋，招呼其他人。

幾人先將車裡的東西搬出來，收拾一下房間，讓林叔先在大堂跟老人家聊聊天。在房裡收拾東西的時候，龔沁問了二毛剛才那位林叔的身分。

「他啊，算是個醫護人員吧。」

「噢，這就是你說過的師父他老人家的醫護人員之一啊。」龔沁道。

「不是，他不是師父的醫護人員，是大山的。」

「大山？！」

不僅是龔沁驚訝了，就連在旁邊凳子上支著耳朵聽的鄭歎也震驚了。一隻貓居然還有專門的醫護人員！

「我從這裡離開那年，他就開始幫大山針灸了。」二毛依舊以一種平靜的語氣說道。

「針灸？！」

「是啊，不然妳以為大山真的體質特殊嗎？那是因為林叔的幫忙。」

鄭歎不淡定了，天殺的，同樣是貓，這隻貓竟然有專門的醫護人員這種特級待遇，還接受針灸這種聽起來就好高級的療養！

「林叔是這裡有名的獸醫，聽說是他家裡世代都是獸醫，只是在外不怎麼有名而已，不過技術還是很好的，他經常過來替大山做按摩、針灸等，如果大山生病要吃藥的話，他還會專門配置適合大山的藥，畢竟大山與這裡一般的貓不一樣。而且，林叔常過來也能陪陪師父他老人家，下個棋、說說話什麼的。」二毛說道。

龔沁對於獸醫很感興趣，只是她以前接觸過的多是偏西醫方面，針灸這種東西還真沒想過能用在動物身上。

「林叔他什麼時候替大山扎針？我能不能旁觀一下？」龔沁問道。

「可以啊，這個沒問題，我們以前就經常圍觀他替大山扎針。除了師父他老人家之外，林叔是第二個能讓大山安分下來的人。不過，林叔一般是上午過來扎針，現在這時候過來估計只是跟師父說說話，然後隨手替大山做個按摩而已。」

「按摩？！」龔沁將手下的東西一扔，學藝去了。

二毛一邊收拾剩下的東西，一邊跟二元抱怨：「妳媽一聽到這方面的東西就來神，剛才還說坐車太久有點迷糊呢，現在瞧瞧，多精神！」

說著，二毛的視線落到在旁邊蹲著垂頭不知道在想什麼的鄭歎身上，道：「黑煤炭，也讓林叔幫你扎一扎吧，大山能健康到現在也託了林叔的福。你也要老了，去年年底生病住院將你貓爹貓媽嚇得喲……讓林叔幫你瞧瞧，有什麼病也早點治。林叔的手藝我們幾個都能保證。以前我見過這裡一戶人家的貓休克，用其他方法都沒用，還是林叔過去扎針扎好的。」

鄭歎不懷疑二毛的話，雖然二毛有時候不正經，但這種事情也不會瞎編，而且看大山那個樣子，應該確實是靠那位林叔幫的忙。

——要不，讓林叔幫忙扎一扎？

雖然是隻貓，但鄭歎還是很珍惜這條貓命的。

等房間裡收拾好，二毛帶著二元出去，鄭歎也跟著。

二毛和衛稜他們的客房都在二樓，這裡有不少房間，現在二毛待的就是他以前曾經住過的。進來的時候，鄭歎還發現這裡多了一張小床，新做不久的，上面還墊了厚厚的棉絮，不會磕著碰著。所以說，別看老人家臉上淡淡的，其實早就將很多東西準備好了，細心著呢。

鄭歎跟著二毛下樓的時候，一樓大廳那裡，林叔正在替大山按摩，一邊按摩，一邊跟龔沁講解一些按摩的技巧手法以及針灸方面的一些事情，龔沁聽得很認真。

「我們國家動物針灸學起源於原始社會，而後在奴隸社會得到初步發展，等到封建社會的時候已經初步形成了獨特的學術體系，從南北朝開始傳出國界……至於妳剛才說的針灸處方，我們說針灸處方中穴位一般由君、臣、佐、使組成。《素問・至真要大論》有言，『主病之為君，佐君之謂臣，應臣之謂使。』君穴是處方中的主穴，針對疾病主證起主要治療作用。臣穴是輔助君穴和加強君穴功效的穴位，佐穴則是協助主穴治療一些次證的穴位，而使穴則協調諸穴起作用。我舉個例子，妳剛才提到過的脾虛泄瀉的症狀，治療的處方則由脾俞、交巢、知甘、後三裡四穴組成，這四個穴便依次是君、臣、佐、使之穴。」

說的時候，林叔還在大山身上指了指，將這四個穴位指出，接著為龔沁講解為什麼選這四個穴位。

「君穴脾俞，為脾臟的背俞穴，是脾臟經氣輸注於背部的穴位，健脾和胃、理氣止瀉選其為主穴……」

那邊一個講得興起，一個聽得認真，完全忘了坐在主位上的老人家。

不過，師父他老人家坐在旁邊端著茶杯喝茶，一點都不在意，看上去心情還不錯。

而大山，眼睛瞇著，一副「老子爽歪歪」的樣子愜意的趴在那裡，享受得很。聽到二毛他們進來的動靜之後，大山只是耳朵動了動，並沒有睜眼。

鄭歎每次看到大山耳朵尖上那兩撮毛就想過去揪一揪。當然，他只是想想而已，不會真的過去揪，要不肯定得打起來。

看到跟著二毛進大廳的鄭歎，林叔眼睛一亮，他剛才來的時候沒太注意鄭歎，現在仔細瞧了瞧，發現點不對勁。

「這貓有些特別啊。」林叔道。

「怎麼特別了？您說說。」二毛牽著二元在旁邊找椅子坐下，問道。

衛稜一家這時候也收拾好東西從樓上下來了，聽到林叔的話，也想知道林叔到底是啥意思。

「這貓有些年紀了吧？」林叔道。雖然是帶著「吧」的疑問句，但言語中透著肯定。

二毛點頭，「是啊，至少也有個七、八歲了。」

林叔點了點頭，「在貓裡面，確實已經要邁入老年了。不過，我瞧著，這貓很健壯。」

林叔用的是「健壯」，而不僅僅只是「健康」。

二毛朝林叔比了個大拇指，「您的眼睛真毒，都沒摸骨，光是細看就能一語道破真相。不是我說，黑煤炭是我見過的唯一一隻吃著人類食物、吃香喝辣、成天在外閒晃惹是生非、活到現在還依舊身強體壯的，只是去年年底突然生了病，昏迷了一星期的時間，但也只有這麼一次，病一好就又恢復原樣了，一點都沒有病後的虛弱，寵物中心的人也說檢查不出來異常。要不，林叔您幫忙瞧瞧？」

二毛說這麼多，就是為了讓林叔幫鄭歎看看，如果不說仔細點的話，林叔未必會在鄭歎身上花太多的功夫，現在吊起林叔的興趣了，也能讓林叔多費費力，就算現在瞧不出來問題，事後林叔也會好好研究琢磨的。

聽到二毛說「惹是生非」的時候，鄭歎鬍子抖了抖，不過，想想二毛這麼做也是為自己好，鄭歎便沒抗議。

果然，林叔聽到二毛的話之後很好奇，手上按摩的動作暫緩，輕輕拍了拍大山，「大山，先到旁邊坐著，我替這隻小黑貓瞧瞧。」

大山起身後並沒有直接跳到地上，而是跳上旁邊的一張椅子，然後跟其他人一樣瞧著鄭歎。

鄭歎頂著這麼多人和貓的視線，來到剛才大山躺過的那個橢圓形的架子上，有點不太習慣。不過，為了自己的小命，還是忍忍吧。

林叔接觸過無數的貓狗，他一看鄭歎就知道這貓能聽話，便放心的伸手在鄭歎身上按了按。

鄭歎配合著林叔檢查。

很快，林叔沉思了一下，說道：「這隻貓最近的睡眠不是很好。」

這是事實，鄭歎最近又開始做夢了，再加上長途旅行，長時間在車上不太習慣的原因，睡眠遠沒有在家的時候好了，林叔能看出來這點，鄭歎現在進一步相信了這人的能力。

「只不過……」林叔頓了頓，接著道：「除了睡眠不好和其他一些小毛病之外，這貓的身體素質一點都不像二毛你說的總吃人類食物跟著吃香喝辣、成天在外蹦踏的貓。」

人類的食物鹽分比較重，更何況是吃香喝辣這個級別？

「哎，林叔我可沒騙你，像洋蔥、蒜頭、巧克力等很多連貓都不吃的東西，牠卻能敞開胃來吃。」二毛說道。

鄭歎、林叔：「……」這話聽起來很是彆扭。

什麼叫連貓都不吃的？這隻難道不是貓？林叔橫了二毛一眼。

「您別瞪我啊，我還沒說完呢！這貓不僅吃這些，牠還喝酒吃奶油喝咖啡，這些我家黑米都不碰的。」二毛朝林叔點了點下巴，意思是：您瞧，牠就這麼古怪。

抱著懷疑，林叔再次替鄭歎認真檢查了一下，依舊和剛才的結果沒兩樣。

「世間無奇不有，總會有那麼幾個特例。」林叔說道，「這樣吧，我先幫牠扎幾針，舒緩一下牠的失眠情況，也探一探是否還有其他沒檢查出來的毛病。」

「那行，勞您費神了。黑煤炭，忍著啊，為了小命，扎幾針沒問題的。」二毛說道。

林叔打開一直隨身攜帶的藥箱子，開始準備工具。二毛和衛稜幫著搬東西，要扎針肯定不會在大廳這裡。

二元和衛小胖被自家老爹叮囑不要亂喊亂叫，既然想在旁邊看，就不能搗亂。於是，兩個小孩安安靜靜坐在椅子上，看著林叔手裡的針的時候，都是一副如臨大敵的樣子。

「林叔，這針是不是也有講究？」龔沁看到林叔拿出來的針之後說道。

「這是肯定的，替動物扎針跟替人扎針不一樣，穴位的大小跟所用的針的截面積有關，針太粗，肯定會有傷害。打個比方，一般臨床上給人用的多是二十八到三十號的毫針（0.32～0.38mm），可若是妳給小老鼠用二十八號（0.38mm）毫針的話，那刺激強度就太大了，這就跟在人身上用這麼粗的針扎下去一樣。」林叔用手比了個寬度，這讓在座的人不禁抖了抖。

「另一方面，動物的皮膚比我們人類相對要厚實一些，針太細，會讓針灸進針帶來很大的困難。所以，綜合一些因素，我一般給小老鼠用的是三十六號（0.2mm）的針，不過給貓的話，二十八號的也行。」

說話間，林叔已經將準備工作做好了。

要被扎針，鄭歎還是忐忑的，本來就不怎麼喜歡扎針，現在嘛，就像二毛說的，為了小命，扎一扎又何妨？

一開始忐忑，真扎下去，也就那樣，鄭歎沒啥太特別的感覺，漸漸便放鬆下來。

這邊林叔替鄭歎扎針，那邊二毛已經掏出手機拍照了，拍了照之後便發給焦家夫婦。替貓針灸，這是肯定得告訴他們夫婦的。

◆◇◆◇◆◇◆◇◆

此時，楚華大學生科院某實驗室，焦爸因為今天手下的一位研究生要採樣，工作量大，幫忙的人數不夠，他剛好有時間便穿著實驗服過去幫一把。二毛的照片發過來的時候，焦爸的手機有震動提示，這時候焦爸正好已經將事情處理得差不多了，摘下一隻手套，伸手進口袋掏手機，另一隻手裡還拿著槍。（注：實驗室常用的一種微量移液器）

看到手機上那張身上插著許多小針的貓照片之後，焦爸直接將手裡槍的槍頭「喀」的一聲打了出去。

旁邊的幾個學生相互掃了一眼，他們這位老闆平日裡很注意實驗室規範的，用過的槍頭都會直接打進專門裝廢棄槍頭的盒子裡，可現在，焦教授竟然直接將槍頭打飛出去！焦教授到底看到了什麼激動成這樣？

另一邊，正在走廊外被幾個學生拉著練習口語的焦媽也收到了照片。

於是，那幾個學生聽到他們平時溫溫和和的英語老師突然面帶驚容大呼一聲：「Oh! My! Cat!」

學生們：「……」老師，您不要激動，上帝祂不是一隻貓。

◆◇◆◇◆◇◆◇◆

跟二毛所預料的一樣，照片剛發過去，那邊就來電話了，焦爸和焦媽輪番上陣，二毛解釋了好半天，又拍了好幾張照片發過去，那邊才稍微放心點。

對此，二毛能理解，任誰家裡寶貝得緊的貓被扎得渾身是針也不會淡定下來，而且二毛剛才拍照片的時候還特意處理了一下光線問題，讓鄭歎身上的那些針看起來顯眼一點，這樣一來，給焦爸和焦媽的衝擊力也就更大了，難怪那邊兩人會有如此大的反應。

二毛在旁邊向焦家夫婦打電話解釋，被扎針的鄭歎感覺其實還好，沒有多少疼痛感，也沒有所想像的很舒服的感覺。也是，沒啥病，扎了理應不會有太大的反應吧？

林叔剛才扎針前怎麼說的來著？先緩解一下鄭歎的睡眠狀況，然後再用針灸檢查一下是否有其他的隱藏疾病。現在看來，還是和鄭歎之前的判斷一樣。

「沒病？」衛稜問。現在已經扎完針了，有什麼問題林叔也應該能判斷出來。

林叔沉默的搖搖頭，半晌才道：「看牠的體質，我真的很難相信這是一隻即將被劃入中老齡之列的貓。簡直健壯得不可思議。」

「真的沒病啊？牠當時真病得厲害，一睡就是一星期，寵物中心的那些獸醫們一點法子都沒有。」二毛那邊已經打完電話，剛才林叔的診斷結果他也向焦家人說了，但是掛了電話之後，他還是將自己的疑問問了出來。

林叔繼續搖頭。

只有鄭歎知道，這大概跟他最大的祕密有關。就好像，沒有哪隻正常的貓會有相近於成年人的力氣一樣，而且自己的身體，鄭歎自己能夠感受得出來，除了這一年多來的睡眠問題、做夢、時不時恍惚之外，其他健康等問題都沒有感受到。

二毛評價鄭歎的時候雖然添油加醋了點，但也大部分是正確的，鄭歎確實能吃能喝能跑能跳，七年了，感覺卻還是和當年剛變成貓不久的時候一樣。

所謂的老態，大概也只能聯繫到年齡，然後相對貓來說一下。其他的，無法解釋。

收針之後，林叔說道：「等我回去之後再好好研究一下。二毛你們會留在這裡多久？」

「一、兩週是有的。」二毛道。

「那行，我趁這段時間琢磨琢磨。」

雖然對自己一直很有信心，但林叔這次還真是疑惑了，他為各種飛禽走獸治療這麼些年，第一次遇到這樣的情況，原本他以為這隻黑貓會跟大山的情況差不多，但沒想到……

鄭歎扎針完畢，師父老人家便拉著林叔下棋，期間還問問大山的情況。

至於飯菜準備什麼的，平時都不用老人家操心，有專門的人員負責，不過今天二毛和衛稜來了，飯菜都是他們倆的老婆捲袖子上陣。

看到鄭歎真的跟人吃的差不多，口味也差不多，老人家和林叔現在是真信了，他們剛才還特地讓人準備了一碟子洋蔥炒雞蛋，還有兩盤相對比較辣的下酒菜，這些大山是絕對不會碰的，可鄭歎都照樣吃了，而且吃過之後屁事沒有。林叔當時也顧不上酒杯裡還沒喝完的酒了，擱下杯子就將鄭歎提過去檢查，依舊是之前的結論，這不禁讓林叔這位從小接觸獸醫的人嘖嘖稱奇。

酒桌上幾個男人說著話，鄭歎聽他們提到了大山，這才知道他們師兄弟幾個平時在外不怎麼提大山的原因，一個是因為當年的一些經歷，不願意回想一些尷尬的、由大山製造的不堪往事；另一個便是大山的種類在國內比較特殊，畢竟不是國外，還是不能光明正大當寵物養的，自己人知道就行，說出去徒增話題，這也是對大山的一種保護。所以，他們在外頭只會偶爾提一提「師父家的貓」，卻鮮少會詳細說出大山到底是什麼貓。

原本還以為老人家會將他們幾個批一頓，沒想到老人家還挺給面子，當著女人和孩子的面沒對三人訓話。

等吃完飯，林叔告辭，老人家便跟二毛他們聊了聊三人現在各自的狀態、家裡怎樣、有沒有煩心事、孩子怎樣等一些家常話題。之後，老人家也說起了大山。

老人家當年是在離這裡有些遠的大山裡撿到這隻另類的貓，便為牠取名叫「大山」。

一般來說，獰貓這種生物在當地不應該存在才是，不過，聽聞曾經有非法帶入野生動物的人出沒，應該是那些人帶進來的。

大山小的時候，老人家只當牠是一隻稍微有那麼點特別的貓而已。他沒見過獰貓，便沒往其他方向想，後來聽一些人說了才知道，那傢伙是獰貓，只是這一帶原本是沒有獰貓的，將牠帶來之後，牠成了這裡獨一無二的了。

這些年老人家不是沒想過為大山找個伴，但這傢伙每次相處一段時間就將好不容易辦手續託人帶過來的伴踹了。

即便大山的脾氣不好、總惹事，行事也不讓人滿意，但老人家卻一直將大山留在身邊，久而久之形成習慣後，老人家就將大山當作一個暮年的小夥伴了。而大山也跟老人家相處得很好，牠是不喜歡被別人一直抱，尤其是小孩子，但那是「別人」，不是老人家，老人家是特別的。林叔也算一個。

「年紀大了之後，大山也不像從前那麼愛找人麻煩了。」老人家說道。

這話衛稜直接撇嘴，不找麻煩？那他兒子的褲子是誰扒的？！只能說，大山現在找麻煩找得稍微少了一點點而已，牠年紀大了，沒那麼多精力去找別人麻煩，心有餘而力不足罷了。

而大山，也不是真的排斥、討厭二毛他們，牠平時在外很注意隱蔽，大山並不是一隻純粹的家庭寵物，而是處於半野生狀態，還保留著很多野性習慣，牠是因為要迎接二毛他們一行人才蹲在路邊顯眼的石墩那裡，不然路過的人沒那麼容易能發現牠。依二毛他們所說，過去大山也經常在那裡迎接他們，這似乎已經成了一個慣例。

從這些言語以及大山的表現來看，這隻貓還是很有人情味的。

在這裡的第一晚，鄭歎睡的是折疊帳篷。這是一個小型的帳篷，打開之後帳篷便會撐起來，這玩意兒是小郭那邊送的，只是鄭歎在家的時候沒怎麼用，這次外出便帶了出來。往裡面墊上一些焦媽準備好的軟墊子當床墊，鄭歎晚上便睡在那裡面。

折疊帳篷放在離二元的小床比較近的一張小方桌上。

大概是白天的針灸起了作用，也可能是長途行車之後精神放鬆，鄭歎晚上睡得很好，並沒有對陌生環境的不適感。

次日一大早，尖銳的、像是劃在硬板子上的刺耳「咯吱」聲便響起了，聽著就讓人起雞皮疙瘩，而且還挺有節奏，跟喊口號「一、二、一、二」似的。

鄭歎聽力好，這聲音無法讓他再睡下去。被這聲音驚起之後，鄭歎從小帳篷裡出來。

二毛已經坐起身，一手撫著額頭，看了看還有些茫然的龔沁和小床上睡眼矇矓的二元，解釋道：「差點忘了，大山式鬧鐘，每天準時響起。」

鄭歎翻窗戶出去，跳上二樓的欄杆扶手往下望。

院子裡，大山正在撓一塊硬板子，聲音就是牠製造出來的。此刻，大山的兩隻前爪很有節奏地在那塊斜靠著牆放著的板子上撓動，再看看那塊板子，已經有無數的爪痕，可想而知這樣的情形並不是只有今天才出現，就跟二毛說的那樣，這是一個「大山式鬧鐘」。

院子外面的一塊空地上，老人家正在那裡練拳，速度不快，但也不是太極拳，可能是老人家自己的一套健身拳。

等二樓睡著的三家人都起來之後，二毛師兄弟三人便過去跟老人家一起練拳，這一套健身拳他們很早就接觸了，只是離開這裡之後平日裡沒怎麼練，不過心裡依舊熟悉。

那邊一師三徒在練拳，這邊的兩位媽媽拿出相機拍了幾張照片留影。

二元和衛小胖以及裴傑都感到很新奇，裴傑接觸過一些，過去跟著練，另外兩個孩子只是覺得好玩，過去湊熱鬧。

更有意思的是，將三家人「鬧」醒之後，大山也來到老人家打拳的旁邊。

別人是在打拳，大山是在打滾，而且打滾的節奏還跟這些人打拳的節奏挺像，就是伸胳膊、伸腿的動作有時候都能跟二毛他們對上。大山式打滾法，平日裡沒少這樣滾過，連那塊打滾的地方應該都是大山平日裡所待的，那裡沒什麼草的痕跡，相比周圍其他地方的地面，表層被磨去很多，顏色明顯不一樣。

貓似乎總擺脫不了那種怡然自得的懶散樣子，即便牠們磨爪子的時候，有時看上去也一副漫不經心。

林叔說，除了他幫大山做的那些治療和保養之外，大山能活這麼久、這麼健康的原因，還可能與牠本身的性格相關，或者說，跟貓科動物的一些習性相關。

貓狗大戰向來難分高下，但在比拚壽命的較量中，貓卻要高出一籌。這可能要與牠們隱藏在桀驁裡面的相對於狗來說更悠然閒散的習性，以及對家養生活的應對方式相關。

以家貓為例，雖說貓大多數都在十來歲壽終正寢，但二、三十歲的貓也不少，聽說還有專家估計理論值可以達到四十歲。

「有大山在，即便二毛他們沒在這裡，這個院子也不會讓人感覺暮氣沉沉。」龔沁說道。

太陽尚未升起，空氣略帶涼意。一位老人，一隻老貓；一個打拳，一個打滾。

有時候二毛他們對大山真的是又愛又恨，但不管感情有多複雜，不管大山是不是總跟個熊孩子似的找麻煩，他們還是希望大山能陪在師父身邊，一直這麼熊下去。哪天牠熊不起來了，可能就到了牠該離開的時候。

◆◇◆◇◆◇◆◇◆

鄭歎發現這兩天那隻大貓有點不對勁，又或許，牠本來就是這個樣子？

總之，除了來這裡的第一天之外，鄭歎覺得，後面幾天那隻大貓看自己的眼神怪怪的，每次他回頭瞧過去的時候，那隻大貓都沒有選擇挪開視線，就這麼迎上來，一點都不怕正面對視。

不對勁。

很不對勁。

雖然二毛他們會覺得大山只是對鄭歎這隻與牠有些相似的「半同類」很好奇而已，可鄭歎不這麼想。

或許這裡的貓並不會像鄭歎這麼大膽，林叔說了，在這一片區域，大山就是霸王，周圍的貓以及一些家犬等，甭管是家養的還是野生的，都不會與大山正面相碰，有些一看到大山就飛一般的避開，只有鄭歎對大山是不畏懼、不理會，說直白點，像是沒放在眼裡一樣。

鄭歎不是沒放在眼裡，只是他一直都是偏向於人類的視角，對一隻特殊的貓，除了開始的那股新鮮勁之外，也沒啥了。

二毛他們以及師父老人家肯定都是希望鄭歎跟大山能好好相處，而在鄭歎看來，兩個都是雄性，沒為爭地盤亮爪子打架就已經是一個很好的現象了，何必要求更高？難道還真要求貓能跟小朋友似的團結友愛、平等互助嗎？

不過……

鄭歎往斜前方瞧過去，那隻大貓正趴在一張椅子上，看著鄭歎這邊，依舊是那種讓鄭歎感覺似乎在打主意的眼神。

鄭歎忍了這幾天，就是在等這傢伙行動，如果跟鄭歎想的一樣，大山確實有什麼目的的話，應該會有相應的行為才是。

貓為了獵物，耐心總是能夠出奇的好。

一連四天下來，大山都保持著之前的態度，盯著鄭歎，卻沒有其他動作。回過頭，鄭歎繼續盯著正坐在矮桌旁畫畫的二元和衛小胖，可心裡卻琢磨開了。看大山剛才那眼神，應該很快會有行動才是。

果然，又過了大概半個小時，那邊趴在木椅子上的大山就跳下來，走到鄭歎旁邊，和鄭歎一樣，蹲在那裡看二元和衛小胖畫畫。

有剛開始的「扒褲」之仇，衛小胖看到大山靠近之後就立刻起身，提著褲子避開好幾步，警戒的看著大山。而二元看看大山，又看看衛小胖，沒動，但也沒畫畫了。

鄭歎側頭瞟了一眼大山，這傢伙似乎一點都沒在意自己被兩個孩子防備，先是看看矮桌上的紙，沒興趣，又看向鄭歎，然後抬爪子對鄭歎揮了過來。

搧巴掌這種放在人身上很是女人家的行為，對貓來說卻跟舔爪子一樣普通，你也不能指望一隻貓握拳出擊是不是？而且貓搧巴掌有好幾種不同的搧法，怎麼搧、爪子是收起來還是放出來、放出來多少、從哪個角度搧等等，這些都會根據不同的情境而有不同的選擇。

就像現在，大山對鄭歎沒有敵意，只是跟玩笑或者試探似的給了鄭歎一下，揮過來的時候爪子是收著的，力道也不大。

因為察覺到大山沒有惡意，鄭歎也沒有避開，頭上挨了一下之後，鄭歎沒有立刻還手，而是看著大山，仔細分辨著這隻被二毛和衛稜他們都認為極聰明古怪的大貓。

確實好像只是試探而已。

鄭歎挨了大山這一下，沒有立刻還擊，可二元和衛小胖還小，一個快三歲，一個三歲半，沒有足夠的辨別能力，看到大山搧了鄭歎一巴掌，以為鄭歎受欺負了。

衛小胖記得他爸跟他說過，如果大山和鄭歎打架的話，就去知會一聲。於是，衛小胖提著褲子圓滾滾的往院子外跑，一邊跑一邊喊：「爸爸、爸爸！山叔跟黑哥打起來了！！」

而坐在原處的二元見到鄭歎挨了一下之後，拿著畫畫的筆就朝大山敲過去。對二元來說，黑哥自然比山叔要親近得多，黑哥被欺負，自然是山叔的錯，那就更得護著了。

架式不錯，可惜二元人小胳膊短，打過去的力道也不大，敲大山身上也沒多疼。

鄭歎心裡頓時感動了：二元好孩子啊！

大山挨了二元這一下之後，耳朵上的兩束毛隨著耳朵抖了抖，看向二元，然後抬起一隻爪子放在矮桌的畫本上，往旁邊一撥。

畫本被掀到地上。

這次，鄭歎給了大山一巴掌——二元幫他出氣，他肯定也得幫二元還這一下。他也沒用多大的力氣，沒張開爪子，打上去的力道跟剛才大山揮過來的時候差不多。

二元剛因為畫本被掀而癟嘴，就見鄭歎幫她搧了大山一下，頓時不癟嘴了。

而院子外面，被衛小胖一句話驚到的人也趕了過來。等看到院子裡的情形，二毛和衛稜頓時放下心，看上去也沒怎麼打嘛，應該是衛小胖的誤解。

二元已經將畫本撿了起來，見二毛過來，趕緊跑過去告狀：「爸爸，山叔壞！」

聽著二元將剛才的情況說了一下，雖然二元的表達能力有限，不過幾人還是能大致猜出剛才這裡發生的事情。

「二元乖，妳山叔跟黑哥只是在玩耍而已。」二毛解釋道。

「真的嗎？」二元好奇。

「當然是真的，妳看山叔和黑哥都沒生氣是不是？這是貓之間表達友好的方式！」二毛道。

鄭歎：「……」友好個屁！

下午的時候，三個孩子都被帶進屋裡去睡覺，二毛他們則去周圍逛，故地重遊，尋找點曾經的記憶，也去拜訪一下昨天還沒能拜訪完的幾戶人家。那些居民都是他們當初在這裡住的時候認識的，而且聽到二毛和衛稜回來，不少人都拿了吃的喝的過來，二毛他們自然得表達一下自己的心意。

關係的維持是互相的，不是單一方維持就能長久友好下去的，再說，老人家還得在這裡住好久，跟其他人把關係維持住，也是對老人家的一個幫助。老人家住在這裡，其他村民雖然未必能幫得上多少忙，但多少能照應些，不至於讓老人家太寂寞。

院子裡，鄭歎趴在陰涼處的一張椅子上睡覺，相比起屋內，他更喜歡這種室外的更親近大自然的環境。

大概是因為有了貓的身體，也會帶著些貓的習慣。一隻貓每天有大部分的時間都在睡覺，當然，這種睡覺並不是那種睡死的情況，很多時候都只是靜靜的趴在那裡，閉著眼，一副不想與外界聯繫、閒人勿擾的樣子，但依然耳朵支著，時刻注意著周圍的動靜。

睡到一半，好像有什麼接近一樣，鄭歎耳朵動了動，然後睜眼看過去。

靠近者是大山。

平日裡這個時候，大山會藏在院子周圍的某棵枝繁葉茂的樹上睡覺，不仔細看是很難找到牠的，要不然鄭歎也不會在院子裡休息。而現在原本應該待在院子外的樹上的大貓，此時卻來到鄭歎眼前。

這次大山沒有動爪，看了看鄭歎之後，又往院子大門口走，走兩步又看向鄭歎，還低聲叫了一下。

這是讓他跟著？鄭歎疑惑。

因為好奇大山的目的，加上鄭歎現在也閒著沒事，伸了個懶腰之後，便跳下椅子。

見鄭歎跟上，大山繼續往外走。

鄭歎跟著大山離開院子，越走越遠。回頭看看已經快要看不見的院子，鄭歎頓了頓，往大山那邊看過去。

大山察覺到鄭歎沒跟著，停下來等，似乎對鄭歎突然停住很不滿。

這傢伙到底想幹嘛？鄭歎想。

猶豫了一下，鄭歎繼續跟上。

二毛能根據貓牌找到鄭歎的位置，就算鄭歎被大山甩開在野外的樹林子裡迷路，也不用擔心。而鄭歎也想去更遠的地方看一下，所以繼續跟著大山走。

大山帶著鄭歎離開這個熟悉的並不高的山頭，離開分布著住戶的村子，進入了野外的樹林。這裡沒有路，一開始還有人類活動的痕跡，但越往後，人類的活動痕跡越少，反而常會有一些小型野獸的氣息。

鄭歎跟著大山，警戒著周圍。

大山的野外生存經驗很強，看似步子輕快，卻時刻注意著四周的動靜。

鄭歎學到了不少經驗，但也沒有表現太多，只是跟著走，沒有像大山那樣時不時逗兔子、掏鳥窩什麼的。

看到大山的樣子，鄭歎就明白，為什麼那麼多生態學家和鳥類學家們對貓都不怎麼待見了。在一些原本沒有貓生存的地方，多一隻貓，就會造成不小的威脅，何況是這種稍大些的。

作為天生的獵殺者，貓不會因為不餓而停止運動，吃飽喝足之後，碰到獵物也會玩一玩，牠們可不會跟你計較什麼生態圈、什麼食物鏈、什麼物種入侵之類的，全憑自己的性子來行動。

大山吃了一隻鄭歎叫不出名字的鳥，捧了兩顆鳥蛋，等時間差不多、往回走的時候，又逮了一隻兔子。野外生存經驗以及對這一片地區的瞭解，讓大山總能夠找到獵物，並輕易將之獵殺。

鄭歎跟著大山往外走了一圈，又跟著回來，心裡琢磨開了。

大山的外出行為，師父老人家沒有提過太多，鄭歎只知道大山每週會有一、兩次出遠門去野外，老人家沒有要將大山困在家裡的意思，再加上大山每次也能按時回來，老人家習以為常，現在也不怎麼擔心了。

這隻大貓很聰明，跟在老人家身邊二十年，老人家將大山當作小孩子教育了二十年，總會學到一些東西，相比起其他貓來說，要精一些——關於這部分，二毛他們的話已經證明了，鄭歎也感覺得到。而正因為這樣，鄭歎才會好奇大山到底想要幹嘛。

鄭歎覺得，今天下午這一行，好像也是大山的一次試探，他並不認為大山只是單純的盡地主之誼帶自己去野外溜一溜而已。

第二次試探了。

◆◇◆◇◆◇◆◇◆

在鄭歎跟著大山往遠處離開的時候，二毛手機就開始嘀嘀嘀的報警。由於鄭歎貓牌上的特殊裝置，只要鄭歎離開一定的距離，二毛的手機上就會有警報聲。

所以對於鄭歎的外出，二毛一清二楚，只是師父他老人家說有大山在，沒事，二毛才沒動。

直到下午，看見大山和鄭歎都回來時，二毛和衛稜才放下心。別人不知道，他們兩個心裡卻相當清楚，這隻黑的可不是隻多安分的貓，惹事的本領大得很，再說來之前他們都向焦家人保證過了，若真的出了什麼事情他們也不好交代。

因此，鄭歎在回到院子之後，聽著二毛發表了二十多分鐘的意見。

第三章

大蛇出沒中，請注意

大山一週就出去一、兩次，如果是兩次的話，也極少是連著的兩天，所以連師父他老人家也沒想到，第二天大山會繼續帶著鄭歎出去。而且這次相較於前一天要遠得多，居然從上午兩隻貓就出去了。

鄭歎跟在大山後面，有了昨天的經驗，現在鄭歎也稍微適應了點。

今天的路跟昨天有大部分的行程是一樣的，只是在後面一段路的時候，大山選擇了從一些對人來說比較難走的地方。不管是狹窄的、陡峭的山石路，還是人類難以在其中行走的密林地帶，對貓來說，並沒有太大的困難，鄭歎所需要做的就是警戒周圍可能存在的危險。

鄭歎不會將所有的希望都寄託在大山身上，就算是大山這隻經驗豐富的山野獵食者，也未必能將周圍所有的潛在威脅都察覺到，因此鄭歎還是得懸著心，警戒著四周。

曾經鄭歎也跟著焦家人去野外實習過，找到紅老鼠的那一次，鄭歎在野外生存過一段時間，時隔幾年，現在那種緊張得神經都似乎繃起來的心情再次升起。

這就是野生生活，沒有仁慈，只有生存，微小的疏忽都會導致致命的結果。

緊繃著神經，鄭歎跟著大山一直走。他知道這裡會有危險，但他想知道，大山究竟有什麼目的，不弄清楚，自己心裡總覺得懸著一件事。

雖然已經是十月中下旬，如果是在楚華市，肯定已經有了明顯的秋意，氣溫會下降，蚊蟲什麼的在野外也會漸漸的少了，可這裡不是。這裡冬季的氣溫要比中部地帶高一些，除非是一些高山上，不然整個冬季都難以見到一片雪花。

大概是因為氣溫的關係，鄭歎行走在樹林中的時候，能聽見很多蚊蟲的聲音，有時候那些蚊蟲就在眼前閒晃，讓人恨不得立刻一巴掌拍死，可鄭歎還是忍了。拍蚊蟲的動作太大，容易驚來一些危險物種。

已經接近中午，大山抓了一隻鳥吃，鄭歎只找了幾顆果子將就。不到萬不得已，鄭歎實在不想再於野外碰生食。

大山看到鄭歎吃果子的時候還挺好奇，過去嗅了嗅，然後嫌棄的走開了，繼續吃牠的肉食。吃了點東西，也不那麼餓了。鄭歎蹲在樹枝上休息，想著：這一帶都沒見人影了，走這麼久都沒發現有人類活動的痕跡，大山究竟還要往裡走多遠？

有當年紅老鼠之行的前車之鑑，一離開就好幾天甚至更久的這種事情，鄭歎不想再來一次。

——要不，待會兒打道回府？

正想著，鄭歎耳朵一動，猛地看向一個方向。

如果剛才他沒聽錯的話，好像，在那邊，有人說話。

側頭看向另一根樹枝上的大山，此刻大山也看著那邊，臉上有些嚴肅，跟平日裡差不多，只是眼神卻帶著些寒意。鄭歎見過很多次類似的眼神，貓在捕獵、玩死獵物的時候，就是類似的眼神，只不過相比起那些帶著興趣捕獵的貓們，大山眼裡的眼神，冷意更多，就像是真正的大自然生產的冰冷殺手一樣，看得鄭歎心裡發涼。

難道大山的目的就是那邊的人？

看大山這樣子，應該是知道那邊有人存在。

在離村落城鎮這麼遠的、幾乎全是野生環境的地方，竟然會有人生活，之前鄭歎還以為這種地方不會有人類活動的。

聽到那邊的動靜，大山動了。牠動作很輕，卻很迅速，悄然接近那邊。

鄭歎跟在後面，從聽到的聲音中辨認那邊可能正發生的事情。

聽聲音，那邊不止一人，似乎在尋找什麼。

往前面的大貓看了一眼，鄭歎心想：不會是在找這個傢伙？

——也好像不對。大山平時都在院子那邊住著，就算來這裡，也來得不勤，昨天也沒過來這裡，這些人找的應該是剛丟不久的東西。

——不過，這些人到底是幹什麼的？

大山沒有離得太近，還有一定距離的時候停住了，藏在一棵大樹上，茂密的樹枝將牠的身影遮住。

鄭歎也藏了起來，看著那邊越來越近的人。

那些人說話帶著方言腔調，鄭歎聽得不太明白，只是看他們的動作知道確實在尋找什麼。而且，鄭歎感覺到這些人身上帶著血腥味。

這些人很危險，屬於應當遠離的類型。這是鄭歎的直覺。

對方有三個人，看上去三十來歲的樣子，大概是常在外活動，皮膚黝黑。他們小聲說著話，視線時不時掃過周圍的樹叢草地。

鄭歎躲在灌木叢後面，隨著那三個人越走越近，鄭歎心裡也緊張，呼吸都變得小心翼翼。

好的是，他們在離十來公尺的時候，大概是覺得這邊的灌木太多，不好走，也沒發現什麼可疑痕跡，便換個方向離開了。

等那些人走遠，鄭歎才長長呼吸了一口氣。

而大山則從樹上跳下來，樹枝隨著大山的動作發出沙沙的摩擦聲，好在那些人已經走遠，聽不到。跳下來之後，大山看著那三個人離開的方向，耳朵動了動，確定那三個人沒有返回，才再次走動起來。

鄭歎跟著大山，他不知道這隻大貓到底想幹什麼，可以肯定的是，絕對與這些活動在密林深處的人相關。

接著怎麼辦？

就兩隻貓，即便有仇，又能將那些人怎麼樣？

鄭歎就算是變成人，也對抗不了那三個人中的任意一個。當然，如果是借用其他手段的話，那就另說了。

大山似乎沒有跟著那三個人追過去的意思，而是往另一個方向走。

走了大約半小時後，鄭歎看到了一處簡單的用布和木頭搭成的棚子，從裡面傳來的一些聲音可以知道，布棚裡關著一些動物。

——偷獵者？

不對啊，雖然這裡確實有很大一片野生山林，野狗、狼、野豬什麼的有很多，但並沒有多少的珍稀動物，這是鄭歎聽二毛說的。

真要偷獵的話來這裡獵啥？狼皮嗎？

這時，兩個人從帳篷裡出來，其中一人打了個哈欠，帶著酒意，走進旁邊的一頂帳篷，而另一人則在周圍轉了一圈，然後靠著一棵樹坐下，點了一根菸抽著，聽到什麼，那人突然看過去。

「嗖──」

褐黃的身影在草叢間一閃而過，迅速消失。

那人剛才還警戒的眼神頓時消失了。只要不是人，其他動物他們都不在意。

鄭歎躲在那個布棚後面，看著那人發現大山之後，再次慢悠悠的靠著樹坐下，似乎一點都不擔心。

這人很警覺。

大山剛才的動作其實很輕微，只是在接近布棚的時候，大概因為裡面那些動物的氣息而頓了頓，腳步一挪踩在一根很細的樹枝上而已。

等那人重新坐下，鄭歎輕輕掀開布棚垂落在地上的厚厚的布簾。並沒有直接進去，鄭歎只是掀起一點，看了看裡面的情形。

布棚邊上留有通風口，外面有光線射入。因此，即便布棚裡面相對較暗，鄭歎還是能夠利用那點並不多明亮的光線看清楚布棚內的情形。

這裡面放著五個籠子，兩個籠子裡裝著猴子，另外三個籠子則裝著小熊貓──不是小型的熊貓，而是那種身上很多紅褐色的動物，也被人稱為紅熊貓。

不論是那兩隻猴子還是那三隻小熊貓，狀態似乎都不怎麼好，沒精神，待在籠子裡也沒怎麼動。鄭歎再次懷疑這些人是否真的是偷獵者了。讓牠們活著，卻又不多注意牠們的健康狀態，這是偷獵者？

正看著，鄭歎心中突然一凜，趕緊將布簾放下，然後迅速離開原處。

在鄭歎離開之後，原本靠著樹坐著的人出現在布棚旁。

「怎麼了？」之前那個進入帳篷裡的人出來問道。

「沒什麼，有其他動物接近。」布棚旁邊的人說道。

「哦，只要不是人就沒關係。」那人臉上的緊張頓時消散，又打了一個哈欠，再次走進帳篷裡，「我睡會兒，醒了接你的班。」

躲在不遠處一棵樹後的鄭歎看著那邊的兩人。相比起之前遇到的三個人，這兩人說的話裡面鄭歎還能聽出來幾個字，猜測到話裡的意思。

鄭歎沒有再過去打探，大山似乎也知道不能接近那裡，於是打算回去。不過，鄭歎感覺，這傢伙其實還是有那麼點不甘心。

不甘心也沒辦法，那些人，鄭歎可不想去惹。

往回走的時候，鄭歎心裡也琢磨著剛才那兩人，以及被關在布棚內籠子裡的猴子和小熊貓，只注意周圍有沒有危險卻沒注意腳上，突然感覺踩到點什麼，鄭歎一頓，低頭看了看。

腳上踩的地方有一些黏糊糊東西，不知道是啥，鄭歎感覺挺噁心。而大山對此很忌憚，緊張兮兮的看著四周，似乎有什麼危險物體存在。

鄭歎聞不出腳下踩著的有些透明的、黏糊糊的到底是什麼東西，這其中或許帶著某種動物的氣息，只不過鄭歎的經歷有限，無法去猜測，只能透過大山有些恐懼的眼神裡知道，這不是件什麼好事。

就算是那些在鄭歎看起來很危險的人，大山也沒有表現出這樣的神色。能夠讓大山這麼畏懼的，如果是動物，那麼這種動物在這片林子裡肯定處在食物鏈中絕對的上層，而且還要高出大山很多。

只要不是什麼動物的屎或者鼻涕就好。

鄭歎抬腳將腳掌上的黏液在旁邊的草叢上擦了擦，同時看看周圍。

黏液不只在這裡存在，鄭歎立起身朝周圍望的時候，越過一些矮草叢，看到左前方不遠處也有一些。

想了想，鄭歎選了一棵還算高的樹，決定瞧一瞧四周，看看能不能有什麼發現，至少心裡有個譜。

就算大山知道到底是什麼，也無法告訴鄭歎，所以鄭歎想要知道，只能自己去尋找答案。

站在離地十多公尺的樹枝上，鄭歎朝著剛才看到黏液的方向瞧過去，在二十多公尺遠處，兩棵樹之間的一小塊空草地上，有一團棕灰色的東西。從鄭歎這個角度，暫時還看不出是什麼，那裡有很多黏液，和鄭歎剛才踩到的那些黏糊糊的東西一樣。

仔細聽了聽四周，沒有其他人或大型動物的聲響，再往周圍看了一眼，確定沒有其他危險，鄭歎目測了一下另一棵樹的距離，蓄力——跳！

大山還在下方有些焦躁不安的走來走去，走兩步就瞧一瞧那些黏液，湊近嗅的時候都顯得小心翼翼，嗅兩下就趕緊後退，似乎多嗅一下都能惹上危險一般。

在大山正小心翼翼沿著那些黏液的痕跡嗅的時候，上方的動靜將處在焦躁和緊張中的大山嚇得噌地就跳開了，發現是鄭歎弄出的聲響之後，才從樹後抬頭往上看，視線跟著鄭歎的身影，猶豫了一下，牠還是抬腳跟了過去。

如果那種動物是陸地動物，鄭歎從上方接近的話，相對安全一些。好在鄭歎在樹上跳躍的技能早熟練了，這裡的樹也多，接連跳了幾棵樹之後，鄭歎來到那團棕灰色的東西之上的一根樹枝處，站著往下瞧。

那團棕灰色的東西並不算大，不然鄭歎也沒那個膽接近，但即便那隻是在地面上，也不能說是毫無危險的。

那團棕灰色，看上去就像野兔的大小一般。

想著，鄭歎仔細瞧的時候，越瞧越發現像野兔。

——兔子？

好像，還真的是。

只不過，那隻兔子的身上有黏糊糊的一層，整體也有些變樣了，像是……被消化過又吐出來一般。

很多動物，如貓科類的，或是狼、野狗等，在進食的時候，會將捕到的獵物撕碎，將肉一點點從獵物身上撕下來吃掉，而不是這樣整個吞入腹中。

是的，那隻已經被消化過的兔子，被吐出來的時候還保持著一個整體的樣子，沒有被撕扯的痕跡，鄭歎也沒在上面見到明顯的傷口。

能夠將整隻獵物吞下去，並以這種方式進食的動物，鄭歎想到了那種冷血的，說起來就感覺毛骨悚然的動物——蛇。而且，照現在這種情況，還是一條不小的蛇。

能吞兔子，肯定能吞下鄭歎，那隻野兔還挺大的，比大山昨天捉到的兔子要大、要肥很多，這樣的尺寸都能輕易被吞下，就別說鄭歎這點貓樣了。現在的鄭歎就這麼大點，沒啥體型優勢。如果那些黏液是大蛇的胃酸之類的東西，能吐出這麼多的胃液，還讓大山如此忌憚的，體型也肯定不小。

想了想剛才踩到的那一團黏液，再看看下方那些黏液中留下的爬行的痕跡，鄭歎能推測到，那條蛇肯定不止吐了這麼一隻兔子而已，在這之前也吐過，然後那條蛇往這邊爬，中途留下了一些痕跡，到這裡之後又吐了，再然後……

鄭歎看了看自己所在的這棵大樹，樹有些年頭了，很高，鄭歎又往上爬了點，朝前面看去。前方的樹沒那麼密集了，多的只是一些雜草和各種矮一些的灌木，正因為這樣，鄭歎才看到了那裡的事物。

鄭歎剛才以為吐出那隻兔子的會是一條成人小腿粗的蟒蛇，但現在看來，他還是低估了——不是小腿，是大腿粗！

而且，在那條蛇兩公尺遠處，還有一些嘔吐物，吐出來的大概有六、七隻兔子，消化程度跟之前那隻差不多。

野外的蟒蛇，一口氣吃掉這麼多同體型的兔子，這種機率鄭歎認為不大，除非是有人專門養的，飼養的時候扔兔子給蛇當食物。長那麼肥的兔子，也不像是常在野外生存的，極大可能兔子也是人專門飼養的。

而養這麼大的蛇，幹嘛呢？

在從裴亮家鄉那邊過來的途中，鄭歎聽二毛他們說過，這個省市確實有很多飼養蛇的人，因為氣候的原因，養蛇、養龜、養花的都不少，養大蛇的肯定也有，只是沒想到會被鄭歎在這裡碰到一條。

那條蛇蜷曲著，一動不動，不知死活。牠將所吃下的食物幾乎全吐出來，肯定是身體不適。那種大傢伙，難怪大山會害怕。如果那條大蛇是死的還好，如果是活的，絕對是極端的危險物。

這下子鄭歎也不敢接近了，看了看下方慎之又慎的大山，想著自己還是趕緊離開算了，好奇會害死貓的。

輕輕的在樹枝上挪動，鄭歎打算離開，可剛挪動步子，就聽到有人朝這邊過來的聲音，而且還跑得很快。

是之前遇到過的那三個人。

難道，他們尋找的就是這條大蛇？

大山已經聽到動靜藏起來了，鄭歎也沒有直接離開，迅速的從樹上下來，藏在樹幹後面。那三個人似乎急著找目標物，鄭歎抵不住好奇心跟在他們身後不遠處，他們也沒察覺到。

鄭歎想著，一旦情形不對，立刻就撤，到時候那三個人就算看到他和大山，也不會有精力來管他們。

在鄭歎思量間，那三個人已經快速接近了，知道發現那條大蛇之後，才在距離十來公尺遠的地方停止。

他們小聲交流著，鄭歎聽不懂他們在說什麼，但很顯然，這條蛇確實是他們的目標，看到蛇的時候，那三個人眼裡明顯流露出欣喜，看起來似乎還鬆了口氣似的。

三人中，兩人拿出隨身帶著的手槍，另一人撿起旁邊的一顆石頭，朝大蛇扔了過去。拳頭大的石塊打在大蛇身上，蛇並沒有任何反應。

見狀，扔石頭的那人往前繼續走，接近大蛇，還很大膽的將蛇尾巴提起來看了看，確定什麼之後，回頭朝兩個同伴點點頭。拿著槍的兩人這才放心的接近。

看他們擺弄著那條大蛇，鄭歎知道那條大蛇不是死了，就是離死不遠了，或者完全沒有任何反抗的力氣。

鄭歎原以為他們會將蛇直接拖走，可接下來，鄭歎卻見其中一人掏出一把折疊的刀，將蛇身稍微翻了翻，然後在離蛇尾不遠的地方用刀劃開。

劃開之後，那人用刀在裡面撥了撥，然後撥出來一個玻璃小瓶，瓶身有裂紋，裡面進入了一些血液，而裝在那個小瓶子裡的有一些淡黃色尚未完全溶解在血液中的東西，鄭歎不知道那是什麼，但絕對不是什麼好東西，說不定是又是禁「藥」之類的。

鄭歎曾聽說過一些人用動物去運輸「藥」，這樣可以避過一些緝毒犬或者某些人的視線，眼前這麼大的一條蛇，確實是一個很好的倉庫，只是因為某種原因藏在身體裡面的瓶子破裂了，藥物流出，最後導致這條大蛇死亡。

似乎，又發現了什麼不得了的祕密。

去告訴二毛他們？

不行——鄭歎在心裡直接否決。

這次二毛和衛稜他們都是拖家帶口過來的，只是來旅行，看望一下老人家而已，有些不方便行動，如果真要涉及進去，那就麻煩了，這些人說不定都是些亡命之徒，幹這種事，沒那個膽子能行？

這些人太危險。

算了，這種事情有專門的人去管，鄭歎決定自己不去操心，他只是一隻貓而已，不是專門懲惡揚善的超人。

那三個人在辛苦一番之後，便將蛇拖走了，估計找個適合的地方將之處理掉。想要的東西他們已經拿到，這條蛇也已經死了，他們也不會將這麼大條的蛇再費力帶回去。

等那三人離開之後，鄭歎才從藏身的地方出來。

這次，大山也沒有繼續待在這裡的心思了，回去的腳步都快了很多。

大山有沒有發現這其中隱藏著的祕密？鄭歎有懷疑。不過，這種可能性太小了，大山雖然聰明，但不至於對這些都瞭解，牠的目的似乎只是那些人而已，像是曾經結過仇。

◆◇◆◇◆◇◆◇◆

回到老人家住處的時候，鄭歎一直提著的心才放下來，出去一趟也不容易，膽顫心驚的，還碰到了那些破事。

看了看在院子裡畫畫玩的兩個孩子，鄭歎決定不管了，出來的時候焦爸焦媽也說過別惹事，不關係到自己的，鄭歎就當作沒看見算了，大不了到時候匿名舉報？

這次出來他也帶了手機，等離開的時候再匿名去舉報算了。

決定之後，鄭歎心情也輕鬆很多，還有心情將廚房旁邊架子上放著的一個好像很久沒用的打火機拿過來玩一下。

這裡沒什麼人，二毛他們還沒回來，兩位媽媽在大廳裡說著話，看著院子裡的兩個孩子，並不會注意到鄭歎。

鄭歎將打火機打燃、熄滅，打燃、再熄滅，反覆好多次之後，鄭歎也唾棄自己真是無聊，無聊到玩打火機都能玩幾分鐘。

將打火機放下，鄭歎側頭看過去。

大山在不遠處站著，盯著鄭歎這邊，看看鄭歎，又看看被鄭歎扔腳邊的打火機，走過去將打火機撥過來，抬爪試了試，搞不定，再試，還是搞不定。

鄭歎沒留在那裡，由著大山去研究打火機。

於是，當師父他老人家帶著二毛三人從外面回來時，只見到跟兩個孩子待一起的鄭歎，找了找才在廚房旁邊找到大山，而他找到大山的時候，大山還在擺弄那個打火機，一個小時了，牠仍舊沒能將這個小玩意兒打出火來。

啪的一下，大山將打火機拍老遠，然後盯著鄭歎。

鄭歎鬍子一抖：你打不出火看我作甚？！

大山好奇心也很強，為了將那個打火機玩會，牠每天一大早就去找鄭歎，嘴裡還叼著那個打火機。

鄭歎只在無人的時候才會教大山怎麼玩打火機，有人的時候他是絕對不會教的。

不得不說，大山的學習能力跟牠的好奇心一樣強，雖然不能和鄭歎相比，但相比起其他貓或者貓亞科的動物來說，大山已經算是相當聰明的了。

大山學會之後也不再纏著鄭歎，自己一個叼著打火機就出門找地方練習去了，鄭歎只希望這傢伙別玩打火機玩得將樹燒掉。

沒了大山在，鄭歎便有空跟著二毛他們去村子裡看龜。

來這裡這麼久，鄭歎還沒怎麼在村子裡逛過。前天二毛他們去看一戶人家家裡的母豬生小豬，鄭歎也想去看看，這裡養殖戶比較多，聽說那戶人家養的是小香豬，鄭歎只吃過，卻沒見過生崽的，想跟著去瞧個新鮮，誰知道被大山堵住了，要教牠玩打火機，錯過了看豬崽的時間。

今天二毛他們要去看金錢龜，鄭歎正好跟著過去。

別看這裡偏僻，看起來也不像是個富饒之地，但實際上，這裡很多人家裡都是百萬千萬資產的，房子建得跟豪華別墅似的。

就比如今天這戶，家裡在監控防盜上就花了百萬元，而裡面養殖的金錢龜，總價逾千萬。只是在鄭歎看來，那些單隻售價二、三十萬的金錢龜也沒什麼特別，看兩眼就沒興趣了，在旁邊蹲著無聊得打哈欠。

二毛他們在參觀了養殖場所之後，便被帶到休息的地方，在二樓一個大陽臺那裡坐著喝茶。帶著二毛他們參觀的是個跟二毛年紀差不多的人，二毛他們叫他「大豪」。這裡的人似乎很喜歡在人名前面加個「大」字，即便都只是二、三十多歲的青年。

此時，那個大豪正在向二毛他們三個吹噓自己這幾年的發家史，這人跟二毛他們比較熟，以前在這裡的時候一起玩過，養龜其實是二毛早先提出的一個建議，後來這傢伙生意竟然越做越好了，現在也是個身家千萬的小富翁。

「那人是誰？」衛稜突然道。

大豪止住話，順著衛稜所指，往樓下看過去。

這邊的陽臺已經在大豪家的後面，能看到後門外那條走道。此時，有個人從這條道上經過，衛稜所指的人就是那位經過的路人。

而在衛稜他們這幾個朝樓下看的時候，經過的人也抬頭看向樓上，短暫的對視了一眼之後，那人便又看向前方，繼續走，依然維持著剛才的速度和步調。

鄭歎莫名的感覺，剛才那人的眼神有些古怪。

大豪在那人抬頭時看了看，然後搖頭，「不認識，估計是誰家過來拜訪的親朋好友吧。」

說著，大豪打算繼續說自己的發家史，二毛卻先一步道：「大豪，那邊是誰家？」

大豪看了看二毛指的方向，「哦，大康家的，那可是我們這裡有名的蛇王家。大志、大康兩兄弟是養蛇的，大志曾經被請去動物園，大康倒是一直在養蛇。不過前些年大志出了點事，聽說動物園那邊照顧不周死了好幾條大蛇，然後我就沒怎麼看到大志了，聽說他離開動物園之後被人高薪聘請專門替人養蛇，估計現在在哪裡發財吧，你看他家的樓房現在都蓋得這麼漂亮了。」

二毛三個師兄弟相互對視一眼，然後二毛道：「大豪，你跟大康熟嗎？我對蛇挺感興趣的，他家有沒有那種大蛇？大蟒蛇啥的。」

大豪賊兮兮的說道：「有！」

因為很多養殖行為嚴格意義上來講並不符合當地的一些規矩，所以大豪並沒有太大聲張揚，要不是跟二毛他們熟，他也不會說太多。

「他家很多種類的蛇都有，我見過他家有一條巨蟒，這麼粗！聽說是從別的地方高價購買過來的。」

大豪比了比，鄭歎目測了一下，好像跟自己前些天在林子裡見過的那條差不多粗。

「不過以前出過事，那條大蛇跑出來吃了幾戶人家的家畜，差點出人命，後來村裡有規矩，不准他們養那麼大的蛇了，也不准養毒蛇，不然人心惶惶。只不過……」大豪壓低聲音：「我覺得他們還在私下裡養著，只是沒讓人瞧見。」

大豪帶著二毛他們往那戶所謂的「蛇王」家走，那裡離大豪家也不算遠，順著道走個百來公尺再拐個彎就到了，從二樓陽臺能看到蛇王家的屋子。

來到門口後，大豪便開始拍門：「大康！大康你在嗎？」

大豪還打算拍門，被二毛止住了。二毛拿出一根細鐵絲就開始搗鼓，數秒鐘的工夫，門鎖便開了。

大豪：「……功夫不減當年啊。」

二毛對大豪比了個「噓」的手勢，衛稜和裴亮已經悄聲進去了。

雖然大豪不太明白為什麼二毛他們要這樣，卻也感覺到不對勁，不過他相信二毛，因為他知道二毛他們幾個比自己要有錢得多，根本不會眼熱自己和大康那點資產，既然不是利益方面的問題，那就可能是真的出了事。他知道二毛他們還是很有點本事的。

鄭歎跟在後面，在裴亮和衛稜進屋找人的時候，他跟大豪都站在門口，沒亂走亂動。

過了一會兒，屋裡傳來衛稜的聲音：「二毛，你們進來吧。」

「出什麼事了？」大豪跟著二毛進去，問道。

他們進屋的時候，在一個房間裡看到了這屋子的主人，也就是大豪口中那個叫「大康」的年輕人。這人看上去二十出頭的樣子，此刻正脫力的躺在地上，艱難的喘著氣，像是剛被人扼住喉嚨過。

「大康你怎麼了？！」大豪趕緊過去，擔憂的問道。他跟大康的關係雖然不算鐵，但也過得去，見到大康這樣子，他有些憂心，因為大康現在不僅呼吸困難，眼睛也像是沒焦距似的。

「沒事，過會兒就好。」衛稜說著，在二毛看過來時，抬手比了比脖子那裡的幾處地方。

二毛恍然。

「頸動脈和頸靜脈被掐住之後，大腦的供血會被阻斷，大腦缺氧，導致幾秒內就會失明。別擔心了大豪，他過會兒會緩過來的。」頓了頓，二毛看向衛稜和裴亮，「看上去很專業。」

「這麼說，大康跟人結仇了？」大豪問。自從腰包鼓起來之後，他的見識面也廣了，接觸過很多人，也遇到過很多事，因此聽到二毛的話也不至於太驚懼，「這麼說來剛才那個人……」

大豪看向二毛，見到二毛點頭之後，大豪也不禁深吸一口氣。那樣一個恐怖的人，竟然剛才就從自家後門經過，他自己還一點都沒發覺不對勁！要不是二毛他們過來，大康現在是不是連呼吸都沒機會了？也或許剛才就被人帶走？

等大康終於緩過來之後，大豪也忍不住問：「大康，你究竟遇到什麼麻煩了？竟然惹上那種危險人物，他這是想著要你的命吧？」

「命？是啊，他們就是在要我們的命！要牠們的命！！」大康看上去有些瘋狂。

大豪看到這樣的大康，忍不住退了一步。

而二毛他們的注意點則放在後一句上。

「牠們？」二毛問。

大康站起身，看向旁邊桌子上放著的一個蛇的雕塑，抬手輕輕撫上去。

「牠們這麼美，這麼令人著迷，那些人怎麼能……怎麼能……」

鄭歎見狀也忍不住抖了抖，身上都感覺冒起雞皮疙瘩了。那種冷血的、連眨眼都不會的恐怖生物，這人竟然說很漂亮！

這世上，有人喜歡毛茸茸的貓狗等動物，也有人喜歡無毛的冷血爬蟲類，並且深深迷戀。

顯然，大康兄弟就是這樣的人。

大康簡單說了一下事情發生的原因。

關鍵點其實並不在大康身上，而是在他哥大志那裡。

大志當年在動物園裡照料蛇出了問題，其實問題並不出在大志身上，真相是，那幾條被認為因照料不當而「死去」的蛇，是被人弄走了。

「當年大哥被動物園的人冤枉指責的時候，他說『公道自在人心』，事實是什麼樣子，動物園的人很多都知道。」說著，大康嘲諷一笑，「呵！公道自在人心，其實就是一句毫無用處的屁話！不說出來，永遠都只是冤屈！我大哥他被人冤枉了五年！也被人利用了五年！」

大志離開動物園之後，被人高薪請去幫忙照料蛇了，而他們兩兄弟當年買回來養了好幾年的那條大蛇也被一併高價買走，一直都是大志在那邊照料著。

前幾天，大康收到了他哥的一封簡訊。

大志發現請他過去照料蛇的人，將蛇當作一個掩人耳目的運輸工具，而這個「工具」最終的下場必死無疑。大志不忍，便偷偷在籠子裡做了手腳，希望那條大蛇能夠在中途自己逃掉。而大志則找了機會離開，到現在大康也沒跟大志聯繫上，直到今天那個人上門來詢問大志的蹤影。沒想到那人剛來不久，二毛他們就過來了，那人在聽到門外的動靜之後便立刻越窗離開。

二毛幾人心裡也有了底。如果事情真如大康所說，很顯然，大志確實是被人利用了，從動物園那件事開始就有人在下套。

而在二毛幾人思量著大志、大康兄弟的事情時，鄭歎則想著，自己前些天在林子裡見到的大蛇估計就是大康所說的被他們兄弟寶貝得很、大志不惜冒著危險也要幫一把的那條蛇。

只可惜，大志、大康兄弟不會知道，那條大蛇早已經被那些人剖了。

正說著，二毛手機響了，幾乎在同時，衛稜和裴亮的手機也響了。

院子那邊出了事。

確切的說，是裴傑出了事。

裴傑不見了。

今天裴傑帶著二元和衛小胖在院子附近玩，他趁鄭歎外出，偷偷將鄭歎那個一直放在二毛後車箱裡的小箱子提了出來，說是要探祕，結果怎麼也打不開。

院子裡有兩位媽媽在，裴傑不好直接在院子裡嘗試開鎖，便將箱子提出院子，還攛掇著兩個小孩幫他。可惜，二元和衛小胖都不知道這箱子的密碼。

「你們黑哥的生日是什麼時候？」裴傑問。

「不知道。」二元和衛小胖搖頭。

「你們黑哥家的電話號碼是多少？」裴傑再問。

「不知道。」二元和衛小胖再搖頭。

「那你們兩個知道什麼？」

「不知道。」

裴傑：「……」

就在他們嘗試著密碼開箱的時候，有個陌生人朝他們過去了。

等院子裡的兩位媽媽聽到聲音出來的時候，幫忙看著三個小孩的林叔被人打昏在地上，二元和衛小胖躲在車後面，而裴傑不見蹤影。

二元和衛小胖說，裴傑是被那個陌生人帶走了。

而在林叔醒過來之後，二毛他們透過林叔對那人的描繪才知道，帶走裴傑的人就是他們半小時之前見過的那個人。

◆◇◆◇◆◇◆◇◆

暫且不說裴亮這邊是如何著急，那邊，被帶走的裴傑醒過來時，發現眼前有兩個陌生人，其中一個是將自己抓來的那人，另一個沒見過。

裴傑用了一分鐘的時間來反應思考，然後哭喪著臉對眼前的兩個人道：「兩位大叔，我家裡很有錢的，你們在拿到錢之前不要撕票啊！！」

裴傑眼前的兩人：「……」

——這小屁孩怎麼連撕票都知道？

——不對，這小屁孩的反應不應該是在醒過來的時候就哭著喊著要爸媽嗎？難道現在的小孩都這麼早熟？

然後，在這些人面前一點反抗之力都沒有的裴傑被拎著扔進了一個布棚子裡，裡面濃濃的臭味讓裴傑差點將早上吃的蛋餅吐出來。

關著裴傑的是一個籠子，不知道以前裝過什麼動物。

也不知道爸爸他們什麼時候能找過來。裴傑暗自嘆道。

裴傑曾幻想，有一天自己像超人一般，懲惡揚善、拯救弱小，就好像今天，他在發覺情勢不對的時候就先想著怎麼讓兩個弟弟妹妹逃脫，然後自己去應付壞人。而今天的經歷告訴他，不是誰都能當超人的，敵方等級太高，我方出師不利。平時自以為很厲害，真正遇上事了才發現自己束手無策。裴傑覺得自己就像一個異想天開的傻瓜。

雖然害怕，但裴傑還是強制讓自己冷靜下來。

裴傑從很小就知道怎樣用合作來達到目的，所以在村子裡，他雖然調皮，但每次惹事總會聰明的拉上很多同夥，這樣一來成功率高不說，被家長懲罰的時候還會分擔憤怒，不會讓那些大人們的怒氣全部集中在他這個始作俑者身上。

現在，沒有小夥伴的幫助，就他一個肯定逃不出去。可是，這裡能找到什麼合作夥伴呢？

適應黑暗的環境之後，裴傑藉著布棚邊上不大的小窗戶那裡透過來的光線看了看身邊。離他稍遠的地方看不清楚，不過近距離的範圍內還是能看到一些。

旁邊籠子裡關著一隻小熊貓，相比起另一隻趴籠子裡沒什麼精神的同類，這隻的精神稍微好了那麼一點兒。此刻，這隻小熊貓一邊好奇的看著裴傑，一邊抬著爪子搓臉。

裴傑更想哭了。

——看這傢伙一臉的蠢樣就知道靠不住，要是齊大大在就好了。唉。

◆◇◆◇◆◇◆◇◆

院子裡，透著一股焦慮和暴躁感。

如果不是為了知道更多的資訊，鄭歎肯定離得遠遠的，太壓抑了。

師父老人家原本今天不在家，前兩天就被省城的一位老朋友請過去了，今天聽說院子這邊出了事，也沒管那邊了，立刻趕了回來，並且讓省城那邊的人幫忙。

帶走裴傑的人並不是這裡的住戶，本地居民包括大康在內，根本就沒見過那個人。而那個人在從院子外面帶走裴傑之後便迅速離開，二毛他們能夠追蹤到的痕跡一直到路邊，那邊有摩托車離開的輪胎印，但再往前追，就很難追到了。

三人分頭開車沿路尋找，一開始並沒有發現什麼。這地界太偏僻，公路監視器什麼的就別指望了。二毛一直開車沿著路尋找了半個多小時，才發現被扔在路邊的摩托車。

人已經不見。二毛想那時候那人應該是扔了摩托車，然後改搭另一輛車離開，氣味從這裡斷掉，就算鄭歎和大山過來幫忙也找不到他們。

三人只能再次回到院子裡想辦法。裴亮現在特希望對方打電話過來，勒索也行，只要能聽到點消息就好，可惜，一直沒什麼動靜。

「我的錯。」衛稜低聲道。因為曾經的職業，他對一些特殊行業的人比較敏感，所以那時候在大豪家才會出聲打聽那個路人的事。

「我也有錯。」二毛說道。當時也是他指著大康家的方向，想著要過去看的。回院子後就一直沉默抽菸的裴亮擺了擺手，啞著嗓子道：「不關你們的事。」

裴亮知道，他們三個是一樣的想法，即便二毛和衛稜不說，他看到那個人也會詢問、也會過去瞧一瞧，畢竟在這個地方，出現任何一個潛在的危險人物，他們都不會視而不見，這裡可是師父老人家生活的地方，他們不允許有危險人物存在。

現在裴亮想知道的是，那個人將裴傑帶走到底是為了什麼？

根據大康提供的一些消息，再加上師父老人家在省城那邊的一些人脈，半天時間也查到了不少東西。

大康說得沒錯，當時聘用大志的那個動物園確實有問題，有人利用動物將一些違禁物品運往其他地方，涉及到的人和事現在在繼續深查。

大家都知道，動物園與動物園之間有時候會有一些交流，比如交換動物、贈送或者購買而得到一些補充，以充實動物園。近些年來，由於建設野生動物園能夠獲得相當可觀的利潤，回報較高，因此許多地方都掀起了競相建設野生動物園的熱潮。

雖然這些野生動物園的建立和發展，在豐富公眾休閒生活、開展科普教育、拓展旅遊業等方確實做出了積極的貢獻，但許多野生動物園因經營不善、管理混亂而出現這樣那樣的問題，比如違規買賣、偷偷宰殺病老野生動物，甚至還有故意將一些草食性動物扔進肉食性動物的籠子裡來吸引遊客的血腥事情。

因為缺乏科學規劃和市場調查，加上相關單位監管不嚴，野生動物園建設風起雲湧，聘用大志的那個動物園就是在那樣一個相對混亂的環境下建立起來的。漏洞很多，禁不住查，現在真正著手一查，果然查出了大量問題，大志當初被冤枉而揹黑鍋的事情不過是其中一個不起眼的小角而已。

動物園的事情涉及到的行政管理部門太多，那些二毛他們不在意也不想去管，他們只想知道大志的事情與裴傑被帶走這事有什麼關聯，他們急著想找到到底是什麼人將裴傑帶走。

經過對所查到的資訊的分析，再聯繫到今天的事情，三人都覺得對方應該對他們有所瞭解，就算以前沒遇上過，也可能透過別人的口知曉一些事情。

知道被二毛幾人盯上後事情就會變得相當不利，因此那些人察覺到危險，甚至認為可能會加快牽扯出那些隱蔽的事情，真將事情揭開的話，他們幾個絕對會被判重刑。所以，他們帶走裴傑可能是當作脫身的籌碼。

「他的目標本來就是裴傑，而不是二元和衛小胖。」裴亮說道。

後兩者太小，不容易照顧，還愛哭，帶走了也是個大麻煩；而裴傑已經十歲，知事了，能聽話，威脅恐嚇一下就會比較配合。

自己的兒子自己知道，裴亮相信，如果那些人只是將裴傑當作脫身籌碼的話，現在裴傑肯定還是安全的。裴傑這孩子精得很，調皮頑劣的孩子心思多也更滑溜，所以更懂得審時度勢，裴亮從未如此慶幸自己的兒子是這樣的德性。

只要裴傑那邊穩住了，不惹怒那些人，裴亮他們這邊就有更多的機會去尋找答案。

而在二毛他們分析商議事情的時候，鄭歎則想到了被大山帶入山林裡見過的那些人，如果林子裡那些人跟這事情有關，裴傑會不會被帶過去？畢竟山林裡沒有警察，沒有其他監控，出了事情還好脫身。

◆◇◆◇◆◇◆◇◆

這個夜晚，除了二元和衛小胖兩個小屁孩之外，其他人注定無眠。

鄭歎原本打算先睡一覺，但是翻來覆去，還是睡不著。

走出來，跳上二樓的欄杆，鄭歎看了看周圍一望無盡的黑色天幕。

一樓還亮著燈，二毛他們幾個都在下面，傍晚時候從省城那邊過來幾個人，幫著他們尋找孩子，也帶過來一些其他可能有用的消息，看樣子今晚上一樓那些人是不可能睡了。

察覺到什麼，鄭歎往牆角那邊看過去。

大山沒睡，跳上圍牆，正蹲在那裡看星星。大廳那邊只能夠看到院子大門周圍的圍牆，所以大山蹲在牆角那邊的圍牆上並沒有被二毛他們注意到。

想了想，心裡做下決定，鄭歎趕緊下樓。

大山聽到聲響之後回頭看看鄭歎，這傢伙體型太大，圍牆太窄，看上去不怎麼和諧，不過站得還是很穩的。

鄭歎跳上圍牆，在大山旁邊停住，然後翻出院子，走了兩步，看看大山。

——兄弟，走一趟嗎？

大山蹲在圍牆上盯著鄭歎看了幾秒，大概還沒反應過來鄭歎大晚上的想出去幹什麼。一般情況下，因為大山總是陪著師父老人家，牠的作息時間也漸漸跟老人家相似，晚上是不會亂跑的，可現在牠看到鄭歎要出去，一時也不知道跟不跟。

牠回頭看了看一樓亮著燈的那邊，又轉回頭，從圍牆上跳了下來。

見大山跟上，鄭歎也放心些。雖然他跟著大山往那邊跑過一趟，但未必能記得清楚路，有大山這位嚮導在，鄭歎也能少走點彎路。

是的，鄭歎還是決定去他們見過的那個有可疑人物和帳篷的地方，就算在那裡找不到裘傑，但總能根據那邊的人和物找到一些其他的線索，根據鄭歎偷聽二毛他們的談話所得到的消息，那邊林子裡的那些人極有可能與大志的事情有關，這麼一來，也就很可能與帶走裘傑的那個人有關係了。

黑夜裡充斥著無盡的未知和危機，很多對鄭歎他們具有相當威脅的夜行動物也會出來活動。鄭歎將貓牌拆下來，掛在一棵樹上，這樣他就算跑遠，二毛那邊也不會受到報警提示了，在真正找到有用的資訊前，鄭歎還不想分掉二毛他們的注意力。

其實，夜間的行程對於鄭歎來說，並不會那麼艱難，畢竟貓的夜間視力還是不錯的，不會像人一樣在黑夜裡找不著方向。但即便如此，行程比起上一次還是要慢了許多，畢竟大山並不習慣夜間在這裡走動，而且大晚上的偷跑出來，大山還帶著疑慮，回去估計會挨罵，跑起來不像上次那麼果斷了。

快天亮的時候，鄭歎經過一處地方時，聞到了熟悉的氣味。是裴傑留下來的，另外一個則是帶走裴傑的那個人。

裴傑果然被帶到了這邊！

不虛此行。

為了更方便夜間的行動，鄭歎並沒有穿背心，也就不可能帶著手機。沒有手機，貓牌也被放在院子那邊沒有戴著，得想別的法子通知二毛他們，因為只憑鄭歎和大山兩隻貓是不可能跟那些人對抗的。

大山顯然也辨認出來了裴傑的氣味，這次跑起來果斷多了，並不會像之前那樣帶著猶豫。帶走裴傑的人，應該是從另外的路進這片山林的，大概為的就是甩開二毛他們的追蹤。

循著氣味，鄭歎和大山加快了速度。現在天已經開始亮了，平時這個時候大山早就已經起來活動「開啟鬧鐘」了，就算一夜沒睡，但到了這個時間點，大山的精神好了很多，當然，這其中也有找到裴傑氣味而激動的因素在內。

還是那個地方，還是那個關著動物的布棚。布棚周圍原本只有兩頂帳篷，現在多了一頂，應該是有人加入。

有了上次的經驗，鄭歎暫時沒有靠近，那邊帳篷旁有人守著，看上去像是睡著了似的，但鄭歎不敢冒險，那些人太過警覺，稍微一個不注意就可能得不償失。

大山也沒有動，每一個動作都謹慎小心，輕悄悄的，生怕驚動了那邊的人。

鄭歎想了想，往遠處退開，離開那些人的警覺範圍。

在鄭歎動了之後，大山也很快回撤。

不得不說，大山確實很聰明，這種聰明並不說是牠學東西快，而是因為牠懂得量力而行。牠知道自己不是這些人的對手，知道貿然上去討不到好，所以在找到裴傑的氣味之後，牠現在想的便是回去報信。

大山打算先撤回去，然後再帶人過來。可跑幾步後發現鄭歎依舊留在那裡沒有要跟著一起回去的意思，牠還停下來等了等。

鄭歎擺擺手，讓大山自己趕緊回去。他打算留在這裡觀察事態，要是有什麼緊急情況還能救個急，裴傑畢竟只是個小孩子。

見鄭歎沒有要離開的意思，大山繼續跑了幾步，停下來回看，又跑一段距離，回頭再看，見鄭歎真的沒有要跟上的意思，便放開步子跑了。

鄭歎相信大山能夠將二毛他們帶過來，大山能夠聽懂一些簡單的話語，而且還懂 YES or NO 的甩尾巴遊戲。

只要將人帶過來就好了。

鄭歎跳上一棵高高的樹，先觀察這裡的人，也休息一下，走了這麼久有些疲憊了。

◆◇◆◇◆◇◆◇◆

二毛他們發現鄭歎和大山都不見的時候，太陽已經出來了。

今天大山式的「鬧鐘」沒有響起，如果是平時的話，大家肯定會在第一時間就察覺到，只是現在情況特殊，大家的注意力都放在裴傑的事情上，分析討論了一夜的幾人眼裡都是血絲。而師父老人家畢竟年紀大了，沒能跟他們一起熬住，凌晨三、四點的時候被二毛他們勸去休息，現在還沒起來，二毛他們也沒弄出大動靜，整個院子安靜得有些異常。

等大家終於注意到為什麼覺得這種安靜很異常的時候才發現，兩隻貓都沒在院子裡。

有了裴傑的失蹤事件，大家第一個想到的就是兩隻貓是不是也被悄無聲息的解決了。但轉念一想，不對。衛稜和二毛是很清楚那隻黑貓的能耐，不可能那麼容易就被人不聲不響的解決掉，遇到情況怎麼也會嚎一聲的吧？何況二毛的手機也沒響出警報聲，證明對方應該還在附近。

林叔說去叫人過來幫忙找一找，被二毛止住了。

「等等，我先看看。」二毛掏出手機，打開其中一個圖示，有個亮點很清晰。

「就在附近？」

幾人聽到二毛的話，心裡有些忐忑，如果就在附近的話，他們剛才都喊了好幾聲，雖然是壓低聲音叫的，怕吵醒師父老人家，但以貓的聽力，足夠聽清楚他們的話。可事實卻是，一點回應的聲響都沒有。

二毛拿著手機，按照上面顯示的信號亮點找過去，直到看到被鄭歎掛在那棵樹上的貓牌。

「貓牌被人摘了？」林叔擔憂道。他對那隻黑貓的印象還挺好的，怕黑貓慘遭毒手。

二毛將貓牌拿過來看了看，搖頭道：「不，不是別人摘的。除了牠自己，沒誰能將這塊貓牌拿下來。」

後面一句二毛說得很輕，離得稍微遠點的人根本聽不清楚，比如林叔，他只聽到前面一句，二毛剛才所說的後面那句話他壓根沒聽清楚，要不然肯定會疑惑，什麼叫「除了牠自己，沒誰能將這塊貓牌拿下來」？

「裴師兄，我想黑煤炭肯定是發現了什麼線索，所以牠才離開去找線索。至於大山，估計是被叫過去幫忙。」二毛說道。

二毛還是比較瞭解鄭歎的，畢竟這麼多年樓上樓下鄰里關係，不瞭解才怪。

裴亮點了點頭，沒說啥。不管二毛說的是不是真的，有希望就好。

大山回來的時候已經接近中午了，二毛他們出去查找了一圈，沒有發現太多的有用資訊，見到院子裡的大山，幾人眼睛都亮了。

二毛屋前屋後看了看，沒發現鄭歎。

「大山，黑煤炭呢？」二毛問。

「大山回來了？！」師父老人家從屋裡快步出來，將大山叫過去。

大山最聽老人家的話，由老人家問話，大山也更配合一些，所以在老人家開口之後，二毛他們便不出聲了，緊跟在旁邊聽著。

一起生活了這麼多年，老人家對於大山的性子和能力都很瞭解，所以問的話是大山比較容易懂的。

「黑煤炭呢？」老人家問。

因為二毛的原因，現在老人家也跟著叫「黑煤炭」了。大山也知道這個名字指的是誰，牠在學玩打火機的時候就聽到過很多次這個名字，對得上號。

大山聞言，朝遠處某個方向看了一眼，二毛幾人將這個動作所代表的意義記住。大山的方向感很強，既然大山看向那邊，就意味著那隻黑貓就在那個方向的某個地方。

「裴傑呢？」

說著，老人家將裴傑的一件衣服拿過來給大山聞了聞，方便大山將「裴傑」這個名字與氣味對應上，大山對於氣味的記憶力比單單一個沒聽多久的名字要更深一些。

果然，大山在聽到「裴傑」這個名字的時候似乎還有些疑惑，但聞到氣味之後，就有些激動了，原地急急的轉了一圈之後便想往門外走，被老人家叫住了。

老人家將大山帶到眼前，看著大山，幾乎是一字一頓的說道：「找到了？」

平時老人家跟大山也玩過類似的尋找東西的遊戲，所以對於這個問題，大山是能夠聽懂的。

大山聞言，尾巴抬起後又使勁朝下甩。這個動作代表的就是「YES or NO甩尾巴遊戲」裡面的「YES」。

「真找到了！」二毛欣喜道。

裴亮激動得眼睛都紅了，現在他急切的想尋過去。以前在家的時候，裴亮幾乎三天兩頭對裴傑進行一次棍棒教育，這孩子太皮了，不揍老實不了，成天搗蛋，可現在一天沒見著這皮孩子，心裡還各種擔驚受怕，他一個大男人不可能哭著喊著要怎麼怎麼樣的，情緒壓抑著不能發洩，心裡堵得慌，只能沉默著一根接一根菸猛抽，以此來緩解情緒。此刻，只是聽到這麼點消息都讓裴亮覺得眼睛酸澀，使勁眨了幾下都沒能將這股酸澀感壓下去，反而越來越盛。

老人家坐回去，揮揮手，對二毛他們三人道：「去吧。」他年紀來了，是不可能跟著二毛他們出去找人的。

「師父，這裡……」衛稜看向老人家。

「你們放心，這裡有他們在，沒事的，你們自己小心點就好。」

老人家指了指跟著的幾人，這其中有從省城跟著過來協助調查的人，也有村子裡幾個關係不錯的人，都在這裡護著，也不用擔心被人乘虛而入讓這裡的老人和小孩受到傷害。

三個師兄弟配合起來比別人可靠，老人家對於自己的徒弟還是很有信心的。

第四章

你這麼屌你貓爹知道嗎？

在大山帶著二毛他們往山林裡走的時候，鄭歎已經小睡了一覺醒過來。雖然睡眠品質不算很好，但經過這一覺，精神的確好了不少，體力也恢復了。

他觀察到，那裡有六個人——之前見過的五個人，再加上那個帶走裴傑的人。

此刻是午餐時間，那邊六人聚在一頂帳篷裡，一邊吃著東西，一邊聊著話，大概是商議後面該怎麼行動。那些人帶著口音，說話也很快，鄭歎聽不太懂，偶爾捕捉到的幾個詞，串起來也不知道意思，只能根據那些人說話的語氣來判斷了。

六人中有一個人坐在帳篷門口，一半身體在帳篷內，一半在帳篷外，在警戒著周圍的時候，也跟其他人說兩句。

對鄭歎來說，這是一個機會。既然這六個人都聚在這裡，那麼其他地方就沒人了。

繞到後方，鄭歎悄悄接近那個布棚子。三頂帳篷並不像放置人質的地方，這裡最有可能的就是那個關著動物的布棚，而且鄭歎從那幾人一些微妙的言行上也推斷，裴傑應該就在那裡面。

悄然繞到布棚後面，鄭歎找到一處未固定的地方。因為布棚下方只有幾個點固定著，所以沒固定的地方，鄭歎能夠將布圍稍微掀起來點鑽進去。

這就是體型優勢了，要是再稍微大點兒的鑽進去，弄出來的動靜肯定會將那些人引過來。

仔細聽了聽，鄭歎在確定那幾個人都在帳篷那邊之後，便小心的掀起布棚垂下來的並未固定的布圍，並迅速鑽了進去。

布棚裡面相比起外面要暗得多，不過對於鄭歎來說其實沒多大影響，他能夠清楚看到裡面的情形。

這裡面放置著鄭歎上次見過的五個籠子，兩個裝著猴子的、三個裝著小熊貓的。而離這五個籠子比較近的一個大籠子裡面，有個小孩坐在籠子的角落，顯然就是裴傑無疑。

裴傑正抱著腿坐在籠子一角，頭抵著膝蓋，似乎在睡覺。

五個籠子裡的動物精神狀態和上次差不多，不算好，蔫吧唧唧的，也沒注意到鄭歎。只有裴傑籠子旁邊的那隻稍微有點精神，在鄭歎走過去的時候，那小傢伙看到鄭歎了，不過沒出聲，只是那樣好奇的盯著。

似乎這種動物本就很少叫出聲，對現在這種情形來說，是件好事。

那隻小熊貓就站在籠子邊上，看著鄭歎，一邊還抬手撥弄一下嘴邊的毛。

鄭歎走到裴傑旁邊，籠子金屬網比較密，他無法擠進去，只能伸爪子輕輕推了推裴傑。

裴傑睡得並不深，被推了一下之後就醒了，有些迷茫的看了看周圍。依舊是昏暗的環境，還有動物排泄物的臭氣，不過被迫聞了一天，裴傑已經有些麻木，再說這臭氣裡面也有他的一份，他尿過幾泡尿。

沒發覺什麼異常，裴傑正打算繼續睡的時候，胳膊又被碰了一下。

他扭頭，對上一雙眼睛。

裴傑差點驚得尖叫起來，好在這孩子心理素質不錯，硬是憋住了。裴傑仔細辨認了一下，才發現剛才推自己的是一隻貓。

沒辦法，這裡的環境對於裴傑來說還是太暗了，鄭歎現在待的地方更暗，裴傑無法像鄭歎一樣看清楚這裡面的物體，再加上鄭歎本來就黑，如果不是眼睛還能反射點光的話，裴傑估計也沒這麼容易發現鄭歎。只是，他並沒有想到是鄭歎本身，只以為是樹林裡的哪隻野貓。

籠子對於裴傑來說，還是太小了，就算坐在籠子的一角，也占據了這個籠子截面的近四分之一。裴傑也根本無法在籠子裡站直，起來的時候還得彎著腰。

鄭歎也想到裴傑大概是沒看清楚，掃了周圍一眼，然後走到布棚邊上留出來的小窗子那裡。窗子外斜照進來的光線投射在並不平坦的地面上，等鄭歎走到那裡之後，裴傑這才看清楚。

「黑……黑碳？！」雖然心裡很激動，但裴傑記著自己被人困在這裡，他害怕聲音太大會惹來那些人，於是便壓低了聲音。

鄭歎對裴傑的表現很滿意，再次走到籠子邊。

裴傑看著鄭歎就開始哭了。既然鄭歎在這裡，那他爸和二毛叔他們也都應該在附近了吧？

裴傑頓時突然覺得黑暗的兒童時代又見光明了。自詡男子漢大丈夫流血不流淚的小屁孩，現在也止不住開始落淚。

「嗚嗚……黑碳我錯了，我不該亂拿你的東西，不該在沒徵求同意的時候妄圖撬鎖……」

裴傑壓低聲音承認錯誤，因為聲音壓得太低，有時候只能看到張嘴，並沒有聲音發出。不過鄭歎還是能透過說出來的那幾個字以及裴傑的嘴型，知道這孩子到底在說啥。

語氣很誠懇，配合表情更是讓人動容，只是鄭歎總覺得這話裴傑說起來怎麼這麼順溜呢？連個停頓都沒有。

類似的話裴傑確實說得多，但此刻裴傑也是真的懊悔。如果他沒有好奇那個箱子，沒有將那個箱子提出院子，是不是就不會碰到那個陌生人？林叔也不會被敲昏？兩個弟弟妹妹也不會陷入險境？自己更不會被壞人像拎小雞似的拎過來？

悔，他是真的後悔啊！

裘傑懺悔完之後，哭也哭過了，現在心裡有了希望，也不那麼害怕。抬袖子一抹臉，裘傑便開始問道：「黑碳你身上有沒有帶竊聽器？有沒有聯絡器啥的？」

這明顯就是電視看多了的孩子，想像力跟著電視走。

在家時，習慣了跟齊大大這隻猴子說話，現在看到鄭歎，裘傑也還是習慣性的直接說話。養過動物的人都知道，很多動物並不像人們想像得那麼蠢笨，跟人接觸久了，還是能聽懂一些話的。在裘傑的心裡就是這樣，他一直覺得有很多動物能聽懂人話，比如他家的齊大大，再比如眼前的這隻黑貓。

裘傑正說著，鄭歎耳朵一動，離開原地快速竄到角落那裡的一個木箱子後面藏著。

裘傑見狀也不再說了，他知道肯定是外面有人過來了。腦子裡念頭一轉，看向旁邊籠子裡那隻正在抓臉毛的小熊貓，伸手過去拍。

布棚的簾子被人猛地掀起，如果不是鄭歎聽到了微小的動靜，憑裘傑的聽力是聽不到有人過來的，所以來者的行為可以算是比較突然。

來人掀開簾子看了布棚內一眼，這裡並不大，藉著掀起的布簾子外照進來的光線，一眼掃過去他就能看到布棚裡面的情形，這裡也沒有能夠藏住人的地方，所以來人過來看了一眼，視線停留在裘傑身上幾秒，沒發現什麼異常，警戒感放下很多。

他是聽到這邊有點動靜，過來看看，沒想到是那小孩在逗小熊貓。小孩子嘛，被關在這裡沒哭沒鬧已經很讓人意外了，不過，如果過於聽話和配合，他們反而還會懷疑，保持著戒心。

現在，裴傑似乎有些煩躁的拍旁邊的籠子，應該是在發脾氣。

裴傑的行為本來是打算轉移一下來人的注意力，不讓他們注意到鄭歎，卻沒想到自己的行為會降低來人的戒心。

來人看了裴傑幾眼，說了句「安靜點」便放下簾子離開了。這次沒有刻意放輕步子，裴傑能夠聽到那人離開的腳步聲。

裴傑鬆了一口氣，鄭歎也鬆了一口氣，唯一被嚇著的估計就是裴傑旁邊籠子裡被關著的那隻小熊貓了。剛才裴傑的動作讓這隻正在抓著臉毛的小熊貓嚇得直接後仰，往後栽了過去，現在正瞪著眼看著裴傑這邊，爪子也沒抓毛了。

鄭歎懷疑這隻小熊貓是不是被嚇傻，感覺更呆了。

等那人離開之後，鄭歎從角落的箱子後方出來。

裴傑對這些人的瞭解有限，連對方一共有幾個人都不知道，還沒鄭歎瞭解到的東西多。

鄭歎出現在這裡，一個是看看裴傑的情況，心態怎樣，確定這孩子是否安全；第二個就是給裴傑一點兒希望和堅持下去的動力。畢竟只是孩子，心理承受能力就算強，也有個極限。

現在裴傑的心情好多了，鄭歎也不打算一直待在這裡，他還想出去探一探情況。

「對了，黑碳，抱歉啊，那個人把我帶來的時候，還將你的箱子也拿了。」在鄭歎離開前，裴傑說道。

——箱子？

鄭歎腳步一頓。

裘傑所拿過的箱子，只有侯軍毅送給鄭歎的那個百寶箱。帶走裘傑的人，為什麼要拿那個箱子？難道只是順手而已？

鄭歎不知道。

昨天在知道裘傑的事情之後，也沒誰再關注鄭歎的箱子。二毛他們也不會去想那個箱子裡面裝著什麼東西，當時討論事情的時候只提了一句，但沒找到箱子。相比起裘傑的事情，箱子只是件小事，後來他們的注意力便被轉移了，並沒有太過在意一直沒找到的箱子。

現在看來，箱子竟然是被帶走裘傑的那個人提過來了。

悄然離開布棚，鄭歎聽了聽帳篷那邊的動靜。

那六個人還在那邊，估計商議著什麼，氣氛不太好，其中一個人脾氣比較暴躁，吼叫著，像是遇到了什麼憤怒的事情。

剛才去布棚的那人是為了讓裘傑聽得更明白，所以說話時並沒有用太過濃重的方言腔調，而現在這六個人聚在一起，說的都是帶著方言腔的話語，其中有兩個人說話稍微好點，但是語速一快，鄭歎依舊聽不清楚他們在說啥。

鄭歎趁他們商議事情，從帳篷背後繞過去。

三頂帳篷，六個人在其中一頂帳篷那裡，有人的帳篷鄭歎肯定進不去，不過另外兩頂倒是可以看看。

上次來的時候只有兩頂帳篷，現在多出來的這一頂可能與抓裴傑過來的那個人有關，而箱子也最可能放在這頂新搭起來的帳篷裡。

在那些人爭吵得激烈的時候，鄭歎逮了個空隙，鑽進新搭起來的那頂帳篷裡。很幸運，鄭歎的猜測沒錯，箱子就放在這裡面。鄭歎進來之後掃了一眼就發現了。

不過，箱子上有幾道明顯的劃痕，像是尖銳的金屬物劃出來的，尤其是密碼鎖那裡，除了劃痕之外還有一些撞擊的痕跡。很顯然，那人將箱子拿來之後試圖打開過，只是鄭歎沒想到，侯軍毅這個百寶箱的品質會這麼強悍。

其實，對方在抓裴傑的時候注意到了裴傑提著的箱子，這些人還有點見識，眼力不錯，能一眼看出箱子的材質非同一般，於是便想著裡面是不是有什麼值錢的東西，便順手提過來了。箱子對於小孩子來說有些重，但是對於他們這些人而言，這點重量壓根不算什麼。可是那人沒想到，箱子提來之後又砍又砸，也沒將箱子打開，原本打算嘗試其他的法子，卻被一些事情耽誤了，現在沒工夫開箱子。這樣一來，也給了鄭歎機會。

聽了聽外面的動靜，確定那六個人依舊在那邊的帳篷，鄭歎便快速撥了密碼，將箱子打開。

箱子裡面的東西鄭歎沒事的時候研究過，裡面分好幾個隔層，拉開之後成階梯式展開。上面幾層是一些小工具，如指南針、ＯＫ繃、口哨等，其中一層還放置了一個巴掌大的扁平藥盒，裡面裝著各種藥物。

東西很多，鄭歎也用不上，不過上次鄭歎跟著焦家一起送焦遠去京城的時候，侯軍毅跟他說過一些百寶箱裡面的各種用品和使用方法。鄭歎記得不全，記憶中比較深刻的，就是放在最底層的那個盒子裡的東西。

最下面那層，鄭歎將裡面的盒子拿出來，打開一看。

盒子裡放置著一根金屬材質的、看上去像是自動鉛筆的東西，在自動鉛筆的旁邊，還有一個細長的圓筒，乍一看去，不知道的人估計會以為是放置筆芯的。

圓筒兩端都可以打開，裡面放置著一些顆粒狀的東西。

這個自動鉛筆相當於一個發射器，而圓筒裡面的顆粒物，則是專門製作的「子彈」。按照侯軍毅的說法，尖頭的子彈是麻醉彈，平頭的子彈是電擊彈，後者比前者要大一倍以上，因此在數量上也少一些。

鄭歎數了數，五顆麻醉彈，兩顆電擊彈。

將箱子拿過來的那人絕對不會想到，這個在他看來極有可能放置貴重東西的箱子，反而成為了鄭歎的一個得力工具。原打算著事後大賺一筆，可惜，這其實是一種找死的行為。

鄭歎看著手上的「筆」和「筆芯」，就是不知道這枝筆和兩種子彈的效果怎麼樣。

這玩意兒是侯軍毅他爺爺做的，離侯軍毅送箱子已經三年了，暑假那時候，鄭歎去京城方萌萌家碰到侯軍毅，聽侯軍毅說過，現在那小子有了新的百寶箱，而且裡面的工具都全面升級，這枝特殊的自動鉛筆也已經改進好幾代了，送給鄭歎的百寶箱裡面的這枝屬於比較原始的。

相比起現在侯軍毅手中的裝備，鄭歎的這個肯定落後很多，但在鄭歎看來，這已經是很好的救急工具了，有了這個鄭歎也好防備。

能夠給侯軍毅的東西，肯定不會太危險而脫離掌控，所以這兩種子彈的效果肯定是有限的，更不會致死，比較適合防衛和一些緊急情況。

箱子裡東西太多，還有一些很有意思的小玩意兒，可惜鄭歎不可能全部拿走，而箱子本身的目標太大，鄭歎也不好直接抬著箱子安穩離開，所以只能少帶點東西。

將「筆」和「筆芯」放在旁邊，鄭歎重新將箱子合攏鎖好，然後拿著「筆」和「筆芯」找機會離開。

普通人一隻手就能將這兩樣東西拿好，而鄭歎需要兩隻手。既然手用來拿東西，就只能再用兩條腿走路了。

鄭歎想先試一試這枝「筆」，心裡也有個譜，而嘗試的話，為了不弄出動靜打草驚蛇，鄭歎稍微離遠了點。

覺得距離差不多之後，鄭歎爬上一棵樹，在樹上相對來說安全一點點。

摸索了一會兒，鄭歎才將「筆」的前面三分之一處扭開，拿了一顆尖頭彈裝進去，重新將筆扭好。他看看周圍，前面那棵樹上有一隻藍灰毛色的鳥在喳喳叫著，鄭歎將筆頭對準了那隻倒楣的鳥。

沒有瞄準器，只能憑感覺來，鄭歎第一次嘗試，沒什麼把握，好在那隻鳥的體型跟校園裡的灰喜鵲差不多大，離得也算近。

鄭歎一隻手抓著「筆」，一隻手按動筆尾端的按鈕。「喀」的一聲按鈕按下去的輕響過後，那隻鳥從樹枝上掉下去，落在下方的灌木叢上，喳都沒喳一聲。

這效果真顯著。

鄭歎跳下樹，來到灌木叢旁邊看了看，將那隻鳥提下來，抓著鳥腿還抖了兩下，羽毛抖掉幾根，鳥頭被抖得兩邊甩，沒其他反應，但鳥好像也沒死。至於過一會兒會不會咽氣，鄭歎也不知道。這麻醉彈的效果鄭歎還在探索中。

鄭歎突然覺得再也無法直視自動鉛筆了，估計以後一看到自動鉛筆，就會想到現在手上拿著的這玩意兒。

鄭歎的技術不好，如果離得遠，估計就打不中了。就像這隻鳥，剛才離鄭歎不到三公尺的距離，雖然打中了，但有些偏，再偏一公分就浪費子彈了。好在鄭歎的真正目標是人，靶子大。

鄭歎將鳥身上的那顆子彈拔出來，觀察了一下。子彈射出後，頂端有個針狀的東西，打中目標的時候刺入目標的身體，就算目標穿著衣服，只要不是那種防護性好的，應該都能刺穿，而且起麻醉效果的也是這根針。

不管鄭歎的技術過不過得去，也就只能探索這麼一次了。一共七顆子彈，消耗了一顆，還剩六顆，那邊還有六個人，鄭歎現在可不能再浪費，消耗不起。這可是鄭歎應付突變事件的祕密武器，不然徒手搏鬥他絕對沒勝算。

整體上來講，鄭歎對於這枝特殊的筆還是很滿意的，唯一不滿意的就是，每次只能安裝進去一顆子彈，再要發射的話還得重新安裝，子彈也是一次性的，用過一次，就不能重複利用了。

鄭歎再次安裝了一顆麻醉彈，然後扯了根藤蔓，將裝子彈的圓筒和這枝特殊的筆都綁了揹在背上，這樣比較好爬樹。對於現在的鄭歎來說，樹上比地面上要安全一些，躲樹上也不容易被人發現。

不敢離開太久，鄭歎再次接近那幾人駐紮的地方。

六人現在沒爭執了，但氣氛不怎麼好，而且鄭歎還看到有兩個人拿著大背包在收拾東西。這對於鄭歎來說不是個好現象。

鄭歎原本打算著等大山搬救兵，但看現在這些人的行為，似乎有要馬上離開的意思。如果他們離開的話，布棚裡的動物會被帶走嗎？裴傑會被帶走嗎？被帶走還有一條活路，就怕這些人嫌麻煩，不打算帶，而這一種情況的話，不管是那幾隻動物還是裴傑都不會有活路。

鄭歎急了。現在也不知道二毛他們到底在哪裡，還有多久才能到這裡？就怕二毛他們來到的時候，六人已經離開了，這樣一來裴傑的處境更危險。

六個人，其中兩人在帳篷那邊收拾東西，有兩人拿著一張地圖在說著什麼，大概是在計畫下一步逃去哪裡；一人靠著樹抽菸，最後一人揹著獵槍，進入樹林子裡。

鄭歎想了想，跟著那個進入樹林子裡的人過去。

雖然不想打草驚蛇，但現在這情形，也由不得鄭歎了，再等下去，鄭歎怕事情有變。當然，這些人也可能不會動裴傑，但鄭歎賭不起。

只能先下手了！

如果沒有背後揹著的這枝筆，鄭歎還會繼續琢磨辦法，可現在有工具了，鄭歎打算盡力試一試。他有身形優勢，在山林這種地方比較好隱蔽。當然，如果是夜晚就更好了，他這一身「黑皮衣」更適合晚上行動。

林子裡響著一些零星的鳥叫聲，遠處偶爾傳來幾聲野獸的叫喊。

天空太陽高懸，有鳥叫，有蟲鳴。

進入林子裡的人在離開駐紮地一定距離後，拿著槍，警戒的看了看周圍。在這裡看不見駐地那邊，同樣，駐地那邊也看不見他。

確定附近沒人之後，他將槍重新揹到背後，然後打開一個褲袋，將裡面的東西掏出來。這是他私藏的一小瓶「藥」，最近因為事情發展不理想，精神緊張，在林子裡這地方還得時時保持高度警戒，其實早就疲憊了，他想藉用一些藥物來醒醒神，當然，他早就想用這玩意兒了，只是在駐地那邊的時候，不能讓其他幾人看到自己的私藏品，所以他一直忍著沒用。現在，只有他一個人了，趕緊用一點，然後才有精神收拾東西開溜。

而就在他打開瓶子，大部分注意力全部放到瓶子裡那些對他吸引力相當大的藥丸時，突然聽到「喀」的一聲輕響，後背一痛，視野很快模糊起來，再接著，便失去意識了。

鄭歎看著那人倒下，等了幾秒，見對方沒有後續的反應之後，先在「筆」裡加了一顆新的子彈以防萬一，然後才慢慢接近倒在地上的那人。

鄭歎小心的湊過去，使勁踹了對方的腿一腳。

沒反應。

再踹。

依舊沒反應。

很好，應該是中招了。

確定對方真被放倒而不是裝的，鄭歎將對方的槍和匕首都拖過來，然後藏到高高的樹上去，他專門選擇那種枝繁葉茂的、容易藏東西的樹，就算這人再醒過來也未必能想到自己的武器被藏的地方。至於剛才這人手裡的藥，鄭歎猜測可能是那些違禁物品，不敢多碰，將瓶子蓋好，藏到樹上，說不定事情結束後會有用。

藏好武器和藥之後，鄭歎抽出對方的腰帶，將對方的雙手綁在背後，然後把人拖進草叢，高高的草叢將人遮擋得很好。

搞定一個，鄭歎想著怎麼再將那邊的人吸引過來一、兩個。他現在只能選擇各個擊破，不可能一挑多。

剛才這人被放倒的時候沒叫出聲，帳篷那邊的人應該也沒聽到聲響。

怎麼弄出點聲音將那邊的人吸引過來一、兩個呢？

鄭歎跳上樹，站在高處看了看周圍。左前方沒有太高的樹擋著，他能看到那邊有個小土坡，而在那裡，有一些鳥活躍著。

有些鳥喜歡吃果子，而有些鳥，則喜歡吃腐食。

鄭歎跳下樹過去看看情況。和他猜測的一樣，那裡有十幾隻鳥，有烏鴉，也有其他鄭歎叫不出名字的鳥類，此刻牠們正在啄食一隻已經看不出樣子的動物，大概是那些人獵殺了扔這裡的，成了這些鳥的盛宴。

這些鳥並沒有因為鄭歎的靠近而退縮。野外的動物，很多都會為了食物而拚殺，即便是一些看上去很溫和的物種也不能小覷。

校園裡的鳥，跟野生環境下的鳥，畢竟是不同的。

有兩隻鳥看到了鄭歎，但鄭歎沒從牠們眼裡看到退縮，反而帶著點凶光，再加上牠們啄食的樣子，渾身透著一股凶殘意味。

這讓原本打算撲騰過去嚇一嚇這些鳥的鄭歎頓住了。安全起見，鄭歎找了一根長點的、粗細合適的斷枝，然後掄著樹枝就衝了過去。

——不能直接上拳頭，棍棒總行吧？不想挨抽就趕緊起飛！

帳篷那邊，依然是剛才鄭歎見過的樣子，只是在聽到某處突然尖叫著飛起了十多隻鳥的時候，五個人同時放下手裡的活，眼神銳利的看了過去。

一般這種情況，除非有人或者其他動物去驚動那些鳥，不然那些鳥不會這樣突兀的齊齊飛起來。五人相視一眼，拿起槍，其中一人朝著樹林喊了喊剛剛離開的同夥。

沒有回應。

簡單商議了一下，他們決定派兩人過去那邊看看情況，另外三人留在這裡。

進入林子的兩人朝著鳥驚飛的方向走去，可是等他們到了那裡，卻沒發現有人來過的痕跡。

「應該是動物吧。」其中一人說道。

另一人在仔細查看了一下周圍之後，點頭同意對方的看法。

耳機裡傳來駐地那邊的問話聲，他們將這裡的情況說了一下，離開後，並沒有立刻回駐地那邊，而是搜尋之前進入樹林的同夥。不管對方是遇險還是叛變，總得確定一下，這樣他們才能進行下一步的行動。

這次兩人沒有挨得很近了，搜尋的範圍比較大，所以兩人之間隔著些距離。

鄭歎藏在一叢灌木後面，看著那兩人之間的距離越來越遠，選了一個人，跟上。因為不能保證自己的跟蹤技術，所以鄭歎先預判了一下對方的行走路線，然後繞了個彎，等在對方行走路線上的某個地方。

結果對方的行走路線與鄭歎的預測有點差異，但好在偏差不大，鄭歎還是逮到了機會，第三顆麻醉彈射中了對方的大腿。

那人似乎還想喊句什麼，只可惜，沒能喊出來就暈過去了。

和前一個人一樣，鄭歎將他的槍和匕首等武器都藏在一棵樹上，將人也拖進草叢裡綁好。

換了子彈之後，鄭歎對第三個人用了同樣的方法。對方的警戒心很強，鄭歎差點就失手了，好在他有體型優勢，目標小，對方不容易察覺，不然體型再稍微大點兒的話，估計就躲不開對方的視線了。

還有三個人，三顆子彈。

帳篷那邊的人等了一會兒，再次聯繫了剛才進入樹林找人的兩個同夥，可這次，注定無人回應了。

天空的陽光有些刺眼，空氣中帶著點令人煩悶的燥熱感。明明是白天，明明氣溫尚可，卻讓留在駐地的三個人感覺，這比夜間帶來的寒意更讓人驚悚。

三個同伴，陸續進去樹林就沒聲了。

悄無聲息。

究竟是什麼人？

如果叛變的話，不可能三個人都這麼不聲不響就自己逃了吧？這在之前一點徵兆都沒有。

這件事彷彿一管催化劑，將原本就心態不穩的人內心的負面情緒瞬間誘發出來。

「一定是有人來了！不能繼續留在這裡！離開，立刻離開！被抓到就完了，就完蛋了！」剛才一直在收拾東西的人，揹著背包，拿著槍就要離開。

「砰！」

一聲槍響，揹著背包的人還沒邁出幾步就倒在了地上，胸口有個血洞。

開槍的人是剛才研究地圖的，也是將裴傑抓來的那個人。

他們已經大致決定好了逃跑路線，也決定了下一個歇腳的地方，他不准有人擅自行動，如果有人不按計畫來，背叛自己透露了自己的計畫，那一切就功虧一簣了。所以，剛才在對方揹著背包就要獨自開溜時，他果斷的一槍解決了可能存在的隱患。一個臨時同夥而已，死了就死了，死人的嘴才緊。

「你看著點，我解決掉棚子裡的東西就撤。」說著，那人將地圖疊好放進口袋，拿著槍往布棚裡走。

留在外面的人並沒有多看那位躺在血泊裡的同夥，也沒有任何同情或者可憐等情緒，在他看來，斃了對方是正確的選擇，就算剛才那一位不開槍，他也會開槍。自己的安全和利益才是第一位，至於其他人？算個屁。

不過，這也幫了鄭歎一把，還替鄭歎省了一顆子彈。

鄭歎悄然接近帳篷那邊，看到了躺在地上的人，深呼吸平定一下情緒。

——還剩兩個人，三顆子彈。足夠了吧？麻醉彈的效果尚可，就是不知道電擊彈怎麼樣。這兩人中，總有一個要挨電擊。

◆◇◆◇◆◇◆◇◆

二毛三人跟著大山在山林裡穿行，雖然他們很想儘快找到裘傑，想加速加速再加速，但大山不行。

畢竟上了年紀，就算大山的身體一直很好，一直被林叔保養著，又是針灸又是按摩，吃個飯都還整個營養搭配，相比起其他老年狀態的獰貓來說，要強出一大截，但牠也扛不住這樣長途的行走奔跑。

大山已經很長時間沒有休息了，牠自己在來回途中休息的時間也很少，到達院子搬救兵也只是休息了幾分鐘而已，只是喝了點水、吃了點東西，相比起鄭歎來說，唯一好過鄭歎的就是大山能夠吃到更好的食物，而鄭歎現在還餓著肚子。

「休息一下吧。」裴亮看著前方望不到邊的山林說道。

裴亮心裡也急，擔心裴傑的安全，恨不得立刻就飛過去。但他也清楚，大山現在的情況不太好，再這樣繼續下去，裴傑沒找到，大山估計就得趴下。可他們也無法扛著大山跑，他們不知道具體的方向和路線，山上多的是彎彎繞繞，一個不小心走錯路，大山都未必能及時轉回去。

語言不通，交流障礙。只能讓大山引路。

大山畢竟不是鄭歎，沒鄭歎那個指示能力。

既然裴亮這麼說，二毛和衛稜肯定不會反對，他們心裡也清楚大山的情況。

二毛給大山喝了點水、吃了點東西，抬手替大山揉一揉，他的按摩技術遠比不上林叔，但能稍微讓大山放鬆點也好。後面的路不知道還有多少。

大山趴在地上，閉著眼睛喘氣。現在身邊有三個人，雖然牠以前總喜歡找這些傢伙的麻煩，但也知道有他們在，不會有危險，牠不需要用多餘的精力去警戒四周。

見裴亮沉默的坐在旁邊石塊上，二毛安慰道：「傑小子沒事的，黑煤炭現在肯定在那邊陪著他，裴師兄你大概不太瞭解那隻黑貓，牠遠比我們想像的要有能耐。那傢伙坑人很有經驗的。」

還打算多說點什麼安慰一下，二毛突然想到，那隻黑貓雖然有能力，但惹事的本事也一流，到底會發生什麼，他現在還真不敢想，畢竟敵人可不是好對付的。

裴亮扯了扯嘴角，想笑著回應一下，可就是笑不出來。他到現在也沒吃多少東西，唯一吃的時候，還是因為要跟著大山過來找人而硬塞了點食物，以便有體力跟進。裴亮心裡急啊，怎麼能不急呢？更不可能笑得出來。

正沉默著，衛稜的電話響了。

因為山林裡信號不好，很多地方根本沒信號，所以三人在過來的時候，師父他老人家給了一部衛星電話。

聽電話那邊說了幾句之後，衛稜的臉色不太好。

「怎麼了？」裴亮心懸到嗓子眼，生怕聽到什麼關於裴傑的不好的消息。

衛稜掛了電話，說道：「一直失蹤的大志現在找到了，但也驚動了背後的一些人。」

裴亮和二毛同時心中一緊，雖然大志的出現能夠牽出罪魁禍首，那個動物園的幾個高層人員別想脫罪了，但同時也驚動了那些受雇傭的人，其中包括帶走裴傑的那人。

如果那些人仍舊打算講條件還好，這樣裴傑對他們還有用，就怕那些人一激動，不打算用人質要脅，也不打算談判，直接下殺手，然後輕裝開逃。

二毛揉了揉大山的黑耳朵，替牠撓撓下巴，然後用兩隻手掌托起大山的貓頭，看著大山睜開的眼睛道：「大山，只能麻煩你辛苦點了。」

大山站起來，看了看周圍，辨別一下方向，繼續往前走。

◆◇◆◇◆◇◆◇◆

另一邊，鄭歎看著守在帳篷那裡的人，手裡抓著已經上好子彈的筆，想著怎麼解決掉這個傢伙。這時，有一隻鳥從樹林那邊飛過來。

「砰！」

這隻無辜的鳥從空中掉落，零散的羽毛漸漸飄下。

而開槍的人，臉上根本沒有多少情緒，似乎剛才只是折了一根樹枝而已，做了一件平常得不能再平常的事情，看也沒看被打落的鳥，繼續警戒著周圍的樹林。只要有一點動靜，他就開槍。

「怎麼回事？」剛走進布棚的人聽到槍聲，出來問道。

「沒什麼，一隻鳥而已。」

看了看地上的鳥，那人沒說什麼，再次走進布棚。

鄭歎躲在草叢後面，小心的呼出一口氣，他真沒想到對方連鳥都不放過。也是，都能夠冷眼的看著同夥被自己人果斷的一槍斃掉，何況是一隻鳥。如果鄭歎現在走出去，或者被對方發現，絕對會挨槍子兒。

寧可錯殺一隻貓，也絕不放過任何可疑動靜。這就是現在對方的策略。

怎麼辦？

鄭歎離對方還有些距離，他也知道以自己那拙劣的技術，這段距離的準確度絕對不會高，若是就在這裡開射，目標射不中反而暴露自己的話，那就悲慘了，說不定會立刻升天變成貓仙。

想了想，鄭歎悄然後退，然後來到自己剛開始試第一發子彈的地方，那隻鳥仍舊躺在那裡，一動不動。鄭歎立起身，將鳥提起，看了看手上的鳥，鄭歎暗道：碰上一隻貓算你倒楣，只能犧牲一下你了。

鄭歎想過扔石頭或者其他死物，但對方顯然在山林裡有很豐富的打獵經驗，石頭還是鳥，或許對方在那一瞬間就能判別出來，這樣達不到鄭歎分散對方注意力的目的。

不管對方是否真有那樣的辨別技術，鄭歎打算還是用鳥來試試。可惜不會用獵槍，也不方便用獵槍，要不然直接拿著槍幹掉這些人算了。鄭歎嫌棄的甩了甩自己的貓爪子，提著鳥，再次潛回帳篷附近。

此刻，布棚內已經傳出了槍聲，還能聽到猴子的尖叫。

鄭歎心裡一跳，剛才進帳篷的那人該不會打算滅口吧？！

原本還打算等待時機，現在看來等不了了，再等下去，裴傑小命都估計會丟掉。

站在帳篷那邊的人，隔一會兒就會換個方向站著。鄭歎在最靠近對方的地方，在對方側向的時候，深呼吸，抬手將提著的鳥使勁扔了出去。

而對方的反應也快，憑著微弱的聲音就判斷出來了從空中飛來的物體。

當對方將注意力放在鳥身上的時候，鄭歎也迅速從草叢裡奔出來，朝著對方跑過去。

「砰！」

一槍正中空中的目標，而打了這一槍之後，對方也沒停止，雖然沒有看清楚從林子裡跑出來的究竟是什麼，但仍舊不會放過任何一個可疑物體，他快速轉了槍口。

「砰！」

又是一槍。

只是，差之毫釐，就劃定了成功和失敗的分界線。

鄭歎在衝過去的時候沒想其他，全速跑過去，在靠近那人時按動「筆」，射完就跑。他聽到了第二聲槍響，剛才甚至感覺全身的毛都炸起來了，一種極度的危險感瞬間降臨，不過他也顧不了太多，射了筆裡的子彈就跑到帳篷後面，然後跳進草叢裡。

等了等，鄭歎沒聽到其他動靜，小心的往外看了看。

帳篷那邊，剛才還拿著槍射擊的人，此刻正倒在地上，在對方光著的膀子上，一顆不大的子彈釘在那裡。

鄭歎找了個土塊，使勁扔過去，還是朝著對方的臉扔的。

土塊撞擊到人，碎成幾個小塊，灰塵散開，而被打的人仍舊維持著剛才的樣子，臉上的表情都沒怎麼變。

鄭歎走出灌木叢，跳到帳篷後，又看了看，然後快速衝過去將對方手裡的槍拖過來。

人，依舊沒反應。

看了看地面上的一個彈孔，這離剛才鄭歎跑過去的路線只有不到一個手掌的距離。如果鄭歎稍微再慢一步的話，或許就中彈了。

還是低估了這些人的能力。

好在，這裡只剩下一個人了。

鄭歎暫時鬆了口氣，將槍就近藏在一棵樹上，然後將人拖進一頂帳篷裡面，用帳篷裡的繩子綁了幾圈，打死結。

「砰！」

布棚那邊又傳來槍聲，鄭歎剛綁了手，來不及將昏迷的人腿也綁住——反正藥效能持續一段時間——鄭歎趕緊在「筆」裡換了一顆子彈，快速朝布棚那邊過去。

布棚裡面，裴傑確實不太好，他看到將自己綁架過來的人走進布棚之後，就將布棚門簾那裡的拉鍊拉攏了，還扣住扣鎖。這樣一來，外面的人想要進來的話，在不破壞布棚的前提下，只能讓那人從裡面打開，外面是打不開的。而破壞布棚肯定會造成一定動靜，對方不可能察覺不到。

來人在進布棚之後就開槍射殺了一隻猴子，而且用刀將猴子身上攜帶的東西掏了出來。接著是第二隻猴子，再然後是小熊貓。

布棚內，門簾扣死，光線很暗，來人將裡面懸掛著的一個太陽能露營燈打開，這樣，裴傑看清楚了那邊的情形。

看著這血腥的一幕幕，裴傑再也忍不住，哇的一聲哭了出來。

——混蛋！以後再也不想當超人了，這職業太危險，一個不小心小命就丟了！

——爸爸衛叔二毛叔他們怎麼還不來？黑碳到底跑哪裡去了？！該不會自己開溜了吧？！

畢竟還是個孩子，就算平日裡頑劣，卻也扛不住這種血的刺激和死亡的威脅。一開始裴傑是想著哭出聲來，如果有哪個救兵在附近的話，催促一下趕緊過來救援，但哭著哭著，裴傑那所有的委屈和恐懼情緒就都湧出來了，哭得直打嗝。

對方也沒阻止裴傑，任由裴傑大聲的哭，用略帶方言腔的普通話說道：「慢慢哭，待會兒就輪到你了。」說著，那人看了看門簾那裡，再看看布棚內四周，他剛才確定過，不可能有人能悄無聲息進來，就算是小孩也不行。

可是他不知道，貓不在此之列。鄭歎之前進來的時候就不是從門簾進來，而是從周圍沒有固定住的垂落在地面的布圍那裡鑽進來的。

鄭歎選擇的是靠近一個籠子的角落，已經死去的猴子仍舊躺在籠子裡面，燈光照射在那裡，在布棚的圍擋上接近地面的地方投射出一片陰影。

在這麼大點地方，人無法藏身，所以那人只是掃了一圈之後，再次將視線放在最後一隻小熊貓身上。

這隻小熊貓近兩天的精神狀態越來越好，腦子也清醒，緊貼在籠子裡遠離對方的那一面，但畢竟被關著，無法逃離，即便牠知道危險，也無濟於事，只能瑟縮在那裡，驚恐的瞪著眼睛。

那人拿著槍，槍口對著籠子裡最後一隻小熊貓，正打算開槍的時候，突然想到了什麼，他朝布棚外喊了一聲。他喊的是守在外面的那個同夥的名字，但是他沒有等來回應。現在他更不可能打開門簾出去看情況，也不會透過布棚那個唯一的窗子看外面，他怕外面有狙擊手，怕一個冒頭就被斃了。

眼神閃了閃，那人將槍放下，視線從最後一隻小熊貓那裡挪開，放在籠子裡哭得直打嗝的裴傑身上。

裴傑見對方看過來，哭聲一頓，然後，以更大的聲音扯著嗓門開始哭。他急了、怕了，除了哭，他不知道自己還能做什麼，只希望有誰能過來將眼前這個拿槍的瘋子擺平。

那人掏鑰匙將籠子打開，把裴傑從籠子裡拖出來，像拎小雞似的拎在手裡，裴傑那點小力氣根本就掙扎不過對方如鋼鐵般的手臂。

裴傑用手捶、用腳踢，但這一天多來基本上沒吃啥，再加上被關在籠子裡這麼久，渾身不得勁，也沒啥力氣，作用甚微。他還想用牙咬，可惜對方戴著手套，還是帶金屬片的，咬不動，自己的牙反而還差點磕掉。

那人將裴傑拎在手裡，沒理會裴傑這點小伎倆，他在意的是外面的人。又掃了一眼四周，他確定沒有任何人進來。

外面肯定出事了，雖然他不知道到底是誰，也不知道對方是怎麼樣悄無聲息搞定自己的幾個同夥，但他知道對方能夠不聲不響搞定四個人，也能威脅到自己。所以，他想利用這小子逃走，就算逃不走，也能一命換一命。

哭得打嗝的裴傑小朋友，現在也和其他小孩子一樣，開始哭著喊爸媽了。

——爸爸他們真的在外面嗎？但是，為什麼還不出來，就算是出來個人談判也好，為什麼沒有動靜？

——如果，這個世界上，真的有超人就好了。

裴傑想。

餘光瞥見點什麼，裴傑側頭看過去。

在那人背對著的地方，一個籠子旁邊，不大的木箱子後面，有一道黑色的身影漸漸露出來。露營燈仍舊亮著，裴傑的視線早就適應了這裡的光線，也沒近視，所以他看得清楚。

耳朵，尾巴……

那是一隻貓。

一隻站立著的貓。

一隻站著的，拿著自動鉛筆的，黑貓。

裴傑嚇都驚得止住了，那張因哭喊而滿是鼻涕眼淚的臉上，一臉的呆滯。

一隻立起來的貓，並不算罕見，裴傑在自家村子裡也見到過不少，但是他從沒見過一隻站起來的、還嚴肅的拿著一枝自動鉛筆偷偷從黑暗裡走出來的貓。

裴傑這一刻連害怕都忘了，就愣在那裡。

察覺到裴傑的異樣，那人迅速轉身。

只可惜，他剛動，一顆子彈就已經射了過來，而他手上抬到一半的槍則再也抬不起來了，另一隻手原本拎著裴傑的衣領，現在也鬆開。

——怎麼會有其他人在？！

——到底是怎麼出現的？為什麼一點聲響都沒聽到？！

現在他終於明白，為什麼外面的幾個同夥會無聲無息就被解決掉了。防不勝防，他現在甚至連對方的面都沒見到。

原本以為，在這樣一個相對密閉的地方，沒有人能夠悄無聲息的進來；原本以為，就算逃不掉，至少能夠再拖一條命陪葬；原本以為……

中彈的人在那一瞬間想了很多，但也有很多都來不及想。

他感覺自己剛才就像被一個比自己壯得多的壯漢猛地衝過來撞飛，然後不停的被拳腳交加。

他似乎產生了一種幻覺，就好像仍然待在母體之內尚未出生，又感覺下半身脫離了原本的軀體，再然後，就失去知覺了。

然而，這一連串的感覺，其實都只是在那一瞬間罷了。

裴傑還有些愣，機械性的轉動頭，看看倒在地上的人，又轉過去看看拿著自動鉛筆的黑貓，然後猛地跳開，退了好幾步，繼續交替盯著倒地不知死活的人，以及那隻黑貓。

鄭歎現在很傷腦筋。他原本還打算悄悄解決掉最後一個人，不讓裴傑知道的，特意選了背對他們的位置發射，可他沒想到裴傑被拎著的時候竟然側過頭來了！

剛才鄭歎還擔心電擊彈會不會連帶著傷到裴傑，現在看來，電擊彈一次只能解決一個人。

鄭歎摸了摸「筆」身，背後的圓筒裡還有一顆電擊彈，以剛才的情形來看，電擊彈的效果不錯，一顆立倒。要不要給這小子來一顆，然後等他醒來之後說是幻覺？

裴傑抖了抖，突然感覺有點冷，看看周圍，心道一定是因為待在布棚子裡沒見到陽光，才有了這種陰森感。

也正因為這一抖，裴傑回過神了。

不管這隻黑貓有什麼問題，裴傑現在最想做的事情就是逃離這裡！

布棚子內，透著一股血腥味。這是剛才那人解決四隻動物造成的，現在裴傑回過神之後，聞著臭氣和血腥味混雜的氣味就想吐，但是他現在也不敢直接掀開布棚子跑出去，誰知道外面有沒有危險分子？

不得已，裴傑再次將視線投到鄭歎身上。

「黑……黑……黑碳？」裴傑結結巴巴才說了這麼幾個字。

鄭歎將筆重新揹回背後，決定暫時不放倒裴傑了，留一顆子彈以備後患，要是之前那幾個被放倒的人醒過來也能用一用，能擺平一個是一個。至於裴傑剛才看到自己的所作所為……二毛和衛稜應該早就知道自己和其他貓不一樣，而裴亮，自己救了他兒子，總不至於恩將仇報吧？他跟二毛和衛稜是師兄弟，人品也應該有保證才對。人命第一，祕密什麼的，他們應該會選擇保守。

算了，不多想了，逃離這裡才是首要大事。裴傑還算聰明，沒有直接衝出去，這讓鄭歎稍微滿意了點。知道好歹，分辨得了對錯，能選擇最保險也最正確的法子，保守個祕密應該行的吧？

鄭歎先鑽出布棚看了看，還在附近看了一圈，之前被綁在帳篷裡的人仍然沒有動靜，還是之前的樣子。鄭歎還跳上旁邊的一棵樹觀察了下周圍，然後回到布棚前。

回頭看向布棚內的時候，鄭歎不禁鬍子一抖，他發現裴傑已經將倒在地上的人手裡的槍和匕首都搶過來了，看他擺弄槍的樣子，估計這小子還想著能開兩槍。

幾分鐘前還哭得打嗝的小屁孩，現在一副老子是勝利者的跩樣子，鄭歎突然有些明白為什麼之前裴亮家的人都管不住這孩子了。

有了槍，裴傑現在不那麼害怕。獵槍他其實也玩過，村子裡的老獵人們和裴亮都教過他，他和哥哥姐姐也學過用獵槍打獵，雖然現在手裡的這把跟村子裡獵人的槍不一樣，但裴傑對於這種感覺並不陌生。

有些孩子，天生就不害怕這些東西，反而更容易接受。

對於現在的裴傑來說，槍還是有些重，拿著很費勁，在鄭歎沒回來時，他一直警戒著倒地上的人，生怕對方再跳起來。

見到鄭歎，裴傑臉上一喜，他現在已經想通了，不管這隻貓到底是什麼來頭，只要大家在同一條戰線上就行，就憑這隻貓剛才救過自己、放倒了那個鋼鐵般強壯的敵人，牠就靠得住。

鄭歎在外面的時候已經將最後一顆電擊彈裝進筆裡了，裝子彈的圓筒也放回百寶箱裡，所以現在他背上只揹了一枝筆，只是裴傑的注意力並不在那上面，沒察覺到有什麼差別。

鄭歎側了側頭，示意裴傑跟上，然後掀起沒固定住的布圍，爬出去。

裴傑也跟著鄭歎鑽，他鑽出去的時候動靜稍微大了點，不過好在體型不像成年人那麼大，勉強也能鑽出去。出去之後，他也沒忘記將槍拿著。

鄭歎在前面帶路，裴傑則小心的跟在後面。他知道自己的聽力比不上鄭歎，所以只是默默跟著，沒有對鄭歎的判斷產生懷疑。

鄭歎記得放倒的那幾人所在的地方，他現在只要避開那幾處，然後帶著裴傑離開。

正走著，鄭歎突然頓住，耳朵動了動，看向斜前方的一個方向。

見到鄭歎這樣子，裴傑趕緊找了個地方藏起來，他以為鄭歎發現敵人了。

鄭歎沒有對裴傑做出什麼指示，而是快速跳上旁邊的一棵樹，朝那邊看過去。雖然那邊有很多高矮不一的樹擋著，但還是能看到幾個閃動的身影，打頭的就是那一抹褐黃色。

心裡一喜，鄭歎也索性不往前走了，趴在樹枝上看著那邊。

藏在灌木叢後面的裴傑對鄭歎的反應很不解，但很快，他就想到了一個可能。

「黑碳！」裴傑小聲喊道，見鄭歎看過來，他繼續道：「是不是我爸他們來了？」

鄭歎想了想，點點頭。

「哈！」裴傑忍不住笑出聲，竄出灌木叢，就著鄭歎剛才爬的那棵樹也爬了上去。

裴亮提著心跑過來的時候，便看到裴傑那熊孩子正揹著一把槍，抱著一棵樹的樹幹，看著他們，咧著嘴笑得歡。

裴傑的衣服已經髒得不成樣子，看起來也很狼狽，因貪玩總頂著大太陽在外面瘋跑而曬得黑黑的小臉上糊了不少泥和草屑，頭髮也亂糟糟的，像逃荒似的。裴亮見到之後眼睛一酸，衝了過去，將從樹上直接跳下的裴傑接住，緊緊摟懷裡。

看到裴傑健健康康的，沒缺胳膊少腿，雖然模樣有些慘，但沒啥大事，精神也不錯，二毛和衛稜都舒了一口氣。衛稜先向老人家那邊回了個話，省得老人家那邊擔心，不過也沒多說，他知道這裡面的情況有些複雜。

「沒事就好。」裴亮有些哽咽，深呼吸好幾次才緩過來，心緒平靜些之後，裴亮先檢查了一下裴傑身上的傷，見都是一些破皮的小傷，沒其他傷害，也放心了。他將帶著的一些食物遞給裴傑，又幫裴傑身上的一些傷口上了點藥，這才想起來問道：「抓走你的人呢？你怎麼脫困的？」

裴傑在裴亮的衣服上抹了抹鼻涕，然後抬手指指樹上。

裴亮抬頭看過去，一隻眼熟的黑貓趴在那裡。二毛和衛稜一副「果然」的樣子，但他們依舊很好奇，到底怎麼做到的。

被問話，裴傑有些糾結，說還是不說呢？

「先去找找抓裴傑的人吧。」二毛說道。

想要找人，只能讓鄭歎帶路。

二毛讓大山先休息，大山這一路是真累了，爬樹都打滑，但只有在樹上，牠才有安全感。

大山休息，鄭歎帶著二毛和衛稜過去，裴亮暫時待在這裡看著裴傑和大山。

◆◇◆◇◆◇◆◇◆

半小時後——

帳篷那邊的空地上，五個人被綁得好好的扔在那裡，衛稜拿著五顆子彈研究，五顆都是從眼前綁著的人身上取出來的。

嘖嘖兩聲，衛稜對鄭歎道：「能耐啊，越來越能耐了。你這麼屌你貓爹知道嗎？」

鄭歎蹲在旁邊，垂頭看地數螞蟻，不回應。反正他這次立功了，也不求衛稜他們怎麼謝，只要幫忙將這事圓過去就行了，認識這麼久，二毛和衛稜應該知道焦家的低調策略。鄭歎自己只負責深藏功與名就行了。

而二毛則拿著鄭歎剛才揹著的那枝筆研究。在他旁邊，放著一個箱子，鄭歎已經將箱子打開了，讓他們看裡面的東西。

想要讓二毛和衛稜幫忙善後，鄭歎選擇多交代點事情，以便這兩人弄清楚情況之後編故事給別人聽，當作此次事情的解釋。

「這玩意兒牠從哪裡搞到的？」衛稜看向二毛，箱子是二毛幫忙一路帶著的。

「聽說是京城那邊一個小孩子送給黑煤炭的。」二毛也震驚，什麼時候小孩子的玩具都進化成這程度了？回去得從焦家那邊打聽一下。

「行了，我去將裴師兄他們叫過來，商量一下這事怎麼編。」二毛將東西放下，起身朝林子裡走去。

聽到二毛這話，鄭歎放下心了，雖然二毛這人有時候不正經，但這話他既然說出來就肯定會做好。

中了電擊彈的人再醒過來的時候，感覺身子整個都僵了，他聽到有人在說話，但就是聽不清楚是什麼，身上的肌肉還顫抖著，多處痙攣，臉上就好像被人打了一針普魯卡因（注：局部麻醉藥，常用於牙科手術），嘴唇抖了抖卻壓根說不出話來，下嘴唇像墜著個幾十公斤重的秤砣似的。

裴亮看到將自己兒子帶走的人有轉醒的現象，毫不留情，直接一拳頭過去。

剛有些意識的人又暈了。

其實裴亮也想將這人狠狠打一頓，甚至還想過在這荒山野嶺悄悄解決掉算了，但後來還是打消了這想法，他可以走法律途徑讓這人接受死刑或者一生都被關在監獄裡，但不能就在這裡私自解決掉。裴傑還在這裡呢。

在二毛他們三人商量著怎麼編故事的時候，裴傑則想著怎麼將被他爸收過去的槍再要回來。

「爸，把槍給我吧，我可以不要子彈！」

「不給。」

裴傑不服氣，「這是我搶過來的！」

裴亮看都沒看他，回了一聲：「少放屁。」

裴傑硬著脖子想狡辯，但哽了哽，還是沒出聲，這確實不完全算他搶過來的，是當時黑碳將對方弄倒地之後他才搶到手裡。但不管怎麼說，也是他自己親手從敵人手上搶過來的啊！

鄭歎看著又開始活蹦亂跳的裴傑，心想：這孩子忘性真大，非一般人能做到，這要是同齡的其他孩子，估計早找人做心理輔導開解去了。

◆◇◆◇◆◇◆◇◆

被鄭歎用電擊彈放倒的那個人射殺了四隻動物，從動物身體裡面取出來的東西，二毛已經在他身上搜到了，至於最後一個倖存者——那隻一臉蠢樣的小熊貓，則被一同帶回院子那邊。

院子裡有林叔這位資深獸醫，開刀什麼的都在行，林叔家裡也有一整套的手術工具，還有專門建造給動物動大手術的手術室。

動刀兩天之後，這隻小熊貓又開始有精神了，林叔的技術好是原因之一，關鍵是這小傢伙的生命力確實極強，傷口好些之後就被林叔帶到院子裡遛。

林叔說這隻小熊貓才一歲，在這個種族裡屬於尚未成年的孩子。大概在被那些人抓到之前，母獸將牠攆走不久，牠還沒習慣自己獨立生活，現在跟著林叔之後，找到了當初跟著母獸過悠哉日子的感覺，只要不被攆走，牠就賴在這裡。

這隻小熊貓很親近林叔，林叔沒用繩子之類的東西將牠套住，牠也不亂跑，不用林叔多說，牠就一直跟著，手術的傷口漸漸開始痊癒，牠也沒有要逃跑的意思。

想想也是，待在林叔這邊有吃有喝，被精心照顧，也沒人用槍指著，啥都不用擔心，每天牠最喜歡的事情就是抱著一顆大蘋果坐在樹上吃，吃完就找個有太陽的地方坐著開始搓臉。

林叔不擔心牠玩失蹤，平時這小傢伙也很愛乾淨，不到處亂拉。還有，鄭歎一直以為這傢伙有搓臉的習慣，其實只是牠吃完東西之後有用手掌擦嘴或者把嘴邊的毛添洗乾淨的習性，就像貓吃完飯之後會舔爪子擦臉一樣。

正因為這樣，林叔覺得養著也挺輕鬆，平時還能帶著這小傢伙到處遛一遛，比自己一個人散步強，所以林叔才跟一個相熟的動物園管理者打了聲招呼，辦理了一些手續，先將這隻小熊貓留在這裡，理由是術後觀察、防止病變。那邊動物園的人也沒意見，反正動物園裡小熊貓多的是，少這一隻不少，不過是對他們來說無足輕重的事情，隨手開個方便門討個人情罷了。

林叔說，這隻小熊貓能活下來是真幸運，被關起來的五隻動物，就只有牠一個倖存下來了，大難不死必有後福，所以為這小傢伙取名字叫「小福」，叫著叫著便成了「小福子」。

那幾個罪犯被警方帶走，武器和藥也被沒收。被鄭歎用電擊彈放倒的那個人在認罪的時候還堅持問著當時在帳篷裡的是誰，他想了很多，卻依舊無法猜到是誰，他還分析整件事情下來到底哪一步錯了，才會造成最後這樣的結局。但他永遠不會想到，他最大的兩個失誤，是貪財順手牽走了個箱子，以及不知道這世上還有一種叫鄭歎的貓。

裴傑也被問過話，不過這孩子被他爸叮囑過哪些該說、哪些不該說，說起瞎話來也相當的流利，而且被警方問話的時候，一不知道怎麼辦的時候，就開始飆淚，那眼淚說來就來。什麼男兒流血不流淚之類的話暫時踹開了，裴傑說這叫戰略性流眼淚，在可接受範圍內。

負責問裴傑話的人最後也沒多問了。

別小看小孩子，永遠別小瞧這些小屁孩，有時候他們的心眼比大人們想像的要多得多。

裴傑事後也對鄭歎保證過為了報答救命之恩，事情的真相他會一直隱瞞下去，「好男兒，講義氣，不背叛！」

其實裴亮這人看上去挺正直的，可惜裴傑沒繼承他爹的那點正義之氣，反而惹上一身匪氣。

裴亮、裴傑父子倆單獨待著的時候，裴亮本打算為這孩子開解一下，以防他留下童年的心理陰影，但發現這孩子的神經太過強大，除了一點小障礙之外，好得很，就算提起當時的事情也說得條理清晰，不僅條理清晰，還懂得誇張的修辭手法，跟說書似的，明明挺正常的事情，在他口裡就變得玄幻了。

被裴亮警告了好幾次之後，裴傑才收回他脫韁的思維。

「當時我確實很害怕，爸你不知道當時漆黑的棚子裡，我能聞到的只有猴子和小熊貓的屎尿臭，看到的只有冰冷的鋼鐵牢籠，以及旁邊那隻一臉蠢樣子的小熊貓。」裴傑說道。

聽到這裡，裴亮頓時不滿意了，皺著眉道：「你怎麼說話的呢？那不叫『蠢樣』，那叫『憨態可掬』！」

「哦，就是你說過的春秋筆法啊……我當時看著牠憨態可掬的樣子就覺得內心忐忑。忐忑這詞能用嗎？」

裴亮：「……」

裴亮深呼吸，正打算說什麼，裴傑抬手指了個方向，他順著裴傑所指的看過去，在離他們兩個不遠的地方，大山正在那裡玩著一顆蘋果，兩隻爪子來回撥動，當球玩。而在大山眼前，站著那隻小熊貓，視線緊盯著被大山撥動的蘋果，腦袋也跟著左右擺動。

大山明顯就是在逗小熊貓，來回撥了幾下蘋果之後，便叼著蘋果跳上院子裡的木板桌，然後將蘋果放在木板桌邊沿，讓小熊貓看得見卻摸不著，大山自己則蹲在旁邊看著。

木板桌對於站立起來的小熊貓來說恰好高出那麼一點點，於是，那傢伙站起抬起兩隻前爪，跳著想要去抓桌子邊沿的蘋果。

裴傑這時候用電視上那種宮廷太監的語調對那邊喊道：「小～福～子啊～」

正圍著桌子蹦的小熊貓扭頭，但站起來的動作又不穩，因為這一分心，直接後仰，一屁股坐在了地上，翻了過去。

裴傑收回視線，對裴亮道：「喏，真夠憨態可掬的。」

裴亮不說話。

見裴亮有生氣的趨勢，裴傑趕緊轉移話題：「哎，話說回來，爸，就算當時齊大大在那裡也未必能做得比黑碳好。那貓真厲害啊！要不我們家裡也養一隻？專養那種純黑的。」

裴亮嗤了聲，「你以為每隻黑貓都是黑碳嗎？」

「那倒是，就像齊大大只有一隻一樣，黑碳也只有一隻。」

「一隻足矣。」裴亮在心裡道：一隻就能搞定這樣的事情，這要是再來一隻，是不是得掀翻天了？

◆◇◆◇◆◇◆◇◆

漸漸到了回程的日子，原本計畫回程的時間其實已經過去了，但因為這次的事情，在這邊又多留了一星期，將這邊的事情都處理完之後，眾人才打算返程。

二毛他們並沒有將這次林子那邊的事實告知老人家，但老人家是誰？二毛那幾個尾巴一翹老人家就知道他們要拉什麼屎，就算他們遮掩得好，老人家也知道有內情。不過無所謂，現在小子們都成家立業了，知道對錯，他相信幾個徒弟，不會多問，只幫著在後面出把力就行了。

只是，老人家絕對不會想到，一切都只是因為一隻黑貓。

關於利用動物運輸非法物資的事情還會持續調查一段時間，這次估計得從上往下開革掉一些人，不過那已經不關鄭歎他們的事情了。那個有問題的動物園被查封，裡面的動物被分送往其他幾個管理更嚴謹的動物園。

也正因為這次的事情，政府相關單位再次出臺了新政策，對動物園提出了更高的要求，管理方面的監控也更嚴格了。

三輛汽車離開院子的時候，鄭歎從後車窗往外看。

早上的太陽已經出來，照射在這片大地上。

院子附近的一顆大石頭上，剛吃完早餐的小熊貓正坐在上面搓臉。院子門口，老人家、林叔以及大山站在那裡，目送著三輛汽車漸行漸遠。朝陽照在他們身上，輪廓被鍍上一層金色。

第五章

連泡妞都要找貓手？

鄭歎回到楚華市的時候，已經十二月了。楚華市這段時間的氣溫驟降，之前鄭歎離開的時候，這裡還有人在穿短袖，但現在已經穿著厚厚的夾克。

每次出遠門回來，鄭歎都覺得心情變得很平靜、很安心，浮躁都沉澱了似的。

知道鄭歎今天早上回來，焦爸特地從生科院回東教職員社區。他先看了看鄭歎，嗯，沒瘦，精神也很好，看來在外面玩得不錯。

二毛並沒有跟焦家人說那件事，只是在將鄭歎那個百寶箱遞過去的時候多問了幾句，見焦爸的樣子不像是知道內情，二毛忍不住問了句：「焦老師，你不好奇箱子裡裝著什麼嗎？」

焦爸正提著箱子和背包上樓，聽到二毛的話，說道：「好奇啊，不過我尊重他們的隱私。」家裡不論是焦遠、小柚子還是鄭歎，他們自己收藏著的東西，焦爸是不會強行要求看的。

二毛暗裡撇了撇嘴，一隻貓都有隱私權啊。

不過，打聽到箱子的來歷跟方三爺家那邊有關，二毛心裡就琢磨開了，要不要為自己閨女也搞一套這類裝備？以後碰到哪個不長眼的臭小子就一槍射過去！

鄭歎回到家裡，感覺還是上個月離開時的樣子，屬於焦遠的氣味已經很淡，屬於小柚子的氣味也淡了點。今天是週四，週末馬上來臨，小柚子也快回來了，而焦遠，也快了吧。

收拾好東西，將鄭歎的貓牌也換了回來後，焦爸要回去生科院那邊。出門的時候，焦爸對鄭歎道：「我去生科院了，二毛說你早上吃過，現在還沒到午飯的時間，你要是餓的話自己先找點東西填一下，東西還放在老地方。」

在焦爸出去之後，鄭歎趴在沙發上滾了兩圈、伸了個懶腰，雖然長途坐車有些疲乏，但醞釀了半天也沒睡意，他走到陽臺，看了看隔壁的陽臺。

屈向陽早就搬走了，在外面買了大房子，現在已經當爹了，不過聽說依舊很宅。隔壁陽臺上已經沒了那些星際爭霸、蜘蛛人、星際大戰、海綿寶寶等圖案的T恤，取而代之的是一些女學生的衣物。

隔壁的房子租給了屈向陽他爸媽的三個研究生，全都是女學生，當時屈向陽還幫忙收拾過房間，並拍死蟑螂六隻，其他昆蟲若干。

正因為看到屈向陽將房子糟蹋成這樣，屈向陽的父母才將房子租給女學生，至少女學生會講究一些，不會將好好一個屋子搞得跟狗窩似的。

鄭歎見過那三個女學生，長得還可以，其實熟悉了，看習慣了，也覺得她們還算不錯。一個個氣質好，人品也很好，有時候還招呼鄭歎過去玩，分享一些食物。都是好人。

其實這三個女學生最喜歡的是四樓的將軍，只可惜將軍現在被帶去南方過冬去了，不然經常能聽到將軍在樓下大唱情歌。樓裡大家就打趣覃教授，整得人家覃教授尷尬了好幾次。覃教授冤啊，那些情歌，尤其是很露骨的那幾首，絕大部分都不是他教的！

待在陽臺上曬了一會兒太陽，鄭歎還是沒有睡意，索性決定下樓去走走。

大胖沒在家，被老太太帶去拜訪親戚了，阿黃在草地上跟小花以及牛壯壯玩排排坐，至於警長……沒見影。

鄭歎在周圍走了走，來到蘭老頭的小花圃。在鄭歎前面有個學生騎著一輛小三輪車過去敲門，然後裡面響起了三種狗叫。

鄭歎走過去探頭往裡看。

最先叫的是虎斑土狗「順風」，第二個叫的是黃色的土狗「千里」，第三個叫的是……站在花棚上的警長。

警長這傢伙跟這兩隻狗在一起待久了，連學的狗叫都更趨近於兩隻小狗，從原本偏成犬的叫聲變成了偏幼犬，也難怪剛才鄭歎沒聽出來。

一個多月不見，兩隻小土狗都長大了好多。千里身上的毛變黃不少，而順風身上的斑紋也清楚了些。警長，還是老樣子。

「順子，回來！」花棚裡面，蘭老頭叫道。

蘭老頭還是叫虎斑小土狗「順子」，但對於經常來小花圃的學生們來說，他們更喜歡叫「順風」。學生們總是更趨向於更有趣的那個選擇，而且他們喊「順風」的時候，蘭老頭也不生氣，由著他們喊。有千里在，誰都會想到「順風」這個名字，而學生們每次喊「順風」都是一邊喊、一邊笑，帶著一種打趣的意味，不過順風除了蘭老頭之外，不怎麼理會別人。

一個月前，蘭老頭買回來的兩隻小狗崽，他老人家更喜歡小黃狗千里，但是很快，蘭老頭發現，在看家上面，順子還是更警覺一些，而千里幾乎都是以順子為首，順子叫，牠便叫，不過每次來人的話，千里雖然晚一步叫，卻衝在最前面。

順子雖然看起來不怎麼活潑，但卻最機警；千里跑最前面，屬於打手、出蠻力的類型；至於警長，牠就是個湊熱鬧的。

兩隻小狗，蘭老頭是越看越喜歡。至於多出來的那隻……貓，算了，就當養了兩隻半的狗。警長牠飼主養了這麼一隻貓真划算，一隻頂一雙，能當貓抓老鼠，還能當狗看家預警。

那學生在小花圃的門打開之後，便推著車進去。

順子見到來人，便又甩著尾巴趴回去了，牠認識這人，而且還有蘭老頭在，沒牠的事了。千里跟著叫了好幾聲，見只有自己一個在叫，覺得沒意思，卻也沒趴回去，跟著蘭老頭和那學生前後來回跑。

「喲，黑碳回來了？！」蘭老頭看到鄭歎，原本帶著笑意的老臉笑得褶更深了，招呼鄭歎進來花棚。

鄭歎也打算進去瞧瞧裡面的變化，突然聽到後面有人在叫自己。他扭頭看過去，發現在小花圃外這條路前面轉彎的路口那裡，熊雄騎著自行車，朝自己招手。

鄭歎見到熊雄的第一反應就是——這傢伙果然又蹺課了！

為什麼說「又」呢？

因為鄭歎在學校裡閒晃的時候，碰到過好幾次蹺課出來的熊雄。

蘭老頭也聽到了，走出門往外看，見到是熊雄，對鄭歎揮揮手，「去吧去吧，既然回來了啥時候有空再過來玩。」

鄭歎走了過去，不知道熊雄到底有什麼事情。

◆◇◆◇◆◇◆◇◆

自從東教職員社區的小團體變成只有熊雄一個人之後，熊雄一開始有那麼點不適應，不過三個多月下來，也適應了不少，畢竟還是在這個熟悉的地盤上，只是幾個小夥伴不在身邊了，有些寂寞。

熊雄推著車，一邊招呼鄭歎跟著，一邊跟鄭歎說話。

他們幾個從小一起長大，跟焦遠關係很好的人對鄭歎也都有些瞭解，所以在跟鄭歎說話的時候並不像對待其他貓狗那樣，而是更趨近於對待人。

原來熊雄看上了師大那邊一個大一的妹子，九月份他找了付磊一起去師大玩的時候看上的，現在熊雄正在追求對方的過程中，每天都會在這個時候去師大那邊送花。而熊雄訂花的花店在楚華大學和師大中間的一條街上，聽說那家店鋪的花最好，在附近也有些名氣，師大和楚華大學的學生很多都去那裡訂花。

不過熊雄聽室友說了，送花得親力親為，這樣才能讓女孩子看到誠意。於是，熊雄每天都親自過去花店裡拿花，然後再親自送過去師大那邊。

楚華大學離師大不算太遠，鄭歎曾經跟著一個老頭去過，他自己走肯定覺得遠，但騎自行車就不同了，用不了多久就能到，只是那邊有一段在修路，騎著車過去一趟就能灰頭土臉，熊雄為了維護本就不怎麼太好的形象，每次騎自行車過去花店取花，然後再搭計程車去師大。

熊雄為難的是花店那一帶治安不怎麼好，經常有小偷，還有偷車的，上上週他還讓一個報刊亭老闆幫忙看著車，可回來就發現車沒了。不仗義啊！

熊雄推著車，一邊走一邊向鄭歎訴苦。

而鄭歎則在感慨，當年那個婦女節送油菜花給自己老媽的熊孩子已經知道怎麼去浪漫了。

不過，熊雄的追求之路好像比較艱辛，到現在都還沒搞定。熊雄這人論心眼，是社區裡四個小夥伴中最差的。

熊雄去師大追妹子，別人一聽他是楚華大學的便豎著大拇指：「行啊，才子啊！」

可惜熊雄才見人家女孩子第二面，就將自己這個才子裡面所含的水分坦白了。不過，這個年代，能找關係、能走後門的都屬於開了金手指的，別人想有金手指還沒有呢。

不管對方怎麼看待熊雄，至少現在沒直接拒絕，熊雄就有希望，看他那股殷勤勁就知道了。

這事熊雄還沒敢跟他媽說，他決定等真的追到人了再向「太后」彙報申請增加後勤補給。

國內的多數家長都很有意思，大學之前總是跟孩子說不准早戀、不准跟異性這樣那樣，稍微見到跟自家孩子關係好點的異性都會旁敲側擊的打聽，意圖將此勢頭扼殺於襁褓之中。可一旦大學聯考完，孩子上了大學，他們又開始念叨「有沒有關係好的異性？什麼時候帶回來見見？」等等諸如此類的話。

為什麼很多孩子使勁想快點高中畢業？因為畢業之後就能奉旨泡妞了，泡得光明正大！還有強大的後勤補給！

熊雄他媽知道熊雄花錢沒數，將熊雄的錢也卡得緊。所以現在，為了泡到妞，熊雄除了日常的基本生活花費之外，其他的大部分都花在車錢和買花上，他現在剛買了新自行車，認識的幾個同學也沒人會蹺課去幫他看著車，原本熊雄打算花錢請花店附近的人看著點，畢竟有錢為基礎，對方也不會太懈怠。可回頭一掏口袋，熊雄發現資金緊張了。今天恰好看到鄭歎，於是熊雄那平時轉得並不快的腦子超常發揮了一下，想到了個絕妙的主意——讓貓幫忙看車。

來回也就一個多小時的時間，恰好在吃飯的時間能回來，也不會耽誤鄭歎吃飯。

鄭歎沒什麼問題，反正閒著也沒事，難得看到熊雄這樣，順手幫一把。

「我媽說我五行缺金，到手的錢沒兩天就花出去了。可我覺得不是。」熊雄說道。

鄭歎心道：你哪是五行缺金，明明是五行缺根筋。

「我覺得我五行缺色，明明儀表堂堂英偉不凡，為什麼妹子就那麼難看上我呢？」

鄭歎：「……」

他怎麼看怎麼覺得這人跟「儀表堂堂」掛不上號。至於「英偉不凡」……熊雄身高正好一百八十公分，體重九十公斤。哦，這是去年的體重，因為高三太消耗能量，體重略有降低，高三一過，這傢伙的體重就直接突破九十五公斤，直奔一百公斤去了，而且他還不是肌肉型的。

走出校門，路過一家餃子店的時候，看到老闆正在做餃子皮，熊雄故作老成的長嘆一聲——

「唉，我一去不回的擀麵棍啊！」

說起擀麵棍，這是東教職員社區的一個傳奇事件。以前東教職員社區有個老太太，某一天，這老太太打算在家做餃子，又沒有擀麵棍，便出去買了一根，回來時碰到個小偷，老太太發現之後，掄著提袋裡的擀麵棍就狠狠的往小偷身上打。七十多歲的老太太，沒想到打起人來還挺厲害的，小偷門牙都被敲掉一顆。後來小偷被群眾抓住了，扭送至派出所，可這事情卻被附近一些人傳開了，越傳越玄幻，老太太揮擀麵棍猛打小偷，說得跟孫猴子掄金箍棒滅妖似的。

大人們只是將故事誇大一下當笑話說說，而小孩子們卻當真了，將擀麵棍奉為神器一般的存在，誰書包裡有根擀麵棍，那吹牛皮的時候都比人家吹得大。

不過，熊雄這幫孩子們長大了，知道的事情多了，也曉得其中充分利用了誇張手法。

一般人長大後也知道了很多事情並不像當年自己想的那樣，但很多人還是會繼續這樣說、這樣做，以此緬懷逝去的童年。誰小時候沒做過幾件傻事？

所以，熊雄後來就算沒再將擀麵棍拿出來當武器，也一直收藏著，結果某日被他媽發現後扔掉了。他媽說：「你一個男人藏根擀麵棍想幹什麼？要幫家裡擀麵嗎？」

花店離校門口還有點距離，騎車大概要十分鐘，熊雄讓鄭歎蹲車籃裡，鄭歎不幹，最近坐車坐久了，跑一下也好。

熊雄放慢了車速，帶著鄭歎往花店那邊走。

到達花店之後，熊雄將車停在一間通訊行門口，這裡停著一些自行車。

「好了，就放這裡，這裡人不算多。」熊雄鎖好車，說道。

鄭歎看了看周圍，這邊好幾家店鋪進進出出的全是人，確實只有這裡人少一些。這附近也沒有專門的停車場，沒人幫著看車，難怪熊雄為難。

熊雄進去花店拿了訂的花之後，看了看時間，便趕緊跑去攔計程車。

鄭歎蹲在自行車座上，看著熊雄乘坐的計程車離開，心道：衝吧！熊小子，哥只能幫你到這裡了。

離停車的這裡不遠的地方有一個公車站，有一些人在等車。

一個正拿著麵包吃著的年輕人揹著背包站在那裡等車，漫無目的的看著周圍，視線掃到鄭歎這邊時，年輕人頓了頓，然後看了一眼馬路，確定沒有自己等的車過來，便朝著鄭歎這邊走。

走到鄭歎面前，這人啃了兩口培根麵包，抬手將麵包上的培根揪了點下來，遞到鄭歎眼前。

鄭歎看了看遞到鼻子邊的培根，沒理會。

「不吃？」

見鄭歎不吃，這人將手裡的培根扔自己嘴裡，又撕了點麵包遞過來。

鄭歎：「……」

鄭歎繼續無視遞到眼前的麵包。

這人見鄭歎真的什麼都不吃，將撕下來的麵包也往嘴裡塞了，快速掃了眼公車站那邊，看是否有他等的公車過來，發現沒有，然後繼續站在這裡，將手裡的麵包全部吃完之後，還伸手打算摸鄭歎的貓頭，被鄭歎躲過了。

鄭歎不耐煩。

——這人真是沒點眼力，你等車就安心等車去，跑這裡來幹嘛？找麻煩呢？

這種人很多，見到貓就恨不得過去摸兩下，殊不知很多貓其實相當不情願被打擾，當然，也有想跟人玩的，不過鄭歎絕對不在此之列，要不是為了幫熊雄看車，他早就撒腿跑了。

鄭歎很想過去揍一拳，可惜大庭廣眾之下這樣做似乎並不好。

可惜，鄭歎的怨念顯然沒有被對方理解，對方又伸手過來試了試，被實在忍不住的鄭歎拍開幾次，直到所等的公車過來，對方才收回手趕緊去擠公車。

見那人終於離開，鄭歎鬆了口氣，像剛才這類人比較喜歡貓，平時看到流浪貓或者見到在外面散步的家貓都會過去親近一下，其他貓碰到這種人算是幸運，但鄭歎十分不願意碰到這種人，因為這種人特別煩人，趕都很難趕走，就算是挨一爪子也不會生氣。鄭歎扛不住這種熱情。

鄭歎曾經見過一個漂亮妹子去逗一隻蹲在花壇邊的貓，結果在跟那貓玩的時候被貓撓了一爪子，白嫩的手背上頓時出現了幾條血痕，可那妹子也不生氣，也沒對那貓抱怨或者拳打腳踢的。

正想著，鄭歎發現又有人靠過來，這次是兩個結伴而行的年輕女人，大概是附近哪所大學的學生，這兩位的熱情比剛才那個背包男更甚，不過，鄭歎看在這兩人長得不錯的分上，讓她們摸了兩下，但也就兩下而已。

為了幫熊雄這傢伙看車，鄭歎算是犧牲色相了。

熊雄還抱怨五行缺色，鄭歎在嫌棄過來騷擾的人太多的同時，心裡還頗有些得意：瞧，哥往這裡一蹲，妹子就自發過來了。

一個多小時之後，熊雄大汗淋漓的跑著回來。原本他還打算坐計程車，但最近資金緊張，熊雄便直接跑著回來，就當減肥了。中途經過修路的那一段，身上揚了不少灰，頭髮上能看到一些灰塵，再配合額頭流下來的汗，有些狼狽，但現在已經送完花，再狼狽心上人也看不到，熊雄狼狽得心安理得。

熊雄過來的時候，鄭歎眼前已經換第四批女學生了。不過，湊到鄭歎眼前的女學生一看到靠近的熊雄，也不管鄭歎了，拉著身邊的人就趕緊離開。這讓熊雄鬱悶不已。

買了瓶礦泉水，猛灌了幾口之後，熊雄坐在車後座上，對鄭歎抱怨道：「黑碳，你說那些女生看到我躲什麼？」

鄭歎瞟了滿面塵灰、髮型已亂、體型還頗具壓力的熊雄一眼，跳下車座，打算離開。到吃飯的時間了，該回去了。

◆◇◆◇◆◇◆◇◆

回家之後，當天焦媽做了頓好菜，慶祝鄭歎回來。至於鄭歎被提起來抱抱的這種事情，習慣了，也就沒啥彆扭的了。

焦媽還說，之前家裡沒了鄭歎，冷清不少，連看電視都只有自己一個，幾次看到興起笑出聲打算扭頭跟旁邊說說話分享一下，卻發現身邊沒坐其他人，也沒有貓趴在那裡。當時焦媽那個心酸啊！每天就在數日子，數數還有幾天小柚子回來、還有幾天鄭歎回來、還有多久焦遠回來。

現在，就算只回來了鄭歎一個，焦媽都高興不已，看電視的時候笑的聲音都大了，每次都跟鄭歎分享一下她的笑點，就算鄭歎不能回應，焦媽也說得很有興致，鄭歎要是擺出一臉的木訥，焦媽還會伸手戳一下鄭歎的額頭。

陪家長看電視其實也不是件輕鬆事。

至於戳額頭這種事情，習慣就好。

第二天，熊雄又蹺課來找鄭歎，鄭歎繼續過去幫他看著自行車。

而同一個時間點，同一個公車站，鄭歎又看到了那個揹著背包的年輕人。

那年輕人一邊啃著包子、一邊看著周圍，視線掃到鄭歎的時候一亮，笑得一臉和氣，趕緊又跑過來。

鄭歎：「……」

跟昨天一樣，這人又揪了點肉包子遞到鄭歎眼前，鄭歎照樣沒理。

好在今天這人要搭的公車來得快，在鄭歎眼前待了不到兩分鐘，便去擠公車了。

看著公車離開，鄭歎回頭，發現又有人看到自己之後聚了過來。

接下來幾天，每天鄭歎都會在這裡看到那個揹著背包的年輕人，有時候鄭歎運氣好，對方等的公車來得快；有時候運氣差，一連半小時甚至更久都沒公車過來。這人又愛找麻煩，鄭歎一開始是不想直接動爪子見血，但後來卻發現，這人的動作挺快，出手收手都快，鄭歎想撓一爪子都撓不到。

要不是因為在大庭廣眾之下，鄭歎估計會來一飛腿，或者搬起旁邊的自行車砸過去。

——不過，在大街上的話，惹不起我還躲不起嗎？

鄭歎便開始躲，但也不會離得太遠，不會讓熊雄的自行車離開視線。

一週下來，這附近店鋪的人都知道，每天這個時候都會有一位「壯士」騎著自行車帶著一隻黑貓過來，然後這位「壯士」搭計程車離開，而在他離開之後，他的車座上便會有一隻黑貓蹲在那裡，別人趕都趕不走。

經常往這裡走的人，尤其是一些女學生，都會過去拍拍照，然後發到網路上去，順便將自己腦補的一連串故事發到網路上。這年頭手機更新換代太快，功能越來越強大，網路交流平臺也越來越豐富多彩，很多年輕人都喜歡將自己見到的趣事用手機拍下來發到網路上分享，或者藉此來吸引點注意。

好在那些人只拍了鄭歎和自行車，並沒有拍過熊雄。因此，就算是一些認識鄭歎的人看到也只是會笑著說「看，這貓長得真像黑碳」，而不會直接將此聯繫到鄭歎身上。畢竟，能夠憑一張圖一眼就辨認出鄭歎的人並不多。

鄭歎出來都沒戴貓牌，不然肯定會被人認出來。

這日，鄭歎又過來幫熊雄看著自行車，雖然接這個工作讓鄭歎碰上不少煩心事，但看到熊雄追女友進展顯著，也繼續堅持下去。看著長大的孩子，鄭歎能幫也幫一把，再說，他能幫的也只有這些了。

看到從公車站那邊走過來的揹著背包的年輕人，鄭歎剛好了點的心情又消散了。很無奈，每天都會在這個時間點碰到這人。

鄭歎正打算從車座上跳下去躲麻煩，沒想到，附近一間小餐館養的一隻大花貓走過來了，揹著背包的年輕人又將注意力放在走過來的大花貓身上。

大花貓原本對鄭歎這隻同類好奇，不過，現在有人跟牠玩，還撓癢癢，牠也就不再去理會鄭歎了。

這隻大花貓被養得很好，那家餐館的主人顯然沒少在牠的吃食上下功夫。除了吃食之外，餐館的主人對這隻大花貓也很上心，這貓身上的毛很乾淨，顯然餐館的主人經常會幫牠清潔。乾淨的寵物才會更招人親近。

大概是早習慣了在餐廳裡被人摸，這隻貓也不怕生，被撓了幾下癢癢之後，還就地一滾，露出肚皮讓人摸。

也就一些家養的貓能對人如此熟稔。而家養的貓中其中一小部分便會像這隻貓這樣，在陌生人眼前露出牠吃得滾圓的肚子打滾，讓人摸，安心讓人抓癢癢；牠也不撓人，抱著人手的時候，也不張爪子。

有人開玩笑似的問那餐館的老闆：「您店裡這貓性子也太好了吧？捉老鼠嗎？」

老闆對別人的懷疑也不生氣，反倒是得意起來：「捉，怎麼不捉啊？前幾天牠還將樓上囤貨房裡的老鼠一窩端了！也不知是從誰家溜過來的老鼠，都躲裡面生崽了，不過最後全進了我家貓的肚子。」

去那家餐館的人很多都會逗逗這貓，而這貓也幫餐館吸引了不少人氣。這周圍小餐館不少，老闆深知其中一些人總選擇他家的原因，也正因為這樣，他才將他家這貓洗得乾乾淨淨，讓牠出去「接客」。

雖然同樣是土貓，但那隻大花貓長得微胖，會打滾、會賣萌，更親近人、更討喜。牠一來，便將鄭歎的壓力分擔了大半。不過，對於鄭歎來說是壓力的事情，對這隻貓來說未必是。

甲之砒霜，乙之蜜糖，鄭歎煩的事情，這隻貓可是甘之如飴。

後來，每次見到那個揹著背包的年輕人，大花貓還主動過去蹭，因為那個年輕人也經常跟那隻貓分享他的早餐。

一個肉包子，一人一貓很快就分光了，然後再分第二個。

鄭歎就蹲在車座上看著。周圍還有人同情鄭歎，說大花貓過來將牠的關注度全部搶了過去，不對比不知道，有了對比，那些孩子和年輕人們顯然更喜歡去逗那隻大花貓。

可鄭歎一點都不覺得這有什麼好同情、好可惜的，他還嫌大花貓出現得太晚呢。

公車來了，分享完肉包子的人朝兩隻貓揮揮手、說了聲「拜拜」，便趕緊衝過去擠公車了。

大花貓舔著嘴巴，又舔了舔爪子，抬頭看向蹲在車座上的鄭歎，目測一下車後座的高度，攢攢勁，跳！

大概吃多了，有些計算錯誤，跳得稍微矮了點，大花貓前面的爪子勾著熊雄的自行車後座，正想再一步使勁爬上去，卻發現自行車開始傾斜了。

「匡！」

車倒。

鄭歎：「……」

熊雄回來的時候，看著新買沒多久的自行車上磕掉的漆，欲哭無淚，心疼的摸了摸掉漆的地方，但也沒辦法，難道他還能去責怪那隻大花貓嗎？

不過，磕掉幾塊漆總比車被偷好。這樣一想，熊雄頓時覺得好受了點。

熊雄追求女友的進展不錯，週末的時候還約人家去看電影，雖然不是兩人時間，而是幾位同學一起，但也算進展不是？

鄭歎難得週末能待在家裡，沒去幫熊雄看著自行車，過了個好週末。

◆◇◆◇◆◇◆◇◆

這日，鄭歎在學校裡散步，週末在家過得不錯，小柚子回來之後家裡的氣氛果然就不同了，熱鬧許多。不過，兩天一過，小柚子又得離開。

別人的工作日、學習日，鄭歎一直都是無聊的時候居多。

沿著校園主幹道小跑了一圈，慢悠悠往回走的時候，鄭歎聽到有人叫自己，扭頭看過去，發現是小九。

很長時間都沒看到小九了，自從她和小柚子一樣升高中之後，鄭歎就沒見過她幾次，去天橋那邊也總是碰不到人，而且小九並不在楚華附中上學，而是在另一所高中，離這裡比較遠，搭車都得半個小時，鄭歎平日裡也不能過去。

不過，今天可不是休息日，現在這個時段也應該是上課的時間，高中生可不像大學生那樣的課程安排，這樣看來，小九又蹺課了。

小九朝鄭歎招了招手，「黑碳，我們說說話。」

因為國中的時候也經常過來這邊走動，小九對楚華大學的校園並不算陌生，知道哪些地方人多，哪些地方這個時間基本上沒人。

鄭歎跟著小九來到一個僻靜的地方，小九坐在一個圓形的花壇邊沿，鄭歎也跳上去，蹲在旁邊，等著小九說話。一般沒有什麼事情的話，小九是不會特意過來的，所以鄭歎想知道小九今天是為何事而來。

果然，小九看了看周圍，確定沒人之後，便說道：「黑碳，我要離開了。」

鄭歎：「？！」

小九的學習安排確實跟別人不一樣，她的目的性很強，知道自己以後要做什麼，知道必須學的技能有哪些，現在學校裡教授的一些東西對她來說其實幫助並不算大，但輟學是不可能的，還是得學。不過，她有專門的人教導。

而這次，小九就是要跟著教授自己的老師離開，去一些地方學習，也多見識見識一些東西。她不喜歡浪費時間，早年的經歷對她的影響很大，現在在學校的緊張學習對她來說很有壓力，她並不是一個資優生，上學也晚，對於現在越來越深奧的一些知識在接受上也有些困難。

當然，這也是因為她對那些沒興趣的原因，有興趣才有動力，坤爺也沒強迫她一定要去琢磨透那些她並不感興趣的課本知識。所以，按照小九的興趣方向，坤爺安排了人，帶著小九去外地學習學習，見識見識她所感興趣的事情，即便沒上課，依然有人會在平時教授知識。

坤爺手下不養廢物，你可以沒文憑，但不能沒能力。對小九來說，等幾年後，同齡的人帶著稚嫩和新鮮踏足社會的時候，她卻已經能夠自己撐起一小片天空了。

那是截然不同於小柚子的世界，也是小九她自己的選擇。鄭歎無法去反駁什麼，也不會去左右小九的想法。

「現在是高一，我的專屬老師說我要離開兩年，等高三的時候也要在外省參加大學聯考，大學再考回來……」小九繼續說著。

鑽大學聯考的空子，這不是鄭歎第一次聽到，也見識過不少。因為本省人口多、學生也多，所以每年大學聯考的分數線和競爭力度都比全國大部分省分要高，而一些成績徘徊在中下游的學生，家裡會私下安排他們去那些競爭力並不強的省分考試，這樣做，相對來說，他們有更大的機率考中更好的大學。

顯然，對於小九，坤爺也是花了不少心思的。

不過，小九這一離開，就是兩年多，這兩年多的時間裡，鄭歎是見不著小九了。

小九今天過來就是為了跟鄭歎好好的說說話，要不然離開之後就見不著了，待會兒她還打算去楚華附中那邊看看小柚子，連糖都買好了。當年小柚子送糖的事情小九一直記得，而且她雖然不在附中那邊，但在附中也有認識的人，能夠讓他們關照一下小柚子，別因為自己離開就不當回事了。

鄭歎聽著小九的話，心想：這是從小丫頭到大姐頭的轉變嗎？

說了一會兒自己的事情，回憶了一下往事並展望未來之後，小九再次看看周圍，確定沒人過來，一副八卦的樣子小聲對鄭歎道：「黑碳，你知道坤爺手下的十三太保嗎？」

——十三太保？

這個詞確實耳熟，鄭歎回想了一下，他曾經在坤爺的書房看到過一幅字，上面就寫著「十三太保」四個大字，還寫得很有氣勢。鄭歎記得，當時他還疑惑那瞎老頭怎麼不寫一些更霸氣的詞語，或者寫個「忍」、「殺」之類更裝酷的單字。

除此之外，鄭歎曾經在葉昊他們那邊混的時候，有聽過他們談到這個詞。葉昊他們似乎很忌憚，並且提過很多人顧忌坤爺的一個原因就是因為他手下的十三太保。

小九壓低聲音道：「聽說十三太保是當年坤爺年輕的時候組織起來的，十三個人，十三個殺手，幫坤爺解決列入黑名單的人。不過現在倒是聽得少了，裡面的人也似乎換了幾批，這也是聽我老師說的。可惜啊，十三個人，我一個都沒見過。」

「對了！」小九想起什麼，對鄭歎道：「聽說十三個人裡面有個代號叫『黑貓』的人，黑碳你說，那人會不會長得跟貓很像？真想見見。」

鄭歎腹誹：殺手這種人物我是絕對不想見的，一聽這職業就知道不是什麼好人，冷漠冷酷之流。如果我知道誰是個殺手，肯定會遠遠躲開。

小九這丫頭膽子真的是越來越大了。

聊過之後，小九看看時間，要趕往附中那邊了，這時候過去，正好能碰上附中下課吃午飯的時間。

送小九上公車之後，鄭歎才回來，但沒走兩步就碰上騎著自行車的熊雄，這孩子今天似乎特別高興。

「黑碳，今天再幫我一個忙！嘿，說不定今天過了之後，我就成了！」

鄭歎停住步子，看向熊雄。這傢伙臉上的笑真傻，如果女方真的接受熊雄的話，這傢伙會不會笑得更傻？

不管怎麼說，既然是關鍵時候，鄭歎肯定得幫。

熊雄說的時間是下午四點鐘，再加上消耗的一個多小時，應該能趕上家裡吃晚飯。

說了時間之後，下午三點鐘的時候，鄭歎就看到打扮過的熊雄，頭髮修剪過，打理成一個斜龐克的髮型，一看就知道是下午去髮廊剪的。

鄭歎昨天陪著焦媽看電視的時候，電視上有個明星就是這種髮型，結果被焦媽狠狠批了，鄭歎當時心裡很囧，因為他曾經特別喜歡剪這髮型。沒想今天下午他又見熊雄理了個這髮型，不知道焦媽看到的時候會不會有什麼感想？估計會覺得代溝嚴重吧。

熊雄臉上一直帶著笑，同時還有些緊張，這傢伙時不時將手掌在褲子上搓一搓，擦汗。都冬天了，很多人穿棉襖厚毛衣的時候，這傢伙居然能緊張得流汗。鄭歎心裡將之鄙視了一頓。

——約個會表個白而已，有必要緊張成這樣嗎？

還是在那間花店，熊雄取了預訂的花之後便搭車離開了，鄭歎蹲在車座上幫忙看著自行車。怕鄭歎覺得冷，熊雄在籃子裡放著一件羽絨背心，鄭歎冷的話可以蹲去車籃子裡頭。有鄭歎在，熊雄也不怕背心被偷。當然，就算背心被偷了，只要今天再次表白能成功，在熊雄看來依舊是相當划算的。

因為今天的時間點跟前些日子不一樣，所以鄭歎待在這裡的時候，沒見到那個揹著背包等公車的年輕人。正好，那隻大花貓也沒見到，省得煩心。

鄭歎蹲在車座上，看著來往的行人和路上的車輛。

◆◇◆◇◆◇◆◇◆

時間漸漸過去，冬日的天黑得早，下午五點半的時候，已經有些黑了，到六點多的時候已經全黑下來，而熊雄則一直沒出現。

晚風一吹，鄭歎就哆嗦，但是又不想跳到籃子裡去，繼續蹲在車座上，心裡罵熊雄：還說一個小時呢，馬的這都快兩小時了！現在受凍，回去晚了還得挨訓。等熊雄這傢伙回來一定要好好敲一筆！

打了個哈欠，鄭歎看向路面遠處，每次駛過來一輛計程車，鄭歎就眼都不眨的盯著，希望看到那輛計程車靠邊停下來，然後出現熊雄那個笨蛋。

可惜，每次都失望。

遠處，因為一段路在整修中，並不平坦，來往車輛的車燈顯得有些顛簸，飛揚的塵土在黑夜中並不像白天那麼明顯，但卻讓車燈的亮光似乎蒙著一層霧，一層風吹都不散的霧。

打了個噴嚏，鄭歎跳下車稍微活動了一下，看看周圍。

那隻大花貓因為餐館裡人太多，估計也被撩撥得煩了，打算走出來透氣，走到門口的時候頓了頓，縮縮身子，抖抖貓爪，看看四周，似乎在猶豫要不要出來受凍，最後還是邁出步子，一隻耳朵注意著路面那邊的動靜，而另一隻耳朵卻朝向餐館旁邊的那條小巷子轉動。

突然，牠似乎發現了什麼。

一隻老鼠從巷子邊那個方形的下水道蓋板鑽出。

大花貓頓時興奮了，一掃剛才的懶散樣，渾身的肌肉似乎都繃了起來，在那隻老鼠沒注意到的時候快速挪到更隱蔽的角落，俯低身，蓄勢待發。

巷子邊大概是誰潑倒的飯，那隻老鼠在那裡嗅著，警戒的看了看周圍，沒有人過來，牠也沒有發現藏在角落裡的大花貓，覺得自己暫時是安全的，然後便抱著一塊東西開始吃了起來。

大花貓躡手躡腳接近獵物，在那隻老鼠反應過來之前，大花貓衝射過去。別看很多貓胖，有時候，牠們卻有著與身材不符的靈活。

喵星無影爪！

連續的拍擊之後，大花貓將老鼠困住，然後一口咬下去。

巷子裡響起了老鼠淒慘的叫聲，但很快，叫聲也沒了。

一個女孩剛從餐館裡提著打包好的便當走出來，進巷子的時候發現了邊上的大花貓，於是打算過去像往常那樣逗逗牠。

可當她接近的時候，大花貓猛地抬頭看向女孩——牠嘴邊還帶著血跡，咬著有些殘缺不全的老鼠，眼裡帶著尚未散去的冷意和殺氣，這模樣成功的讓那女孩止住步子。

冬日的晚風吹過，鬆開的圍巾未能擋住寒風，女孩縮了縮脖子，緊緊圍巾，快步離開。

大概她沒想到總見到的那隻經常懶洋洋撒嬌的、脾氣和善的大花貓，竟然會有這樣的眼神。

與此同時，附近一條街上，人行道上來去匆匆的路人，一個穿著高檔皮衣、頭髮梳得油光水滑的中年人穿行其中，手裡拿著手機一邊打電話，一邊言語粗糙的說著話。

路過的一個小年輕有些好奇的看過去，正好對上那個中年人掃過來的視線。

「看屁啊看！」

中年人突然一腳踹過去，將那個小年輕踹地上，然後視線掃向周圍的人，「看什麼看？！再看把你們眼珠子挖下來！」

周圍的人見到這樣子也不敢多說了，這人一看就不好惹啊，多說一句，說不定這個瘋子一般的人就踹過來了，沒看那個小年輕還捂著肚子躺地上爬不起來嗎？

沒再理會被踹倒在地的小年輕，那中年人繼續拿著電話邊走邊打，嘴裡罵著一些汙言穢語。

一個揹著背包的年輕人與那名中年人擦身而過，他與眾多來往的行人差不多，沒什麼特別之處。經過那個中年人之後，揹著背包的年輕人像是覺得冷似的，張口對著雙手哈了哈氣，然後揣進口袋裡。

隨後，他身後不遠的地方傳來騷亂，剛才那個拿著電話踹人爆粗口的中年人倒地上了，周圍的人試著喊了喊，他也不應聲，過了一會兒，傳來女人驚恐的尖叫聲，路人們嚷嚷著快報警。

而揹著背包的年輕人拐了個彎，走進一條巷子，等他走到巷子另一頭的時候，看到了蹲在旁邊舔爪子的那隻大花貓，在大花貓旁邊還有老鼠的殘骸。

察覺到有人走近，大花貓警覺的抬頭，見到是熟人，大花貓又恢復了平時的親近狀態，喵了幾聲，還主動湊過去蹭了蹭年輕人的褲腳。

貓，總是能在萌物和殺手之間切換自如。

年輕人俯身將大花貓抱起來，藉著邊上並不明亮的燈光，從口袋裡掏出紙巾替大花貓擦了擦嘴巴，也不嫌貓髒，抱著貓走到餐館門前，正打算進去的時候，他看到了蹲在車座上的鄭歎，愣了愣，顯然沒想到會在這個時間點碰上。

驚訝過後，他笑了，還朝鄭歎揮手示意，然後走進餐館，坐在靠門的空座上，點了菜便又和大花貓玩了起來。

「黑碳！不好意思我遲到了！」

熊雄從一輛計程車裡面出來，臉上笑得跟朵喇叭花似的，生怕別人不知道他有喜事。

鄭歎不動，只是靜靜看著他。

「好啦，你辛苦了。走，請你去焦威他家餐館喝熱湯！想吃啥我包了！」熊雄豪邁的說道。

——這還差不多。

鄭歎跳下車座，打算離開。只要熊雄跟著一起去焦威他家餐館，就能解釋鄭歎為什麼趕不上晚飯了，焦威的爸媽也會跟焦家聯繫，這樣一來，鄭歎也不會挨罵。

離開前，鄭歎又看了看那個揹著背包的年輕人，對方也恰好抬頭看過去，還抬手笑著對鄭歎喊「拜拜」。

鄭歎轉回頭，抖了抖鬍子，總覺得那人有些奇怪，但除了知道那人對貓特別喜歡之外，也瞧不出啥了。

算了，管他呢，反正是個路人。

第六章

演唱會上的貓

次日，鄭歎在外逛的時候聽說某條街上有人猝死，還是正在打電話時人直接倒了，倒了就再沒爬起來，等救護車到的時候，早已經咽氣了。

鄭歎聽到這個消息其實沒有太大的感覺，只是覺得那條街離自己昨天待的地方挺近的，除此之外，也就沒啥想法了，依舊還是和往常一樣過日子。

鄭歎去湖邊別墅那邊逛了一圈，馮柏金已經畢業，不過，他決定在楚華市創業，組建了一個遊戲開發工作室。

焦爸因為兩個孩子現在都很少在家，二十多坪的屋子一點都不顯得擁擠，反倒還覺得空蕩，更不會想要搬到那邊去，至少三年內是不會搬動的，而馮柏金在那邊住得挺習慣，所以租屋契約又續簽了，只是鄭歎現在往那邊走得少。

虎子現在也很少來這邊，再加上現在天氣越來越涼，那傢伙幾乎都只待在家裡養膘，經常霸占馮柏金筆記型電腦的鍵盤，馮柏金工作時上個廁所出來，就會看到虎子蹲上面。後來馮柏金專門請人做了個鍵盤式的發熱墊，轉移虎子的注意力，可惜沒兩天，虎子繼續霸占筆記型電腦的鍵盤，壓根不去鳥那個鍵盤式發熱墊。或許，牠就是想找麻煩，找點存在感？

喜歡睡鍵盤的貓似乎並不只虎子一隻，鄭歎看到好多貓都這樣，比如三樓的黑米。現在鄭歎下去三樓串門的時候，經常會看到黑米霸占二毛筆記型電腦的鍵盤。

閒晃了一圈，在馮柏金那邊吃了頓中飯，鄭歎又慢慢閒晃回來。

最近楚華大學很熱鬧，鄭歎走在路上聽到的大多數都是談論聖誕節平安夜晚上的演唱會。

在校園裡一些地方也立起了宣傳的牌子，宣傳牌上有大幅海報，上頭是new boy的幾個樂團成員，他們的身後背景是一個巨大的黑貓圖案，那是new boy的團徽。new boy，也就是阿金他們的樂團。

現在阿金他們的名氣越來越大，也早已脫離了當初的稚嫩，人氣這幾年內一直上升著，尤其在學生族群中，他們相當有知名度。

這一年阿金他們的校園巡迴演唱會，楚華大學是最後一站，時間定在本月的二十四號晚上，而那天是所謂的平安夜，是週五，時間正好。

想要拿到票，要麼是買專輯或者其他相關產品贈送的，要麼是參加一些活動的獎勵。當然，學校也有很多票。

在學校的幾個固定點有領票的地方，學生們排著長長的隊，也不怕被寒風吹，站在那裡要麼跟前後的人聊天，要麼玩手機，反正排再長的隊他們都要領到票，要是沒票的話，就只有在校論壇上找人買票了，不過那樣一來票價會很高，很多學生承擔不起。相比那些轉賣的高價票，他們寧願吹吹寒風，忍耐一下就過去了。

除了票之外，領票處還有一些new boy的周邊，比如那個黑貓團徽，賣得相當不錯，反正也不貴，絕大部分學生在領票之後都會再買個團徽，就算演唱會過了，也能當個不錯的裝飾品。

當然，也有人對這方面的事情不關心的，看到排著長長的隊伍，便問身邊的人：「那邊在幹嘛呢？又是哪個名人的講座嗎？」

學校裡有時候會有一些名人過來做客學校的大講堂，比如一些老演員、知名主持人、成功企業家、國內外影響力較大的教授們等，每次碰到這樣的情況，都會有排著長長隊伍領票的現象。

「這你都不知道?當然是 new boy 啊！」旁邊人鄙視道。

「new boy 是什麼?」那人又問。

旁邊的人一副拿你沒辦法的表情，替自己的同學解釋了一下：「聽說 new boy 的主唱阿金曾經來參加過我們學校吉他社的演出。」

「這個我知道，我聽吉他社的同學說過，他說阿金和他們上上上上任會長同臺演出，開場的雙吉他演奏就是他們倆，我手裡還有影片，看過好幾次，相當精采啊！」有人加入討論。

「什麼時候的事情?應該也好幾年了吧?」

「new boy 主唱居然還做過這樣的事?!」

「這有啥，當年 new boy 還沒現在這麼出名，但阿金的實力依然很強，當年還跟吉他社的上上上上任會長對飆過吉他。」

「哇！還有這樣的事！」一個學生詫異道。

「孤陋寡聞了吧?你對吉他社沒關注，所以不知道吉他社在我們學校的受歡迎程度，現在想入社都得經過層層篩選，嚴著呢，要不然社員鐵定爆滿。之所以會出現這樣的現象，最主要的原因就在 new boy 樂團上，每年吉他社都能搞到一些 new boy 的演唱會門票，位子還不錯。」

每次聽到有人談論阿金他們的樂團，鄭歎就會想起當年落魄的、幾乎被逼到絕境的那幾個年輕人。

一轉眼，都已經達到這個高度了。

搖搖頭，鄭歎繼續走，他就算想看演唱會也不用領票，壓根不擔心票的問題，反正演唱會他不會擠進會場裡面，在運動場旁邊的樹上待著就行。

走著走著，鄭歎又出了學校側門，往恆舞廣場那邊過去，他決定去凱旋那邊睡個午覺，順便撈點小零食打發打發時間。

自從恆舞廣場建立之後，這邊的人流量越來越大，車也多，走在路上鄭歎都能聽到一些人急按喇叭的聲音。

曾有人說，越是急於眼前功利的人，遇到困難的時候就越是喜歡按喇叭響上幾聲來表達他們的不滿情緒。城市裡的交通總是考驗著人的耐心和公德心，而喇叭聲音也成了判斷這個城市個性的參照物。不管是哪個城市，總會有這樣急性子的人，遇到啥事都使勁按著喇叭聒噪。

對於聽力極好的鄭歎來說，這種喇叭聲簡直就是摧殘，所以在聽到急促的帶著煩躁的喇叭聲時，鄭歎就趕緊壓著耳朵快步跑過，直到喇叭聲停下或者離喇叭聲發聲點較遠之後才放慢步子。

與夜樓不同，凱旋的主要消費者是年輕群體，其中又以大學生居多，而 new boy 的受眾也多是大學生。凱旋最近都在辦活動，消費一定金額會附贈一張校園演唱會的票以及一些小玩意兒，比如 new boy 的團徽、吊飾等。

鄭歎過來的時候就看到有人匆匆進去，還跟身旁的人說著「希望還有票」的話。

每次鄭歎過來，肯定會有人跟上面彙報一下，畢竟鄭歎這個ＶＩＰ客戶實在是太特殊了。

鄭歎也沒理會其他。因為是臨時起意，沒帶卡，讓人幫著刷卡打開包廂，反正這裡的負責人早就對鄭歎熟悉了，也壓根不用懷疑貓的真偽。正因為這樣，鄭歎好幾次過來都沒帶卡，單獨帶卡太麻煩，有時候晃著晃著就來到這裡了。

鄭歎在自己的專屬包廂裡吃了點小堅果之後，便跳上沙發打算睡一覺，沒想到剛瞇起眼就有人進來。

來人並不是服務生，而是今天難得在此的葉昊手下大員之一的豹子，在豹子身後，跟著個戴棒球帽的人。

進來的時候，對方微垂著頭，關上門之後才抬起來。

鄭歎認出了這人，正是最近很多人口中熱議的話題人物——阿金。

——不是還有幾天演唱會才開始嗎？

「黑碳，好久不見！」阿金取下帽子，在凱旋太容易被人認出了，昨天他去夜樓也沒需要這樣小心，果然來凱旋的年輕人就是多。

阿金他們樂團前天到達楚華市，來這裡肯定要拜訪一下曾經的東家，昨天去過夜樓，今天來凱旋。由於晚上人多，這邊容易被人認出，阿金才在大白天做了偽裝之後過來，沒想到正跟豹子說話的時候，有人向豹子彙報那隻黑貓又過來午睡了，於是阿金趕緊過來看看這個曾經出現在他人生轉捩點的黑貓。

阿金時常會想，如果當年沒有在夜樓門外碰到這隻黑貓，自己和團員們會怎樣呢？樂團現在紅了、人氣高了，他也被不少人問過為什麼他們樂團的團徽會是一隻黑貓，他從來都沒供出過鄭歎。這是當初葉昊的建議，阿金也一直保守著這個祕密。

阿金在鄭歎這裡待了沒幾分鐘，便有電話催他過去，演唱會之前的事情還有許多需要他出面解決的。

向豹子和鄭歎告辭之後，阿金便又戴著棒球帽離開。

離開前，阿金還留給鄭歎四張票，他記得鄭歎家裡有四個人，就算家裡人不去的話還可以送給朋友。

鄭歎今天沒穿背心，回去也帶不了票，他可不想用嘴巴叼著，還是豹子讓人送到楚華大學，直接送到了焦爸手裡。

因為小柚子要去參加同學生日宴會，過了二十四號才回來，而焦遠也不在這裡，焦爸和焦媽對於這些興趣也不大，站在遠處看看就行了，不會進場跟那些年輕人們擠，所以四張票最後到了焦爸手下的研究生手裡。

焦爸手下的研究生差點跪了，他們沒想到自家老闆連這個都能弄到，票一看就不是從學校領的那種票，這可是堪比貴賓席的票！

不少學生眼紅焦教授手下學生的待遇，不停的說風涼話。

但被問起票的來源，焦爸卻笑而不語，不然能怎麼樣？說是因為自家貓的面子換來的嗎？鬼才信！

◆◇◆◇◆◇◆◇◆

二十四號晚上那天，楚華大學主運動場周圍老遠就開始拉警戒線，其他車輛繞道。

隨著夜幕降臨，主運動場周圍的氣氛異常火熱。以前的平安夜總會有很多人出去逍遙，校園裡人很少，可今天不是，楚華大學的主運動場就像是將周邊地區的人氣全吸引過來，讓校門口幾條街甚至恆舞廣場那邊都冷清不少。

很多沒買到票的人在邊沿徘徊，就算不能進去，在邊上能聽到點也好。

主運動場周圍沒有什麼高的建築，就算有，也被封門了，不准進入，怕學生到樓頂出事。而每當這種時候，學生會相關部門能夠得到的便利就顯現出來了，他們不需要票，出示證明就能進去了，朝中有人好辦事。

鄭歎站在運動場邊沿的一棵樹上，看著這片被學生占領的地方。

靠後的人基本上都看不清楚臺上人的臉，因此很多學生手裡拿著望遠鏡。

開始之前，阿金上臺調音，這還沒開唱，臺下的歌迷就開始吼了，平日裡矜持的女生也不再矜持，扯著嗓子狂喊，又蹦又跳的，嚇得鄭歎鬍子一抖。

隨著一曲學生們熟悉的快節奏歌曲開場，氣氛再次爆了。冬日的夜晚氣溫較低，但氣氛卻熱烈非常，溫度似乎升了好幾度。學生們手裡的數位相機、望遠鏡、螢光棒等工具齊上陣，螢光棒揮個不停。

演唱會開始之後，黑夜下，粉絲們揮動著螢光棒，而且揮得很專業，跟著節奏，各色的閃亮光點一齊擺動，絲毫不顯得凌亂。

有人說，如果你喜歡一個偶像，請一定要去他的演唱會，因為隔著一個螢幕，你無法去體會臺上輻射出的那種恨不得讓人血液沸騰的熱量。

舞臺上的生命如此耀眼，對臺下的這些粉絲們來說，此刻，粉絲們的小小世界裡，臺上的人便是他們無可取代的全部。

阿金他們也和臺下的同學們進行互動，吉他社包括現任會長在內的幾人有幸上臺演奏一曲；在中場休息的時間，吉他社的人跟大家分享了一些阿金與本校吉他社的故事，這也是得到阿金許可的。

當年的學生早已畢業，現在很多人都不知道那首有名的《貓的幻想》竟然是在本校老瓦房那邊作的，這讓臺下一陣議論，還有人尖叫，也有人大聲詢問，只是太遠了，這邊聽不太清楚。

片刻的休息之後，阿金彈奏了那首《貓的幻想》。

聽過背後的故事，再聽這首《貓的幻想》，臺下的粉絲們感覺又與當年不一樣了。似乎，每一次聽這首《貓的幻想》，都會有不同的感覺。

阿金正彈著吉他，臺下突然有人喊道：「快看，有貓！」

「別吵！演唱會呢，聽歌，吵個屁，注意素質！」有人低聲呵斥。

「不是，是真有貓！」不少人看到了，瞪大眼張著下巴，指向臺上。

蹲在樹上的鄭歎看到臺上的情況之後，差點從樹上滑下去。

——我去！

——警長那傢伙怎麼會跑到舞臺上面！那傢伙不是應該在小花圃蹲狗窩嗎？！

一般這種校園演唱會，防衛工作還是做得不錯的。防人是防得嚴，即便是本校學生會的各幹部進去都還得出示證明，就別說是那些無證人士了。

但誰也沒想到會突然出現一隻貓。

貓這種動物，有時候防都防不住，一個不小心，牠就跳出來刷存在感了。

這麼大的場面、這麼多人、震耳欲聾的音效、吶喊的人群，一般來說，動物都會遠遠避開，可惜警長這傢伙是個特例。當然，也可能是因為剛才會場安靜了很多，再加上阿金彈奏《貓的幻想》，才將這隻貓吸引過來的。

因為警長的突然出現，臺上樂團的另外幾人都驚訝了，他們真的沒安排這事，所有的環節他們都預演過幾次，因為是校園巡迴演唱會的最後一站，再加上阿金與楚華大學的淵源，所以眾人都格外重視，可現在突然出現一隻貓，完全出乎了他們的意料，尤其是出現在阿金彈奏《貓的幻想》的時候。

就連正在彈奏著的阿金見到後，手上彈奏的動作也不禁頓了頓，但看清楚跳上臺的貓，他抬手阻止正欲過來將貓抱走的工作人員，繼續接著剛才的彈奏。

臺下也有不少人猜測是不是 new boy 的人特意安排的，雖然這其中也有人見過警長，但畢竟全國長這樣的貓那麼多，誰都不能確定，只能抱著強烈的好奇心接著看下去。原本放在阿金身上的視線，現在大多都放到臺上的貓身上了。

警長這傢伙的膽子有時候確實很大，這個鄭歎領教過。不同於大胖的安分以及阿黃的謹慎膽小，警長總是能夠向眾人展示一下牠的特別之處。

警長跳上臺後往周圍看了一圈，然後抬頭挺胸朝著繼續彈奏的阿金那邊走過去，一直走到阿金腳邊，慢悠悠的甩動著尾巴，估計在想什麼小心思。

阿金原本是站著的，在警長過來之後，阿金便直接坐地上，盤著腿彈。

臺下很多人都已經舉著攝影機拍攝了，不管他們心裡是怎麼猜測的，警長的出現，確實就像演唱會這個過渡階段跳出來的彩蛋。

有些人低聲驚呼：「看這邊！看這邊！」

另一些人則勸附近的人別出聲，不然把牠嚇跑了怎麼辦？

好在警長膽子大，只是往臺下掃了幾眼，不去理會，然後蹲在旁邊，視線盯著吉他，以及阿金撥動金屬弦的手，頭微微歪著。

鄭歎瞧著牠那勾著甩動的尾巴尖，就知道警長又找到感興趣的東西了。

果然，沒等幾秒，警長就抬起一隻爪子，往吉他的琴弦上一勾。

於是，與原本曲調不符的聲音出現了。

但阿金並沒有停下，繼續彈奏。而警長試了一次之後，覺得挺好玩，以前也玩過，現在突然又找到感覺了，於是牠剛放下的爪子又抬起來去搞破壞。好在有阿金在，這些突兀的音調並不顯得很糟，反而聽起來更增添了一份奇特感。

臺上的光環幾乎被警長吸引過去大半。

樂團裡一個人忍不住捂著臉笑。他們倒是不擔心演唱會被破壞，也不擔心這隻貓來搶鏡頭，或許這隻貓的出現，能夠幫他們登上不少頭條。

等阿金一曲終於彈完，他沒有立刻起身，還將吉他往警長眼前送了送。

警長看看阿金，又看看眼前的吉他，勾了勾尾巴，然後抬起兩隻前爪，開始撥阿金的吉他，一開始是試探，撥得比較慢，然後大概玩上癮了，撥得越來越快。

鄭歎想捂臉。警長這傢伙在臺上無視各方人員的製造噪音，真是太丟臉了，這難道就是貓的藝術？太奇葩了！

不過，臺下的學生們卻並不嫌棄，反而很多人鼓掌，覺得這貓真有意思，有些人還大聲喊叫助威。

好在警長並沒有一直玩下去的意思，撥了十來秒之後，便收回爪子。

聽到臺下又開始議論起來，阿金抬手虛空壓了壓，下方安靜了。

「很多人都問過我們團徽的問題，為什麼我們養的是狗，團徽卻是貓？我也曾經說過，我們new boy能夠走到今天，一隻黑貓幫了很大的忙，非常感謝牠，這個黑貓團徽，我們會一直使用下去，牠也會見證我們 new boy 一步步走向輝煌。」阿金說道。

臺下的人沒說話，揮動著手上的螢光棒，舉著攝影機和相機，也都期待阿金繼續說那隻神祕黑貓的事情，爆更多的料。但阿金卻不就這個話題說下去，而是道：「而當年我作的曲子《貓的幻想》，也跟大家說過是因為一隻貓的原因，在來楚華大學的時候，我就在想，會不會遇到當年的那隻貓。」

臺下的學生有些已經猜到阿金接下來要說的話了，捂著嘴，開始激動起來。

果然，阿金接著道：「現在，我終於又看到了牠，而且，還能和牠同臺演出。」

「啊——————」臺下一些學生終於激動得叫開了。

「是這隻嗎？」

「就是因為這隻貓而引導阿金創作了當年的神曲《貓的幻想》嗎？」

「突然感覺好榮幸！！」

「平安夜過來現場聽演唱會果然不虛此行！」

「這是我們楚華大學的貓啊！充滿藝術天賦的貓啊！！」

「阿金好樣的，繼續爆八卦！繼續說點大家不知道的事！」

不過，臺下觀眾的激動反應嚇了警長一跳，弓著背往後跳了幾步，大有大家再這樣叫牠就開溜的意思。

阿金豎起一根手指放到嘴邊，對著臺下做了個「噓」的手勢，臺下頓時又安靜多了。

「大家別把牠嚇跑了。」阿金笑著道。

阿金將吉他遞給團員，然後側身將警長抱了起來。

警長也沒反抗，大概因為剛才合作，覺得眼前這人還不錯，沒什麼危險，所以很順從。

「非常感謝你當初給我的靈感，也很感謝你今天能來。」阿金對警長說道，還抬手摸了摸警長的貓頭。

當初，《貓的幻想》確實讓阿金出名了一把，new boy 也刷了把存在感，如果預料的不錯，今晚的事後，他們 new boy 又會在娛樂圈大刷一把存在感，這對 new boy 來說是件好事。他該感謝貓，不管是那隻黑的，還是這隻黑白的。

警長在阿金說完之後「喵嗚」了一聲，聽著似乎像是對阿金這句話的回應，聲音也透過音響設備清楚傳到在場各位的耳朵裡。

臺下一些人都開始腦補翻譯這句話了，有不少學生還善意的笑出聲。new boy 的人包括阿金，都沒想到警長會這麼配合的回應一聲，心想這貓果然神了！

但是，只有對警長很瞭解的鄭歎才知道，警長這傢伙其實是因為阿金抱貓的方式不對，警長覺得這樣比較難受，才哼了一聲表達自己的不滿，誰知道這聲哼的時間太巧，才被大家誤會了。

而就在這時候，大概是學校裡誰牽著狗出來散步散到附近，那狗聽到透過舞臺音響設備放大的警長的叫聲，立刻扯著嗓門吼叫了起來。牠認出來是那隻平時總跟自己過不去的貓的聲音了，所以吼得特別凶悍且格外大聲。

這時候又沒有震撼的音效來掩蓋，此刻會場也是相對安靜的時候，在場的一些人便聽到了傳來的狗叫聲。

還被阿金抱著的警長耳朵一支，朝著聲音傳來的方向就開始不服輸的叫：「汪汪汪汪汪！」

new boy：「……」

工作人員：「……」

臺下學生：「……」

鄭歎：「……」馬的，警長又在秀牠的外語技能了！！

其他人則在心裡同時吼了一聲：我了個大艸！

羊駝駝奔騰在整個會場。

有不少人心裡憋不住的，還直接喊出來了。

要不是親眼見到，很多人都會認為這肯定是 new boy 安排的，比如假聲什麼。但顯然，這是真的。

又是一陣議論聲傳來，有人認出了警長，然後是席捲整個會場的驚叫和口哨聲。

不過，臺下這些學生的反應顯然嚇到警長了，牠掙脫阿金的手，一下子就躥下臺跑沒影，就算有人想將牠留下來也攔不住，貓的動作實在是太靈活迅速了，而且現在是晚上，警長的毛也有很多黑色，很難找到牠。

不過，所謂跑得了和尚跑不了廟，跑得了貓也跑不了窩。既然確定是警長，認識警長的一些人就想著事後去找警長多拍幾張照片合影，然後發到網路上去炫耀炫耀──瞧，這就是跟 new boy「合奏」的那隻貓！

在警長離開之後，演唱會繼續，但大家心裡也想著剛才那隻貓的事情。

演唱會圓滿結束之後，大家散場，簽名的事情白天就辦過了，所以現在結束之後都是各自離開，new boy 的人也不會久留。

◆◇◆◇◆◇◆◇◆

楚華大學的網路論壇火爆了，絕大部分都是談論今晚的彩蛋，而警長的身分也被大家扒了出來，被知情人士披露後，一些平日裡並不怎麼關注貓、也不瞭解教職員社區的人們才知道，警長的奇葩之處遠遠不止如此，而這隻貓會狗叫，這事也是真的！

很多人嚷嚷著明天一定要去看看，近距離接觸一下這隻傳奇的貓。而另一些人則抓緊時間將今天晚上的見聞在網路上發了出去，拍了影片的人也上傳到影片網站分享，雖然離得比較遠、拍得也不算很清晰，只能看到一點影子，可聽到裡面的聲音，網友們也能知道這個並不平常的夜晚所發生的事情。

第二天，很多娛樂新聞頭條就報導了昨晚的事，縱然 new boy 相比起其他當紅影星來說還差很多，但這件事足以博人注意。

「意外的彩蛋！神奇的貓！」

「new boy 主唱與貓不得不說的事！」

「當年《貓的幻想》是為誰？昨日平安夜演唱會另一主角閃亮登場！」

不得不說，因為警長的意外出現，又替 new boy 狠狠刷了把存在感，一些對 new boy 並不認識的人也因為這件事情關注起了 new boy。而 new boy 的唱片公司也抓住機會推一把，正面形象也得刷。

蘭老頭今天早上發現社區有不少學生進來，門口還有學生被攔在外面，他也沒過去問啥事，有時間八卦還不如多看看花。

可是當蘭老頭走到小花圃的時候發現，他的小花圃門口守著更多的學生，要不是小花圃改建過，估計一些人都翻牆進去了。

小花圃裡面的狗因為察覺到外面有不少陌生人走動，一直傳出狗叫，耳朵靈的學生發現，果然是三種狗叫，應正了昨天在論壇裡面爆的料。

之後的一些日子，小花圃周圍總是徘徊著一些人，還有不少外校的學生，他們進不了教職員社區，守在這裡也是可以的。很多來楚華大學找同學玩的人都會過來碰碰運氣，看看楚華大學的這隻神奇貓。

而警長也在無意之中，成為了楚華大學的校寵。

警長的事情鬧得很大，焦遠還特意打電話回來問過。好在到年底了，學生們要忙著準備期末考、買紀念品以及搶回家的車票機票，去堵警長的人少了很多，但警長現在在校園裡沒那麼自由了，每天出來被看到，就立刻會有人追過去。

學生們追，警長就跑。所以，現在鄭歎在校園裡閒晃的時候，很少能看到警長那麼逍遙自在的在路上閒晃了，只能躲在社區裡陪阿黃玩，或者在小花圃裡跟兩隻狗交流感情。

這就是出名的弊端了，好處沒拿到，麻煩一大堆。

看到警長的遭遇，鄭歎相當慶幸自己一直走低調路線，阿金也沒將他透露出去。

第七章

卓小貓的「我跟你說……」

過了聖誕和元旦，焦家人就天天數日子，等著焦遠回來。

這是焦遠第一次離家這麼長時間，半年了，好不容易終於能回來。但是焦遠一通電話告訴焦家人，估計得遲一些才能回家，他在導師的實驗室裡幫忙，現在實驗室進展的一個專案正忙著，小組裡誰都沒離開，他也不好就這麼自己走了，即便他只是個大一生，真走了，小組的其他學生就算嘴上沒說什麼，但心裡肯定有想法。

這個焦爸能理解，他手下的學生就是這樣，現在眼瞅著大學生們一個個離開了，一些研究生們手頭的工作還沒做完，都想多個人幫忙。其實這樣也能加深焦遠跟眾學長學姐的感情，這以後也是人脈，同時也能讓導師對焦遠的印象更好些，以後畢業不管是出國還是考研究所，導師肯定會幫忙。

理解是理解，焦媽心裡還是不舒服，繼續盼日子等焦遠回家。

在農曆臘月二十六的時候，楚華大學裡面都冷清了，焦遠才回來，焦爸開著車去車站接人。離家半年，焦遠的變化不少，以前只能說是個學生，有著屬於學生的純粹和年少的輕狂，可現在看上去說話做事則成熟多了，離開父母果然能夠加速人的成長。

讓鄭歎很不爽的是，誰回來都喜歡將他提起來掂量一下。抗議無效。

雖然回來得晚，但能過個團圓年也是好事，焦遠說那邊實驗室的一些學長學姐還得留在京城過年，實驗進行到關鍵階段，走不開，也都回不了家，成天泡在實驗室裡拚時間。

一些熱門的實驗，其他國家也有不少人在研究，你慢一步，所做的成果在一些人看來就沒意義了，誰管你花費了多少時間、錢財和精力，又做出了多少犧牲？

那樣特悲慘，這個領域有不少這樣的事情發生，鄭歎都聽過好幾次。

過年了大家都回來，焦遠他們幾個小夥伴再次聚首，約了時間帶著鄭歎去凱旋刷貓卡，社區的四個人加上付磊，五人在凱旋聊天胡侃喝酒玩了一晚，鄭歎就在旁邊聽他們說自己悲慘的大學生活。

大概，五人之中，也就熊雄是最悠閒的了。焦遠、蘇安、蘭天竹他們都忙得很，上課時間之外就得蹲實驗室，又不好偷溜，因為他們的導師跟自家老爹都認識，還經常聯繫，表現不好偷溜被抓住，不僅自己不好過，自家老爹臉上也無光。

別人都覺得他們有路子，上面有人照應，啥都不用擔心，卻不知道他們的壓力也很大。別人玩的時候他們得去實驗室打下手，別人泡妞的時候他們與實驗對象相顧無言，別人回家的時候他們還得待在實驗室幫學長姐們的忙。誰比誰幸運，誰又比誰悲慘？

至於付磊，他在兼職。他家裡條件不好，供讀高中已經花了不少錢，現在供讀大學也有些吃力，他反正課不多，一些課也大膽的蹺，出去找機會兼職、實習，減輕點財務負擔，也能在大學畢業之後能儘快找到落腳的地方，他爸可沒能耐去幫他找關係，他只能靠自己。

鄭歎在旁邊聽得直嘆氣，怎麼當年自己上大學一點都沒啥感覺，現在卻覺得這五個傢伙突然就開始快速成熟起來了？

「突然覺得高中時候的自己好厲害，上知天文下知地理，上了半年大學，很多東西都忘了，等到大學畢業的時候，一些不涉及專業的知識估計會忘光光。」大一期間兼職過家教的付磊有感而發。

焦遠道：「就是啊，經常碰到有人問我『你都是名校大學生了，連國中高中的知識都不知道？』，但我現在只專業涉及到的東西才看得多，專業之外的印象就淡了。」

其他三人也贊同的點頭。

「其實，大多如此，沒什麼好奇怪的。」蘇安說道。

熊雄嘿嘿一笑：「有隻貓說過，學的越多，知道的越多；知道的越多，忘記的越多；忘記的越多，知道的越少；為什麼學來著？」（注：此句為加菲貓所說）

「哈哈！」

「哎，熊雄，你記不記得國中那時候，有個老師在你國文試卷末尾的批註？」蘭天竹笑咪咪的問。

熊雄臉一正，學著他們國中的那個國文老師平時的表情，嚴肅道：「汝之不惠，甚矣！」

「前幾天我去菜市場幫著我媽拎菜籃子的時候還碰到過那老師呢，看上去老了很多。」

「改天大家有時間一起去拜訪一下國中的那幾個老師吧，反正他們住得離這裡也不遠。」焦遠提議。

「行，連帶著高中的也一起去一趟。我們一年大概也就只能回來這麼一、兩次。」

這個年，過得還算順利。

焦遠、蘇安、蘭天竹都沒能在家過完十五，初十一過就陸續離開了，焦媽在家又哭了幾天。

不只焦媽，蘇安、蘭天竹家也這樣。

蘇安他媽還跑過來拉著焦媽一起哭，「沒回來的時候我就想啊盼啊，回來之後沒幾天又覺得鬧騰，我還跟他說『趕緊開學回學校去』，可現在他一走，我這心裡啊……」

沒說完的話，被這兩位媽媽哭過去了。

鄭歎躲在門外不敢進去，生怕被拉著調節氣氛。算了算，看焦遠他們幾個選擇的路子，以後估計得繼續往上讀，或者出國，畢竟在很多領域，國外的確實比較權威，國內的很多東西在國際上並不被認可，所以他們幾個回楚華大學的機率很小，這樣算來，接下來幾年是不是每年都會發生這種孩子一離家幾個媽媽就聚在一起哭的事情？

大概，習慣了會好些吧。

當然，科技的發展讓相隔兩地的人聯絡方便了許多，焦媽每週就跟焦遠來個視訊通話，時不時發封簡訊啥的，這比以前沒電話的時代只能盼著慢悠悠的信件要好得多。

當再次迎來開學季，焦媽她們忙了起來，也就沒那麼多時間去感傷了。

◆◇◆◇◆◇◆◇◆

鄭歎散步溜達到學校周邊圍牆那裡，拿了鉛筆在牆上加了個記錄「2011年2月28日」，覺得這次的留言太單調，鄭歎抬頭看了看天上的大太陽，然後在日期的後面畫了個圈，圈的外面再加上幾根「毛」。

中午，鄭歎在焦爸的辦公室裡吃午飯，易辛現在每天來這邊一起吃。焦爸現在主持一個大課題，易辛也參加了，有時候師徒兩個還會就課題進展討論許久，然後再將任務分配到各自帶著的研究生手裡。

「哎，焦老師，你說，我啥時候能混出頭呢？」私下裡跟焦教授一起時，易辛也隨意很多。

焦爸抬頭看了易辛一眼，道：「等他們不再叫你『易學長』的時候。」

因為易辛這人對人挺和氣，也年輕，比很多研究生大不了幾歲，所以現在生科院裡很多人就跟著焦爸手下的研究生叫易辛為「易學長」而不叫「易老師」。不過焦爸這麼說也有道理，真正等易辛出頭了，就算他人看起來和氣，也不會有學生敢這麼隨意的叫「學長」。

談到最近實驗室的那幾隻小白鼠，易辛又想到了被嚴加看護的那隻紅毛鼠。

靠著這隻紅老鼠，支撐起了院裡好幾篇研究報告，至今依然被生科院的名教授們當作寶貝供著，食物都是精心配製，吃不完的當天倒掉，取個血樣都小心小心再小心。這些教授們也不敢讓年輕的學生操作，生怕他們跟對待小白鼠一樣稍微大點力就將紅毛鼠的頸椎掐斷了，若真是那樣，這些教授們絕對會群體哭暈在生科院的廁所。

好在那隻紅老鼠依舊堅挺，雖然比不上剛被送來的時候那樣活力四射，但生命力依然比其他小老鼠強了不少，照這樣看，這隻紅毛老鼠再活個三五年都沒問題，在很多人看來屬於奇蹟了。如今紅毛鼠脾氣「和善」了點，只是取樣和負責餵養的人還是會很謹慎，不然被咬一口就不是小事了。

院裡倒是想藉這隻紅毛鼠多培育些紅色後代，可惜一直沒成功，要麼是送進去的小白鼠被咬死，要麼生出來的都沒有紅色後代、卻還帶了各種先天疾病，有人倒是試過複製的法子，可惜依舊不成功。再加上真要是逼緊了，這紅毛鼠還絕食，嚇得平時在上司眼前都端著架子的眾教授們滿面菜色，趕緊收手，平時這小傢伙拉屎拉得不暢快或者拉出來的屎狀態異常，都能讓教授們開一場會議論解決之法，畢竟這隻紅毛鼠在很多人看來年紀都不小了，一個不小心沒了怎麼辦？

說著說著，易辛看了在旁邊瞇著眼打盹的黑貓，心想：這麼多年，這隻貓年紀也不小了啊！

鄭歎倒是沒有注意到易辛的表情，他在這裡吃飽了睡個午覺之後，便翻窗子離開，下午還得到附小那裡接卓小貓。今天小卓要開會，原本打算拜託佛爺手下的學生幫個忙，沒想到卓小貓拒絕了，於是小卓轉而打電話去焦家讓鄭歎接。

反正鄭歎沒啥事，以前也這麼接小柚子，便往那邊過去。

今天附小放學早，提前兩節課下課，後兩節課是才藝班的課程，卓小貓沒報名，下課之後便揹著書包出來。看到校門那裡蹲圍牆上的鄭歎，卓小貓眼睛一亮，一邊叫著「黑哥」、一邊趕緊跑過來，書包裡的鉛筆盒晃得嘩啦嘩啦響。

卓小貓現在都二年級下學期了，其實以他的知識能力，上二年級完全是屈才。不過，資優班什麼的，小卓沒打算讓卓小貓去，她更希望卓小貓能跟同齡的孩子們一起學習交流，融入這一代人中。

課堂上，卓小貓很多時候都沒有看課本，自己看自己的書，老師們也不說。因為卓小貓看的很多書、問的很多問題，小學的老師們壓根就答不上來，再加上佛爺和小卓都向老師交代過，所以老師們都沒怎麼去約束卓小貓。

見到鄭歎後，卓小貓掏出口袋裡的銅板朝鄭歎揚了揚，「黑哥，請你吃羊肉串！」

鄭歎看看卓小貓。這孩子不打算直接回家嗎？不過，今天卓小貓同學似乎有心事。搖搖頭，鄭歎趕緊跟上去。

小不點的卓小貓熟門熟路走去校門外買了兩串羊肉串，小卓跟他說過外面的食物不乾淨，不能多吃，所以他也就買著過過嘴癮。

卓小貓買了之後卻沒有直接往西教職員社區那邊回去，而是來到校園裡一條小路上，坐上長條的木椅，將一串肉遞到鄭歎嘴邊，另一隻手拿著第二串自己吃。

有卓小貓幫忙拿著，鄭歎只須動動嘴就行了。

吃著吃著，卓小貓突然道：「黑哥，我覺得，我大概要多個爸了。」

「咳！」正吃著羊肉串的鄭歎華麗麗的嗆著了。

雖然知道卓小貓今天有些不對勁，小小年紀一副心事重重的樣子，鄭歎卻沒想到會是這樣的事情。說起來，他確實有段時間沒關注過卓小貓和小卓了，畢竟卓小貓不像當初的小柚子，小卓可是有空就過來接他的，即便小卓來不了，還有小卓以前的學弟學妹們來幫忙。

現在小卓已經在物理學院擔任講師了，卓小貓放學了不回家就會去物理學院那邊，反正那邊的人早就認識卓小貓，畢竟這小傢伙身後可站著佛爺，就算是一些不苟言笑的老師看到卓小貓也會難得的憋出點笑來。卓小貓去那邊，雖然不能算是橫著走，但也差不多了。再加上卓小貓人小鬼大，小心思多著，聰明得很，正因為這樣，鄭歎一直都沒怎麼擔心過他。

可現在聽到這話，鄭歎也不知道該怎麼來應對。這到底算是喜事還是煩惱呢？

卓小貓還沒出生的時候，親生父親就扔下他們母子跑了，戶口上的「父親」身分是假的，還是烈士，是小卓申請到的一種保護手段。不管怎麼說，卓小貓從小就沒爹在身邊，連媽也離開好幾年才回來，鄭歎還擔心過他會不會跟其他孩子一樣對這種事傷心。事實上，這小子一直心態很好，鄭歎便以為他對這事並不在意，可現在看來，不在意是不可能的。

照卓小貓剛才所說，難道小卓現在終於找對象了？以前佛爺介紹過不少人，可惜一直沒成，現在這是說明，有了進展？

鄭歎看向卓小貓，這孩子吃完羊肉串就仰著頭看天，說完剛才的那句話之後，卓小貓看了看手裡兩根吃完肉串剩下的竹籤，跳下椅子，走到不遠處的垃圾桶那邊扔掉，又回來，繼續坐著，一點都沒有要離開的意思。

鄭歎也不能說話，不可能跟他開口交流。

——要不，到時候偷偷去瞧瞧那位到底是個什麼樣的人？

「黑哥。」卓小貓看著鄭歎道。

鄭歎看向他，揚了揚頭，表示自己在聽，繼續說。

「我跟你說。」

鄭歎：「……」

卓小貓這一說，就說了一個小時。

那個人叫岳程，是今年物理學院新來的老師，還是個教授，小卓並沒有正式向卓小貓介紹，只是卓小貓在物理學院見過那人幾次，而且小卓不在的時候，是小卓的學弟學妹們開玩笑對卓小貓說的，岳程可能會成為卓小貓的爸；卓小貓經過觀察，覺得確實很有可能。佛爺也看好他們，物理學院跟小卓關係好的人還打趣說來個「卓岳」組合，聽著就很相配。

這事擱誰身上都會有想法，何況是比同齡人更知事的卓小貓。對於這個可能成為家人的陌生人，說排斥吧，也不絕對；說接受吧，突然加入這麼個人，頗有些不情不願的，有種生活節奏被改變的不安。

鄭歎沒見過岳程，不過既然連佛爺都支持，對方的人品應該算不錯，就是不知道岳程對卓小貓是個什麼想法。小卓到現在還沒發話，估計就是顧慮卓小貓的心情。

說完小心思，卓小貓的心情好了不少，這時書包裡的手機響起，小卓打來的。

小卓打電話給西教職員社區的大門警衛，發現卓小貓還沒回家，便直接一通電話過來了。

「我請黑哥吃羊肉串了，待會兒就回去……嗯……好，媽媽再見。」一副乖寶寶的語氣跟母親講完電話之後，手機還沒放進書包，卓小貓就換了個苦悶的表情對鄭歎道：「黑哥，我又聽到那個人的聲音了，他就在媽媽旁邊。黑哥，我是不是真的要多個爸爸了？」

糾結成這樣也無濟於事，只能走一步算一步，鄭歎能幫的只是去看看對方到底是個什麼樣的人，如果是當面一套、背地裡又一套的虛偽人士，他肯定得插手；如果對方人還不錯，他就不打算摻合進去了。

將卓小貓送到家門口之後，鄭歎才出來，也沒有立刻就回家，現在還沒到六點，他打算去物理學院那邊看看。

物理學院裡認識鄭歎的也有不少人，尤其是佛爺帶過的研究生們，對鄭歎比較熟悉，看到鄭歎之後還叫了一聲，鄭歎沒理會，跳到物理學院大門前的一棵樹上蹲著，剛才小卓和卓小貓打電話的時候還在物理學院裡，說半小時後才回家，從打電話到現在也沒半小時，鄭歎在這裡等著，總會見到人。

果然，沒等多大會兒，鄭歎就看到小卓出來了。跟在小卓身邊的，並不是平日裡跟她一起的幾個年輕女老師或者學生，而是一個看上去四十歲出頭的男人，個子也不高，一百七十公分多一點點的樣子，比小卓高不了多少，長得也不怎麼樣，不算太醜，過得去而已，比較平凡；不過，整個人看上去有些病態感，不是很明顯，但還是能看出來些。

這樣的人……小卓是怎麼看上的？佛爺是怎麼同意的？

鄭歎回想了一下卓小貓的親生父親，搖搖頭，不記得了。但不管怎麼說，這個男人也太平凡了吧？難道是人格魅力？教授頭銜，再加上這樣那樣的榮譽，就能加持不少光環。

看著那兩人走到物理學院的停車場，過了一會兒，小卓騎著電動車出來，那個男人也騎著一輛電動車。

鄭歎瞪眼：我去，連四輪的車都沒有？！

鄭歎到物理學院的停車場看過，那裡可有不少的數十萬甚至百萬級別的車，尤其是擁有教授頭銜的年紀四、五十歲在院裡說得上話的那些人，基本上人人一輛車，即便不是什麼豪車，經濟點的四輪轎車也是個基本配備吧？

兩人騎車都不快，鄭歎在後面跟著，直到一個岔路口才見他們分開，一個回西教職員社區，另一個往正大門那邊過去。

鄭歎蹲在草叢裡，琢磨著剛才小卓的表情，看上去，小卓似乎挺滿意，笑容也不是那種敷衍的笑，還帶著點羞澀。

◆◇◆◇◆◇◆◇◆

接下來幾天，鄭歎每天都去物理學院那邊蹲點，也聽到了不少關於小卓和岳程的八卦。學校裡，不僅是學生，老師們也是很八卦的，有時候還能見到兩個五十多歲的人端著茶杯站在門口前的草地旁聊天，說著說著就會說起小卓的事情。

聽了那麼多八卦，鄭歎才知道，岳程其實只有三十五、六歲，有過一場婚姻，不過很早就離了，原因是這人總忙實驗，沒時間陪老婆。他沒有子女，離婚後沒有過交往對象，且現在身體不太好，剛經過一段休養期，以前在國家科學院那邊工作，後來出國遇上小卓，兩人才認識，比小卓遲一年回國。現在岳程為了小卓，跑楚華大學來了。

「聽說他們兩人在出國的那幾年一直是同事。」一人說道。

「真的？難怪看他們像是很熟悉的樣子，一點都不像剛剛認識的。」另一人驚訝。

鄭歎在旁邊的樹上思索，小卓什麼時候出國幾年？想著想著，鄭歎突然一怔，小卓加入那個專案之後，離開的那幾年時間，佛爺給的藉口就是出國研究啥的。難道，岳程也是那個專案的成員之一？

這樣一想，也就能解釋為什麼岳程本來只有三十多歲，看上去卻像四十來歲，而且還帶著點病態感了。當初小卓回來的時候就是這樣。

如果是這個原因的話，鄭歎覺得岳程其實也不錯，能夠被國家選上去參加那種專案的人，絕對是精英中的精英。

鄭歎又觀察了幾天，並沒發現岳程這人有做什麼太出格的事情，物理學院的老師和學生們八卦的時候也沒有說這人的負面新聞，鄭歎琢磨著，這事還是不摻合了。

可在鄭歎打算著不摻合這事的時候，卓小貓一通電話打到焦家，說明天請鄭歎過去吃飯。那邊經常請鄭歎過去吃飯，焦家的人早就見怪不怪了，對此焦爸焦媽也沒其他反應，可鄭歎就琢磨開了，這頓飯肯定跟岳程有關。

第二天，鄭歎過去的時候，穿著圍裙的小卓過來開門。

「黑碳快進來，想吃什麼自己拿，小貓在陽臺那邊。」說著，小卓又趕緊進去廚房了，菜還在鍋裡。

因為是週末，卓小貓沒去上學，小卓也暫時放下了學校裡的事情，岳程顯然也是如此。

這屋子裡有兩個陽臺，一個是主臥室那邊的，那裡能夠看到社區休閒的大廣場，視野比較開闊；而另一個陽臺很小，平時小卓只用來晾衣服，並不怎麼往這邊走，這裡也看不到什麼風景，只能看到對面的樓房，卓小貓平時都不往這邊來。

不過現在，卓小貓和岳程都在這裡。

鄭歎走到陽臺的時候，卓小貓正戴著小手套在岳程的幫助下忙活著，架起了一個機械架子，高度高出欄杆，往外伸出的機械臂上有兩個凹槽。

看到鄭歎，卓小貓招招手，「黑哥快來，我昨天看隔壁那個四年級生的課本，上面說到兩個鐵球同時落地，我準備做個實驗。」

鄭歎沒什麼興趣，就這麼個破實驗搞這麼複雜幹什麼？

沒興趣是沒興趣，但既然卓小貓說了，鄭歎也不知道做啥，就蹲在旁邊看著這兩人忙活。

這一面下方都是草坪，機械架子往外延伸夠長，不會落到樓房邊沿的水泥地，也偏出了陽臺所在的地方，避免了樓下有人伸出頭而被砸到。

等架子搭好，計時器和幾個鄭歎不知道做什麼用的東西都裝置完畢之後，岳程看了看周圍，樓下沒誰在附近，便點點頭。卓小貓看到後，按了按手裡的遙控器，機械臂上的凹槽打開，裡面一大一小的鐵球落下。

下方的落地聲音響了，卓小貓第一時間卻看的是一個計時器，然後拿著紙筆開始寫寫畫畫。

岳程手裡也有卓小貓遞過來的紙和筆，只是他並沒有像卓小貓那樣寫太多公式，而是在頓了頓之後，便直接寫了個數字，然後看著卓小貓計算。

「你那個公式是錯的。」岳程指著卓小貓紙上寫的公式，說道。

「嗯？！」卓小貓一臉的不服氣，大有「你要是給不出合理解釋我就去我媽媽那裡告狀」的意思。

岳程也不在意卓小貓的怒視，笑了笑，拿起他手上的紙筆，對卓小貓道：「你看的是以前的書吧？我推導一遍給你看……」

鄭歎：「……」

——你們到底在說什麼，我他媽聽不懂啊！不就是兩個鐵球同時落地嗎？

——你們現在又在計算什麼啊？怎麼說起了高度和經典物理？自由落體你妹啊！機械運動你大爺啊！公式推導你妹的大爺啊！

鄭歎鬍子抖，再抖，再再抖，還是轉身進屋裡，在那裡智商受壓制，自尊心受挫，還是去看電視算了。

下樓去撿東西的時候，卓小貓叫上了鄭歎一起，岳程也跟在後面一起下樓。下樓的時候卓小貓就一直向岳程介紹鄭歎，岳程一直笑呵呵聽著，沒半點不耐煩。

雖然下方是草地，但卓小貓後來又是自由落體又是平拋運動，往下扔的東西太多，還是有滾到遠處的。好不容易找全了，卓小貓將那些全放進自己的小盒子裡面，其中還有岳程的兩個比較特殊的小磁球，卓小貓早就眼饞了。

岳程伸手想要幫卓小貓提東西，卓小貓邁著小短腿抱著盒子快走幾步，「不給不給！」

還沒等卓小貓走多遠，岳程就快步上前一勾手將卓小貓撈了起來，還在空中掄了個圈，緊抱著盒子的卓小貓尖叫。

小孩子也喜歡尖叫，只是，相比起大些的孩子以及成年人來說，他們尖叫時並不一定表示他們在驚懼恐慌，而是表示他們心情激動，很高興。

鄭歎以前從來沒聽卓小貓這麼尖叫過，這孩子總比同齡孩子表現得成熟，就算在班級裡年紀小，很多時候遇到事卻比其他孩子都表現得穩重。格格不入，不像個小孩子。而現在，鄭歎第一次覺得，這孩子真的只是個小屁孩而已。

「還有黑哥，黑哥！」

聽到卓小貓的叫聲，正想著事情的鄭歎正打算看過去，就發現自己被撈了起來。

岳程一手撈著卓小貓，一手撈著鄭歎，「走嘍，上去吃飯！」

這頓飯，氣氛還算和諧，卓小貓很快就跟岳程混熟了，也沒有前幾天的糾結，鄭歎在心裡還是替這孩子高興。

一週後，岳程向小卓求婚，求婚遞出的盒子裡面，有一枚戒指，一枚小金章。

每一枚小金章都證明了金章的主人對這個國家的貢獻，同時也代表著他們擁有一部分別人沒有的特權，屬於受到特殊保護的一類人。

小卓將兩枚金章放在一起。

有雙金章保護，卓小貓的保護傘又多了一個。

春暖花開的時節，萬物似乎都開始散發活力了。附小的下課鈴聲響，一群小孩子揹著書包往外湧。鄭歎蹲在一棵樹上看著朝外跑的小屁孩們，卓小貓也在其中，小卓和岳程都沒過來接，一個研究生帶著卓小貓往物理學院那邊走。

卓小貓顯得很激動，他今天能進實驗室旁觀一個實驗，一路上問了很多相關的問題，那個研究生也耐心的解說。

抬頭看樹上的花的時候，卓小貓看到了蹲在樹枝上的鄭歎，臉上的笑咧得更大了。

「黑哥黑哥！」卓小貓招手。

鄭歎猶豫了一下，跳下樹，看這孩子想說啥。

誰知道接下來卓小貓張口就是：「我跟你說……」

鄭歎轉身就跑。

◆◇◆◇◆◇◆◇◆

小卓和岳程的婚禮在五月時舉行的，焦爸焦媽帶著鄭歎一起去赴宴了，小柚子沒空，焦遠在京城。參加婚禮的有不少學校裡的高層，由佛爺帶頭。也正因為這場婚禮，讓許多人知道了小卓和岳程這兩人身後站著不少學校的大人物，平時在學校也不會仗著身分去找小卓他們的麻煩。

對於小卓和岳程來說，他們不會像那些年輕人還有個蜜月啥的，畢竟手頭有不少工作要忙，沒太多的時間去度假，想要度假也得將一階段的工作完成之後。雖然度不了長假，但也帶著卓小貓去遊樂場玩了個夠。

鄭歎再次被邀請去卓小貓家吃飯的時候，已經是暑假了，卓小貓去鄉下玩的時候釣了點蝦，帶回來吃，說要跟鄭歎分享。

頂著大太陽從東社區跑到西社區，鄭歎在大門警衛的注視下大搖大擺進了社區大門。

現在岳程跟小卓和卓小貓住一起，倒不是說小卓和岳程沒錢再去外面買房，純粹是住這裡方便，卓小貓也早已習慣了這裡。岳程買了輛轎車，安全性能還不錯，應該花了不少錢。很多人口頭上說用不著轎車，但某天你會發現，確實需要那種有門的交通工具，而不是十一路和摩托車，因為你的生活中已經不只你自己一個了，尤其是有孩子的家庭。

鄭歎進門的時候，小卓正在廚房裡忙活，岳程不在，去物理學院了，也幫小卓頂了一部分事情，讓小卓有時間在家裡陪孩子。

因為剛放暑假，卓小貓沒去上學，一個人趴在自己的小房間的床上看書。

鄭歎在旁邊的地毯上擦了擦腳，跳上去看了一眼卓小貓手裡的書。

其實也算不上是書，而是很多列印出來的論文訂到一起，厚厚的一疊，裡面有大學生的，有碩士、博士以及學校其他老師發表在科學雜誌上的文章。

對於這些，鄭歎完全看不懂，但他很好奇卓小貓在那上面用不同顏色的螢光筆標注的文字，比如「統計上可見顯著趨勢」、「這些結果將在一連串報告中提出」、「在一定程度上是正確的」等等話語。要說做筆記吧，但標出來的這些看起來不像是什麼高深的科學知識。

卓小貓見到鄭歎後，很高興終於有訴說的對象了。

「黑哥，你知道這些話裡包含的潛在意思嗎？」卓小貓指著列印的論文上那些已經標注記號的話語問道，像是急切的要跟鄭歎分享一件趣事一般。

鄭歎搖搖頭，聽卓小貓接下來的話。

卓小貓獻寶似的指著上面那些語句，「他跟我說的，論文裡有很多語言陷阱，不能按照明面上的意思理解，所以我就將這些話都標出來，結合全文看一看是不是真有那樣的潛在意思。」

卓小貓話裡的這個「他」，指的就是岳程。現在相處三個多月了，卓小貓跟岳程也熟了，但稱呼上還是沒敲定下來，喊「岳叔」吧，覺得太生疏，直接喊「爸爸」吧，卓小貓又覺得挺不好開口，所以現在暫時只是用「他」來代替。

不過，看這樣子，鄭歎估計過不了多久卓小貓就會改口叫岳程「爸爸」了，因為卓小貓提到岳程的機率相當高。

「黑哥，你看，比如這個『統計上可見顯著趨勢』，它的潛在意思是『這統計資料其實沒啥意義』。再比如這個『結果將在一連串報告中提出』其實是在說『如果這個實驗能夠得到更多的支持比如經費啥的，我們也會繼續做下去』。還有這個『統計調查表明』意思是『據小道消息所說』……喏喏，這個『基於上述結果，我們預測』其實是在說『不好意思，我們也只是在瞎猜』，這個『希望這項研究能夠促使該領域的學者們進行更深入的研究探討』，其實是在說『誰愛幹誰幹去，老子不幹了』……」

卓小貓一連舉了好多個例子，都是論文上常用的一些話語，這些焦爸其實也說過，就像行業裡的黑話一樣，他們內行人清楚這裡面所包含的更深的意思，可外行人卻被糊弄了。

卓小貓像是在玩找碴一樣，將這些論文裡有潛在意思的話全部標出來，然後像看笑話精選集似的，自己一個在那裡看得哈哈直笑。鄭歎在旁邊很無奈，他是真的不知道笑點在哪裡。

笑過之後，卓小貓合上資料夾，對鄭歎道：「黑哥，我媽媽以前說過想養一隻貓，上個月還帶我去寵物中心那邊看過，本來還打算從那裡收養一隻的。你拍的那部公益廣告裡不也說了嗎？

以領養代替購買。」

卓小貓的笑意漸淡，帶著點淡淡的煩惱。

收養一隻貓，這是小卓很早的時候就想過的，可是現在這家裡她和岳程都沒時間，白天兩人基本上都待在物理學院那邊，而卓小貓也要上學，放學之後去物理學院那邊的次數比直接回家的次數還多，更別說卓小貓還只是個小屁孩，她這個做母親的照顧孩子都還來不及，怎麼能去照料小動物？家裡多一隻寵物也多一份責任，不能太敷衍的。

想來想去，小卓還是暫時放棄了去收養一隻貓的衝動。對此，卓小貓有些遺憾，他還想著收養一隻貓再養一隻狗，上個月都看好了，不過回來後他聽小卓和岳程的分析，才發現確實沒時間去照顧，也不可能帶著貓狗去物理學院，佛爺肯定會鐵面無私的將之拒在門外。

「唉，快點長大就好了。」卓小貓嘆氣。

等你長大就不會這麼想了。鄭歎心道。

幾乎每個人小時候都希望快點長大，可長大後卻又幻想著再回到小屁孩的時代。

鄭歎在卓小貓家吃了頓豐盛的午飯，小卓帶著飯盒去物理學院，卓小貓看完電視便睡午覺，鄭歎陪著他在這裡待了會兒，等小卓回來鄭歎才離開。他下午還有事情，不會在這邊留太久。

從樓裡面出來，一陣熱浪翻滾迎上，鄭歎快步走到有樹蔭的地方，沿著樹蔭往外走。

兩隻貓在葡萄架下面側躺著睡午覺，一隻黃白花的大貓磨了磨爪子，爬上樹幹，爬到中途看到鄭歎，便像蟬蛻似的停在樹幹上，盯著鄭歎。直到鄭歎離開，牠才甩了甩尾巴，繼續往上爬，找了根樹枝趴下。

第八章

有一隻叫黑碳的貓

等鄭歎回東教職員社區的時候，查理在通往社區的路口那裡等著。路口這裡有棵很大的梧桐樹，大片的陰涼地，他將電動車停在這裡，玩著手機，等著鄭歎回來。很顯然，查理從焦家人那裡知道了鄭歎的動向，才直接在這裡等。

今天下午鄭歎要去寵物中心拍影片。現在小郭的工作室拍攝的影片從一開始的廣告影片、宣傳影片，到後來由貓演出的一些小故事劇，人氣越來越高，也正是因為這些影片，聚集了一大批寵物中心的粉絲，雖然很多人並不在本市，甚至不在本省，有些還在國外，但對於「明明如此」寵物中心已經相當瞭解了，每到播出影片的時間就有不少人在網路上等著刷新網頁，買寵物用品也很多透過網購到這邊買的。這已經形成了一種品牌效應。

網路上鄭歎的粉絲也有不少，不只是鄭歎，寵物中心好幾隻貓狗都有牠們各自的支持者，雖然影片裡展現出來的並不一定是牠們本身的性格，但網路觀眾嘛，誰會去多糾結那個，看影片看得開心就行了。

以前鄭歎是那裡的頂梁柱，但現在頂梁柱換了，芝麻挑起了重擔。雖然之前小郭他們並不想讓太多人知道芝麻，但這麼久了，四周的人也不可能一點都不知道，後來不知道是誰拍了張照片發到網路上，是芝麻在工作室那邊往門外探頭探腦時被抓拍的，之後紅了一陣子，網路上很多人留言要小郭別藏著掖著，經過深思之後，小郭才拍板讓芝麻上陣。

反正芝麻也不像花生糖那樣愛出門，在家裡又閒得慌，精力太過旺盛，成天找麻煩，而且這傢伙似乎對拍攝的事情也來了興趣，有時候還會去湊熱鬧。試拍之後，芝麻也很快適應了這種生活，每次一看攝影機準備，就趕緊跑過去擺姿勢了。

芝麻很聰明，雖然不像鄭歎那樣不用人教就會，但相比起其他貓來說，牠拍攝的時候讓人省心多了，教兩遍就會，而且還會賣萌，很多人看影片就是為了看貓賣萌。芝麻長得獨特，賣得一手好萌，不同於鄭歎在鏡頭前的風格，卻「殺傷力」十足，這放在人類世界裡面就是一顆冉冉升起的巨星，鄭歎這個前「影帝」雖然影響力依然在，但現在很明顯芝麻的支持者數量正在呈直線上升，說不定哪天人氣就超過鄭歎了。

鄭歎對於這個倒是不在意，畢竟他又不是一隻真正的貓，跟芝麻也沒有啥競爭關係，在焦家人讓他減少這邊的工作之後，鄭歎唯一遺憾的是沒那麼多加班費撈了。

鄭歎現在過去得少，焦家人甚至不希望鄭歎再過去，反正那邊已經有了芝麻，沒必要再麻煩鄭歎拍片。焦家人之所以這樣擔心，是因為鄭歎在四月份的時候又睡了三天。相比起之前一睡睡七天，感冒還要住院打點滴，這次相對來說病情要輕一些，但是焦家人更擔心了，一直找不到病因，能放下心才怪。

鄭歎那時候只是感覺做了個夢，他夢到自己生病了，住院，在一個病房裡面，旁邊還有個挺水靈的小護士在換藥。那護士，鄭歎有一點點印象，自己曾經泡過的，可惜沒等他調戲調戲，就又回來了。

「喲，黑碳赴宴回來啦。」

看到鄭歎，查理將手機放回包裡，將電動車上安裝的遮陽傘打開，等鄭歎跳上後座之後，騎著車往寵物中心過去。

工作室那邊，道具、攝影機等都已經準備好，上午拍了一些，等鄭歎過去之後再繼續拍。

到了寵物中心，在工作室外面走廊陰影裡趴著負責看門的大狗一見查理要推門，趕緊過去，門縫一開就擠進屋，吹著空調，很快就不伸舌頭喘氣了，找個地方安靜的打盹。狗也愛吹空調。

鄭歎休息了一會兒之後參加拍攝，早拍完早回家。

查理敲門進去小郭的辦公室裡交一份表單，看到小郭正寫著的東西，有些驚訝：「老闆，你這『謝幕演出』是為誰安排的？」

「我們工作組有好幾隻都老了，不能再這麼辛苦了，牠們又不像人，又不會長皺紋，但是只要注意一下就能發現牠們早就不年輕了。」說著，小郭拿起旁邊的小鏡子，看了看自己的臉，嘆道：「人生啊，就像一缸熱的洗澡水，浸在裡面很舒服，但是在裡面泡得越久，皺紋就越多。」

查理思索了一下，「這話聽著略耳熟。」搖搖頭，繼續說道：「不過老闆你還年輕，正值壯年，用不著感慨。」

霸占著一整層書架的李元霸瞇著眼睛往小郭那邊看了一眼，繼續打盹。

謝幕演出的事情，其實小郭早就在考慮了，只是一直因為手頭事情繁忙，沒有展開而已，正好現在天氣熱，在家避暑，索性將這個計畫列出來。

工作室的幾隻貓確實老了，在這間工作室還沒成立時，牠們就已經在寵物中心待了幾年，有一些還是收養的流浪貓。那時候因為疫情的原因，被扔的貓不少，一些看上去名貴的貓種也捨得直接扔大街，運氣好的則被小郭撿了回來。

即將參加謝幕演出的貓中，還有些是從小養在這裡的，比如美短貓王子。還有幾隻長毛貓，牠們比鄭歎的貓齡要大上好幾歲，最老的一隻也十多歲了，沒有巔峰時期那麼健壯，有的曾經在外流浪過，落下了一些病根，來寵物中心之後雖然受到了很好的照顧，但相比起同年紀的其他貓來說要弱上一籌。

每次拍攝，同一個場景大概會來來回回拍好幾遍，尤其是現在觀眾對片子品質的要求越來越高之後，影片的拍攝也更嚴格了，就算影片裡的主角都是貓，也要盡量做到少穿幫、提高品質，這樣一來，參演的貓貓狗狗們的任務肯定得加重。

焦家人不希望鄭歎現在還過來這邊參演就是這個原因，畢竟閒晃跟參與拍攝是不一樣的，後者在短時間內的任務太重、太辛苦，即便鄭歎比別的貓要省事，還是得跟著辛苦半天，有必要的話還得跟著外出。

知道小郭要拍謝幕告別的影片，鄭歎也很快做了決定，打算和王子牠們一起「退休」算了，反正現在來寵物中心這邊的次數也少了，焦媽早就希望他將這邊的事情放下算了，又不缺錢，為什麼還得找這麼多事情？再說了，「退休」之後，也不是說鄭歎就不來這邊了，無聊的時候還是可以過來串門子的。

敲定了這次要「退休」的六隻貓、兩隻狗之後，小郭便開始行動為拍攝做準備了。

拍攝這六貓兩狗的退休影片並不是一天、兩天就能完成的，以紀錄片的形式，按照小郭的高要求，估計得持續更長的時間，因為小郭想跟著季節走，夏天拍一點，夏末秋初拍一點，到了秋冬季節再拍一點，春天的就拍不了了，小郭打算從以前剪輯的影片裡面找點加上去。

這部退休影片直到年底才拍出來，同時小郭還製作了一些相關的紀念品，比如抱枕、日曆、明信片等，全是這六貓兩狗的。買家來買寵物中心的東西時，他會附贈一些相關的紀念品出去。

片子沒出來之前，包括鄭歎在內的六隻待退貓和兩隻狗任務少了，但也會參加一下拍攝，就算露個臉也要顯示牠們的存在感。

有些網友和寵物中心的顧客們察覺到了這其中的變化，但也沒說什麼，就像演藝圈裡面老一輩讓路給新一輩似的，在這裡是同樣的道理。直到小郭將六隻貓同時「退休」的消息放出來，網路上一下子炸開鍋了。

提到blackC的有不少人，也有很多人詢問其他幾隻的，就算是配角也有不少人喜愛。

「謝幕演出？不會吧？！」

「BC和王子牠們都老了嗎？過了十歲沒有？」

「一般七、八歲就能算老貓了吧，狗的話估計更短，這樣看，確實年紀不小了，退了也好，好好休息，沒必要再辛苦。」

「七、八歲就能算老貓？胡說！我家貓都十二歲了還天天竄房檐逮鳥呢！」

「我家貓也十四了，前天還見牠抓耗子了。」

不過，大家也就這麼抱怨一下，心裡還是很惋惜的，這裡面有不少人是寵物中心的老客戶，對最早拍攝廣告的那一批包括blackC在內的貓狗還有很深的印象，因為那時候「明明如此」寵物中心在市場還沒有如今這般成熟的時候崛起，為許多養寵家庭帶來了不少樂子和福利。

一晃眼，這麼多年了。

在牠們興起的時候，手機還不那麼流行，網路還不那麼火熱，寵物中心還只是個不知名的小店鋪，工作室的設備簡陋，小郭還為了千百來塊的拍攝費著急。再看看現在，變化真大。

謝幕的影片裡面，放出了一些一直未公開的早年拍攝時NG的影像，有圖片也有影片，六貓兩狗都有，包括鄭歎。雖然鄭歎在拍攝時不怎麼出錯，但其他貓狗會出錯啊，其中還有幾幕是別的貓狗接連出錯的時候鄭歎無奈的表情，這個逗樂了觀眾。

螢幕上，那些貓會根據所安排的角色去演出故事裡的性格走向，而生活化的片段會告訴人，最真實的牠們到底是什麼樣子的。

有些貓，端著架子，看上去彷彿遙遠雪山上的那一朵高嶺之花，高貴不可調戲，可實際上你只要摘一株雜草在牠眼前晃兩下便能將牠勾過來，一秒就能變傻子。而有些貓，看上去一臉的憨厚無害、和善可親，但實際上你想跟牠親近親近、互動互動，卻發現花再多的功夫也無濟於事，牠反而還會站在高處像看傻子似的看著你。

也並不是每隻貓都像花生糖那樣，有著在貓的世界中成為貓上貓的志向，成天在外挑場子幹架，打完大貓打小狗，打完小狗挑著再戰更大點的狗，偶爾叼幾個禮物回來，比如鳥、螞蚱、肥老鼠等。更多的城市寵物貓活動的地方很小，更宅。

曾經的王子，每天上午進食完畢之後，就會例行跳上那個綁著一圈麻繩的長木板上，從前撓到後，誰叫牠也不理，反正吃飽了，在牠看來也不會有什麼貓生大事發生，對外界漠不關心，撓完之後接著便會找個舒適的地方擺好姿勢打盹。而現在，牠吃完後會找個軟乎的能曬到太陽的地方，瞇著眼睛淺眠。

兩隻狗中，鄭歎認識多年的老狗——多次在寵物展獲獎的金毛犬主公，牠的頭像到現在仍舊作為店鋪自產的一些犬類食品的外包裝圖。以前牠在青草地上精力旺盛的奔跑，一跳老高去接飛盤，現在也只是叼一下自己的飯盆而已，想跳也跳不起來了。

另一隻比主公更年老的公狗，曾經被牽出去閒晃的時候會沿途撒尿，透過尿液中的資訊來告訴其他狗關於自己的年齡、性別及地位，留下自己的「名片」。看到一個不錯的適合做標記的物體後，牠就會雄赳赳、氣昂昂的蹺著一條後腿，對著那個目標物撒幾滴狗尿，耀武揚威似的刨幾下地面，低吼幾聲，然後再找下一個適合「標記號」的目標物，可能是一棵挺直的大樹，也可能是路邊的消防栓。

而現在，牠出去閒晃的姿態看上去更懶散了，不會像牠年輕時那樣頻繁的找目標物做標記，也沒那麼多力氣去抬腿了。不過，若是周圍有其他更年輕的公狗，牠還是會以高抬著一條後腿的姿態撒尿，證明寶刀未老。

每一隻貓或狗都有牠們自己的故事和貓生、狗生路線，小郭將自己的總結也融入其中，讓大家跟著一起去回顧這八隻從最初到現在的轉變和貢獻的成果。當然，小郭也會運用一些藝術手法去合理誇大、渲染一下，以達到更好的效果。

片子最後的畫面，是一條長長的路，鄭歎走在路上，踩著已經枯黃的、掉落的梧桐樹葉，漸行漸遠。

最後的畫面，小郭是在楚華大學取的景，鄭歎就走在離東教職員社區最近的那條兩旁種植著高大梧桐樹的校園主幹道上。拍的時候，鄭歎有種錯覺，自己會不會這樣走著走著就真的老了，明明他的人生再加上貓生也不過三十年而已。

每個人心中都有不同的冠以「經典」字樣的人或物，是心中無可替代的，觀念不同的人在談及這個話題的時候甚至能夠來一場血染的辯論，先理論後拳頭來決定到底誰說的經典才是真正的經典。

牠們的告別演出，也意味著一個時代的結束。

就像追星族追偶像一樣，偶像存在的時間點，象徵著一個時代，而當偶像謝幕，便開啟了另一個新的時代，更多的新人會進入追星族的視線，更多精采的、製作精良的宣傳和影片，會取代曾經那些簡陋的、粗糙的小成本影像，也漸漸取代記憶中那些老的、泛黃的身影。

可是，在離開螢幕之後，人類的明星還會有人來個紀念，他們有龐大的粉絲基數，過些年很多粉絲還會回憶，再操作一下，採訪引退的藝人們，又會帶著大家回憶曾經的輝煌。但放在貓狗身上，這種情況極少，人常說十年一代人，可對貓狗來說，十年，可能就是牠們的一生。

即便現在說得再好聽，論壇上喜歡牠們、挽留牠們的人再多，但畢竟牠們不是人，影響力有限，再過個一、兩年，或許記得牠們的人已寥寥無幾了。不過相對於狗，貓們或許並不會在意。

就如曾經一些人說的那樣，其實很多貓一眼就能看出你喜歡牠，或者不喜歡牠，問題是，牠一點也不在乎。

牠們依舊我行我素，該怎樣就怎樣，雨天窩家裡晴天曬太陽。

在高牆大院、豪宅別墅，或者是街頭里弄、倉庫作坊，抑或者是一些更平凡的家庭裡，以牠們自己的方式，如數百年前一樣，往來於才子與佳人之間，穿行於貧民窟與富人區之中，與認識或不認識的人擦身而過，走過相對而言並不太漫長的時光。

人有樂，貓亦有樂，生活更有樂。

謝幕「退休」之後，小郭的辦公室裡掛起了一幅裝裱過的畫，畫上有八個爪印——兩個狗爪印，六個貓爪印。

◆◇◆◇◆◇◆◇◆

既然已經退「圈」，寵物中心那邊的事情也麻煩不到鄭歎身上了，網路上關於 blackC 的圖片都是以前的，而且鄭歎上網的時候發現，自己的照片出現的次數越來越少，取而代之的是寵物中心那邊新一代的貓明星們。

尖下巴、圓下巴，長毛的、短毛的，瘦成條的、胖成球的，會賣萌的、能耍帥的，各種貓都有，很快就吸引了新舊顧客和網友們的視線，大家漸漸不再去提那些已經退休的老一輩的貓們。

鄭歎一開始還有那麼點不爽，不過很快便不在意了，反正自己又沒打算真靠這個混生活。

不過，沒任務之後，鄭歎就感覺到閒了。這是心理上的。

去外面串門子？可大家似乎都在忙著自己的事情，後來鄭歎也不想去打擾他們了。

成天在外逛，鄭歎不想閒在家裡，因為一閒下來就想睡，不是像平時跟警長、大胖牠們那樣的淺眠，他這一睡就睡得特別沉，叫也叫不醒，持續幾小時至大半天不等。相對最開始而言，時間並不算很長，但這種情況過於頻繁，做夢還老夢到作為人的時候的一些熟悉場景，與鄭歎記憶中的一樣，也很真實，弄得醒來後鄭歎都得坐著好好想想自己到底是人還是貓。

上星期某天，鄭歎醒過來的時候沒注意，直接站立著從房間裡走了出來，與從廚房走出來的焦媽來了個面對面，鄭歎第一反應並不是立刻俯身四腳落地，而是迷糊的抬起爪子抓了抓腦袋。

焦媽手裡端的那碗湯差點抖下來。好在這些年看多了鄭歎一些特異於其他貓的行為，不然焦媽手上的那碗熱湯還真的會驚得摔地上。

那天之後，鄭歎就不怎麼想待家裡，不然睡得恍惚，都不知道自己到底是啥了。

果然，煩惱一件事就得用其他事情去替代，出去無聊的沿著校園閒晃也比睡得迷迷糊糊不知身之所在的好。但說真的，鄭歎心裡確實有些擔心。日曆一天天翻下去，每天過同樣的日子，回過神來發現時間過得真快，回想一下，其實一直都沒做什麼，也沒有什麼印象深刻的事情。

客廳的掛曆不經意間已經翻到了二〇一二年九月，小柚子高三了，學業越來越忙，但每週還是會回家一趟，然後在家裡做試題看書；焦遠依然在京城，一年也就只回來那麼一、兩次；焦爸又拿下了個專案，每天除了在家睡覺，其他時間基本上都在生科院忙活，出差另算；焦媽帶畢業班，備課改卷子，人都跟著學生們一樣瘦了幾公斤。

唯一胖的，只有鄭歎。

從家裡的秤上跳下，鄭歎伸了個懶腰，就胖了半公斤而已，在人身上看不出來，可放貓身上就不同了。

長胖是因為外面連續陰雨天，鄭歎都窩在家裡，吃了睡、睡了吃，現在天氣終於放晴，鄭歎決定還是出門散步去，在家裡只能睡，睡著做夢還長肉，怎麼看都是出門閒晃的好。

連續兩週的陰雨天，大概除了軍訓的新生之外，其他人都盼望著太陽出來。天一晴，今天在外面曬被子衣服的就有不少，跟鄭歎一樣在家裡憋了這麼久的阿黃也出來活動活動筋骨，曬曬太陽對牠有好處。

走出東教職員社區，鄭歎漫無目的的走著，也不知道在想什麼，等聽到小孩子的叫聲和笑聲才回過神來，發現已經快到幼稚園了。

幼稚園這邊，卓小貓一走，又來了兩個叫黑哥的——衛小胖和二元。

初進幼稚園那會兒，這兩個一看到鄭歎就趕緊跑到圍牆的護欄這邊來，然後對著外面的鄭歎哭。鄭歎剛還見他們跟其他小朋友玩得好好的呢，一眨眼就變臉了，哭著喊著要回家。等鄭歎一走，這兩個又屁顛屁顛回去玩了。

所以，鄭歎知道這兩人的策略之後，每次經過幼稚園那邊時都繞道，絕對不讓那兩個看見，二毛還將他們的課程安排告訴鄭歎了，省得鄭歎往那邊走的時候被上戶外課的兩個孩子逮到。

剛進幼稚園那時候，二毛最先教二元的不是「謝謝你」和「對不起」，而是怎麼保護自己，以及如何將對方掀翻在地。這事在二元將一個拿自己畫筆的小男孩打哭了之後被眾人所知，為此，二毛帶著孩子和老婆回家的時候被自家老娘拎著耳朵訓。

至於衛小胖，剛開始似乎班上沒有誰會去主動找事，因為這一看就不是個好應付的傢伙，太壯了。

現在好多了，他們見到鄭歎也只是喊幾聲，不會哭著喊著求帶回家。這個階段的孩子每大一歲的變化都很大，知道的事情也越來越多。不過，鄭歎已經習慣了繞道，很少去幼稚園那邊。

從幼稚園這邊繞道的話，有一個Y型路口，一邊是通往學校更裡面的地方，而另一條則是朝著學校正大門的方向。鄭歎轉了個方向，朝大門那邊走過去，琢磨著要不要出校門走遠點玩玩，不然太無聊了，每天就等著時間過去。要真是貓還好，沒那些煩惱，抓自己尾巴、啃自己腳丫子也能玩半天，可問題是，鄭歎非正宗的貓。

校門附近有塊空地，校車的始發點就在那裡，有電力發動的那種十幾二十幾個座位的中型巴士，也有五十幾個座位的那種大型巴士。前者基本上只跑校內，後者有時候跑校內，也跑校外的其他地方，接新生接外賓等都是這類大型巴士。大型巴士的其中一種就有通往附中的，現在焦媽和小柚子她們經常坐這個。

這個時候，停車點那裡有三輛中巴校車，沒看見大巴校車。開中巴校車的司機們將車停在那裡，坐滿八成就開車，沒坐滿繼續等，真等不到人便開車，不過一般不會出現一直等人的情況。

靠邊上的校車內，開車的司機坐在那裡，拿著個平板電腦玩遊戲。

別看這些四、五十歲的人每天在這裡開校車，其實家庭條件未必像學生們想得那麼差，手上拿高檔手機、拿平板電腦的都有不少。

那司機點螢幕點得滿頭大汗，大光頭顯得更亮了。

原本打算直接往校外走的鄭歎頓了頓步子，轉個方向朝那邊過去，跳上旁邊一棵不算很大的梧桐樹，蹲在樹枝上是不可能的了，這樹太小，上面的樹枝承受不起鄭歎的重量，所以鄭歎只是抱著樹幹朝那邊看。

那司機玩的遊戲鄭歎見過，是馮柏金他們開發出來的一款休閒類小遊戲——《貓抓老鼠》。

那司機刷刷點著螢幕就是在抓螢幕上竄動的那些白的、灰的、黑的、花的老鼠，有大有小，跑起來有快有慢，有長得可愛的，有看起來噁心醜陋的，不同的老鼠屬性不同，加分也不同，有些對於年輕人們來說都未必能很快反應得過來，總會漏掉一些分數較高的，就更別提四、五十歲以前不怎麼玩遊戲的人了，不然十幾度的天氣，這司機也不會點個螢幕就滿頭大汗，那是急的。

「唉呀！就差一點！」那司機嘆氣。

「怎麼了？又沒超過你孫子？」旁邊靠外些的那輛校車上的司機笑著問。

「是啊，就差兩百多分，二十多隻黑老鼠就行了。唉，人老了，比不上年輕人們的動作，我那剛上小學的孫子玩得都比我厲害。」唉聲嘆氣的光頭司機打算抬頭四十五度憂傷一下，結果發現旁邊樹上有一隻黑貓正盯著自己這邊。

「嘿，那隻黑的，你過來過來！」光頭司機樂呵呵招手，「來一起玩玩。」

鄭歎：「……」

隔壁的司機：「……」

其實光頭司機也就這麼一說，卻沒想那隻黑貓還真的過來了。

鄭歎正無聊呢，既然對方讓他過去玩遊戲，他幹嘛不去？

跳到副駕駛座那裡，鄭歎看了看光頭司機，等著他將平板電腦擺出來。光頭司機瞪瞪眼，然後哈哈一笑，俐落的拿出平板電腦，點開遊戲就開始玩。

隔壁的司機見到後心裡嗤道：你這個死光頭，就不怕貓把你兒子買給你的平板電腦撓花！

很顯然，光頭司機壓根沒想這個問題，他腦子裡就想著分數超過小孫子之後，回去逗一逗那小子，昨天那小子還在他眼前炫耀呢。

光頭司機玩這遊戲有一週了，而鄭歎雖然沒玩過，但看過馮柏金玩，上手也快，一人一貓，一個用手指快速點動，一貓用貓掌啪啪啪的拍。

時間結束的時候，光頭司機看著分數哈哈大笑，一邊笑還一邊使勁拍腿，「終於超過了！」這裡有無線網路，分數自動連網上傳，噌，排行榜那裡的好友分數排名已經換了，這位大叔的排名直接往前竄了三位。

「老趙啊，看來這抓老鼠的活兒還是貓厲害！你看，這貓一加入，分數不就上去了嘛！」光頭司機一副過來人傳授經驗的語氣說道。說完後大手一揮，對副駕駛座上的鄭歎道：「來，接著再來！把我兒子也超過去算了，讓他知道知道老虎發威的結果！」

隔壁姓趙的司機：「……」

搖搖頭，趙司機不打算理會老光頭了，他這邊剛才已經坐了近十個學生，現在應該差不多，能出發了吧？可是當他回頭看的時候發現，剛才還有近十個的，現在就只剩三個學生了，他朝隔壁光頭那邊一看……譃！全他媽跑過去了！

有學生拿著手機拍照後立刻上傳到網路上，還有學生詢問到底是什麼遊戲，問了之後自己也下載來玩。不管是男生女生，一個個都伸長脖子看著。自打 new boy 演唱會那時候的警長貓事件後，學校裡都沒啥有意思的新聞發生，好不容易逮著一件，學生們都激動了。

發文，轉發，再轉發。在如今這個網路娛樂已經繁盛的時期，短時間內，不少人就看到了鄭歎跟那個光頭司機一起玩遊戲的一幕。

生科院，某實驗室——

正低著頭刷手機的人被焦教授逮到之後，那孩子也沒急，討好的笑了笑，調出剛才看的那篇貼文，然後面朝焦教授，舉起他的大螢幕手機說：「老闆，look！這是您家的吧？」

焦爸：「……」

鄭歎沒想到在離開寵物中心工作室之後竟然還會出名一把，雖然沒有警長那個時候火爆，但每次出去的時候還是會聽到有學生指著他議論。

對此，鄭歎沒有太大的感覺，焦家人也沒有刻意的去做什麼，畢竟這次的影響並不算大，也沒有直接帶來什麼麻煩，頂多是被多拍幾張照片而已。

鄭歎現在出去，還是會溜達到校車停車點那裡，然後和光頭司機繼續合作玩遊戲。而這樣一來，鄭歎所在的這輛校車總是片刻就滿人了，要不是學校跟這些司機的合約裡寫了超載要罰款的話，估計光頭司機每次都會超載。

有時候鄭歎沒過去，但經常坐校車的那些學生們已經認識光頭司機了，如果有選擇且不趕時間的話，在同時停在那裡的幾輛校車中，他們更樂意去光頭司機那輛，一些放得開的學生還與司機聊一聊，比如「遊戲記錄破了沒有」、「遊戲裡加個好友比分數」、「那隻黑貓今天來沒來」等，然後拿著手機刷微博：看，今天又坐上這輛車，只可惜沒看到那隻黑貓。

光頭司機的好生意讓車隊的其他人眼紅，但有什麼辦法呢？誰讓他們沒有貓過去拉人氣？

鄭歎心情不錯的時候，會坐著光頭司機的那輛校車繞著校園跑，休息的時候光頭司機還跟鄭歎分享了放在包裡的麵包，啃完之後喝點水，光頭司機繼續開車，鄭歎繼續坐著車看風景。

鄭歎在的時候，學生們還特意將副駕駛座讓位出來，如果有哪個不長眼的過去搶位子，會受到其他人的怒視。除非鄭歎主動從副駕駛座上下來，不然很少有人主動去搶座。

不過，幾個尖峰時間點鄭歎是不會去湊熱鬧的，那純屬給自己找不自在。

平時自己繞著學校閒晃，跟坐在校車上繞著學校跑，感覺是不一樣的，鄭歎懶得自己跑動的時候，坐在車上看風景也不錯。

鄭歎在一個路口下車，這邊比較偏，一般沒什麼人在這裡上下車，不過今天有個老太太帶著小孫子等在旁邊招手，車上已經沒座位了，鄭歎直接下車，將座位讓給這祖孫倆。而且，鄭歎也想去老瓦房那邊轉轉。

手機依然藏在這裡，老瓦房區又多了幾棟被刷上危房記號的樓，但學校依然沒有大動這邊的樓。有傳言說學校正在規劃，會將這裡全部推倒了重建，但估計還得拖上一、兩年，可能更久。

反正在這一片被推倒之前，鄭歎依然將手機藏在老地方。

六八和金龜接了個大單子，合夥做任務去了，這兩個月也沒什麼消息。六八離開前將鄭歎的手機換了個新的，行動通訊設備更新換代這麼快，六八自己更換設備的時候，順帶將鄭歎的也換了，還幫忙儲值了通話費、辦了上網套餐，鄭歎用起來挺順手，啥都不用擔心。

從窗戶翻進去，拉開抽屜拿出手機，鄭歎開始刷微博，他知道最近自己在微博上滿紅的，每次開手機看的時候還挺得意，然後評價幾下那學生新拍的幾張照片的拍照角度，挑揀幾張將自己拍得不錯的照片轉發，從註冊那天到現在，鄭歎在這個帳號上發了不少帖子。

翻動微博，鄭歎看到一個學生在鼓吹末日論。也是，今年一直流傳著末日的傳言，尤其到了年底，各種傳言滿天飛，有爭論的、湊熱鬧的，還有趁機推銷「末日救生套裝」的。

其他的就算了，鄭歎注意到一個ＩＤ名為「逗你玩兒木哈哈」的網友，他最近發的帖子基本上都是關於末日的，比如「末日快到了怎麼花錢」、「再不瘋狂就完了」、「論末日的Ｎ種死法」等等。

鄭歎翻了幾篇之後，手癢，在新發的那篇文下回覆了一句「傻瓜」。

對方的回覆也很快，一開始還跟鄭歎爭論二〇一二年十二月二十一日時末日的可能性，見鄭歎依然堅持這事壓根就是假的，對方開始不耐煩了，從爭論變成吵架。對方的確是個末日論堅信者，可鄭歎這個親身經歷過的人知道，那天之後，日子還是照樣過。

因為鄭歎轉發的一些關於自己的帖子，吸引了不少粉絲，「逗你玩兒木哈哈」那邊也有不少關注的人，鄭歎跟對方這麼一吵架，雙方的關注者就過來圍觀了。

還有唯恐不亂者在旁邊起鬨：「二十一號那天要是啥事都沒發生怎麼辦？」

「逗你玩兒木哈哈」回覆道：「如果這事是假的，老子直播切ＪＪ！」

更多的人起鬨了。二十一號之前，這位「逗你玩兒木哈哈」網友確實唬住了不少人，瞧那語氣，堅定不帶一絲猶豫。當然，也有一些人覺得這種保證就像某家購物網站「假一賠命」一樣的不可靠。

之後，那位「逗你玩兒木哈哈」單獨又發了一篇帖子：「如果二十二號依舊如往常一般來臨，沒有末世，我就詛咒自己變成一隻貓。如果末日真的出現了，『鄭歎』你就變成一隻你頭像上的那種黑貓，敢不敢賭？！」

這篇帶著濃烈挑釁意味的帖子一發出來，剛才還默默圍觀的一些人也加入起鬨行列了。

鄭歎本來擺弄著爪子艱難打字，誰知道一句話還沒打出來就看到這篇帖子，頓時恨不得將手機摔了。

——變貓？

——變你大爺的貓啊！艸了的！！

雖說網路上這種玩笑多的是，在別人看來也是個玩笑般的賭局，這年頭詛咒有用的話還要警察幹嘛？但鄭歎就是不爽，感覺身中無數刀。

對鄭歎來說，自己的末日就是睜開眼發現變成了一隻貓的那天，真真感覺這個世界充滿了惡意，無限荒唐。

鄭歎很想回覆一句「如果末世沒有來臨，就讓我變回人吧」，可這句話說出去別人不信啊！別人會說，你現在不是人的話，那你是什麼東西？

就算隔著遙遠的距離，大家對著手機上不大的螢幕，也沒人相信鄭歎這句話的真實性，反而會有更多人起鬨說鄭歎不敢賭。

——混蛋！

打字，刪掉，重新再打字，不滿意，再刪掉，最後鄭歎深呼吸，直接關機了。

——算了，眼不見為淨，說啥也改變不了現實。

將手機放進抽屜，鄭歎從窗戶翻出來，看了看窗外有些灰濛濛的天空，蹲在花壇邊仔細想了想，回憶自己曾經有沒有跟人打過類似的賭，賭輸就變成貓什麼的。記憶有些淡了，但鄭歎還是堅信自己應該沒有跟人打過這樣的賭，那問題來了，為什麼自己就變成貓了呢？

這是這麼多年來鄭歎一直琢磨不透的事情。

當鄭歎蹲在圓形的花壇邊上苦思的時候，一個老頭帶著大狗出來散步，是李老頭和小花。小花現在也該叫老花了，本來看上去有些笨重的身體，現在體重相比巔峰時期減輕後，走動時反而感覺更笨重了。一人一狗的速度並不快，慢悠悠走著，像兩個挨著的年邁的老頭。

大型犬比小型犬更容易顯老態，平均壽命不占優勢，所以李老頭每次在小花生病的時候都很緊張，也給予了及時的治療；天氣好的話，他就帶著小花出來散散步，適量的活動對他們這兩個老頭來說有好處。李老頭餵食小花時也很注意，去寵物中心那裡諮詢後，根據小花的體質，李老頭自己配置狗食，也不敢餓一頓、飽一頓的餵。

前陣子李老頭帶著小花去寵物中心檢查，那裡的人說小花活十五年以上應該沒有什麼問題。不管寵物中心那裡的人是看在李老頭的面子上說說安慰話語，還是根據小花的健康檢查報告推測出來的結果，李老頭這幾年都一直堅持按照小郭他們建議的方法去做，始終如一，持之以恆，即便小花並不像牛壯壯那樣能抓耗子能攆賊，但這個滿頭白髮的老頭子依然像對待家人一般照顧這條比社區的其他狗都還要溫順的狗。

看著那兩個老傢伙走遠，鄭歎從花壇上跳下來。起風了，還黏在樹枝上的枯黃葉子被扯下，落在水泥地面，被吹動的時候發出哧哧的摩擦聲。

將掉落的樹葉踩得喀喀響，鄭歎沿著小路往社區那邊走，沒走幾步拐了個彎就發現前面撒哈拉趴在地上，嗡著鼻子似的「嗷嗚嗷嗚」的叫。

阮英站在牠前面幾步遠處，一臉的無奈。

「再走兩步。來，乖啦，就兩步。」阮英對撒哈拉說道。

「嗚嗷嗚～」撒哈拉依舊不動

「懶貨！」阮英氣得在原地走圈。

和李老頭他們一樣，阮英也會每天抽時間帶著撒哈拉出來散步。不像小花那麼配合，撒哈拉這傢伙似乎天生就愛叛逆，如今一把年紀了還總耍小心思，你想讓牠幹嘛，牠偏不，不讓牠幹的反而玩得興致勃勃。

這傢伙還犯懶，平時在家的時候總動，像得了過動症似的，一出門就犯懶了，走段路就要趴下，阮英又不好像幾年前那時候那樣扯動牽繩，生怕把牠扯出毛病了，即便寵物中心那邊給出的健康檢查結果是良好，但阮英還是下不了手。

鄭歎見狀心裡嗤道：撒哈拉這傢伙現在就愛裝柔弱，明明昨天還將一隻搶牠骨頭的小京巴攆得滿社區跑，今天又裝弱了，似乎篤定阮英不能拿牠怎麼樣。

果然，最終阮英還是將撒哈拉抱著了。

「抱一段然後你自己走，聽到沒？」阮英斥責。

「嗷嗚嗷嗚——」撒哈拉被抱著也不老實，動來動去，這個抱姿牠覺得沒之前那個舒服，出聲抗議。

養撒哈拉養了這麼多年的阮英，很顯然對撒哈拉的一叫一行都非常瞭解。

「老實點別亂動，你剛拉過屎，老子才不托著你的屁股！」

「嗷嗚嗷嗚嗷嗚～」

「馬的，我養了個祖宗啊我？！」阮英嘟囔。

攤上這麼一隻狗，還養了這麼多年，性子再差阮英也認了，他換了個姿勢抱著，撒哈拉果然老實多了，沒再叫，然後看著後面的鄭歎，得意的甩尾巴。

鄭歎腹誹：切，這德性！

「嘀嘀——」

前面路口那裡，焦爸騎著電動車，看著鄭歎的方向按喇叭。

鄭歎一樂，快步跑過去跳上車座，然後在阮英沒注意的時候朝撒哈拉豎了根中指。

◆◇◆◇◆◇◆◇◆

「世界末日」和鄭歎所想的一樣，就那麼過去了，鄭歎也沒上網跟那些人扯打賭的事情，更沒心情去湊熱鬧跟人一起聲討那些之前大力散播末日論的傢伙們。

網路上炒得沸沸揚揚的末世之年過去之後，焦家的氣氛也越來越緊張了。

一個是小柚子的大學聯考，一個是鄭歎的狀態。

小柚子沒有選擇楚華大學的保送，因為名額有限，她把名額讓給了西教職員社區的姐妹淘謝欣，謝欣的成績沒有她穩定，而小柚子的成績一直都是很好的。於是，和焦爸談過之後，小柚子便做出了決定。

對高三的學生來說，時間過得比誰都快，彷彿不夠用似的，好在小柚子的心理素質還不錯，這個讓焦爸焦媽放心不少。

而鄭歎的問題，還是和去年一樣，總做夢，感覺就算只是瞇一小會兒也會夢到很多，思維很混亂，弄得鄭歎現在都不敢睡了。睡眠不足，精神狀態肯定也不會好。

焦媽還特地帶鄭歎去寵物中心那邊檢查，沒發現什麼大問題，就是睡眠不足。

焦遠這半年打電話回家的次數多了很多，問小柚子的情況，也問鄭歎的，還說如果這邊的獸醫解決不了就帶去京城看看，那邊的權威獸醫也有很多。

鄭歎不想去，焦媽也沒辦法，想著要不等小柚子大學聯考之後，全家一起再去京城那邊看焦遠，順便把鄭歎帶過去檢查檢查。

鄭歎在家裡的時候對著小柚子書桌上的那個桌曆翻了翻，他回想一下自己當年變成一隻貓的時間，大概也是六月份，但是具體時間記不清了，都過了十年，誰還記得啊！再說鄭歎當年一直都在混日子，不怎麼記日期，有時候還會錯過學校的考試。

伸出爪子，鄭歎在六月一號到十五號這些日期上劃了一條並不明顯的痕跡，在七號和八號上又加了幾爪，那是小柚子大學聯考的時間。

每次小柚子回來的時候，鄭歎就裝作精神很好的樣子，但是等小柚子一離開，鄭歎就又回到平時那種渾渾噩噩的狀態了。焦爸讓鄭歎待在他的辦公室，有什麼也好照應，可是鄭歎不去，他感覺還是待在家裡比較舒服自在。

六月八號這天早上，焦爸焦媽和小柚子出門，鄭歎跟他們一起出去。焦爸送小柚子去考場，焦媽要去附中那邊，鄭歎將他們送出社區，本來還想再去哪溜達，但是接連打哈欠，眼皮很沉，最後還是決定回家睡覺算了。

跳上客廳的沙發，鄭歎貓圈都懶得甩開了，抬腳將放在沙發中間礙事的遙控器蹬得遠遠的，然後趴在沙發中間，聽著掛鐘秒針細微的喀喀聲，閉上眼睛。

焦媽騎著車出門之後突然想到隨身碟沒帶，早上拷貝了一份資料之後忘了拔下來，便又騎著車回去。

一樓大胖家的老太太正在替大胖梳毛，看到焦媽後道：「剛才見妳家黑碳回來了，應該又跑家裡補眠。」

聽到老太太的話，焦媽也沒在意，估計早上送小柚子出門的時候裝得太有精神，現在回家休息了。焦媽就想著，等今天過了，還是抽空將自家貓帶去京城找人瞧瞧，不然家裡誰都不放心。

上樓的時候焦媽的眼皮就一直跳，掏鑰匙打開家門，往屋裡掃了一眼。

屋子裡安靜得有些詭異，沙發上只有一塊貓牌，沒有其他動靜，沒有黑貓，彷彿未曾有其他生物存在一般。

「刷——」

半開的窗戶那裡窗簾被吹起，六月微熱的風從窗外吹進來。

窗外，陽光明媚。

◆◇◆◇◆◇◆◇◆

南城——

南城大學附近一處電梯大樓的某高層住所。

臥室內，陽光透過窗子，從沒有完全拉上的窗簾空隙中照射進來，刺眼的光線讓床上的人皺了皺眉頭。

眼皮動了動，鄭歎眼睛睜開一條縫。

陽光都照到臉上了，乍然醒來看到陽光，剛睜開的眼睛立刻閉上，反射性的抬手擋住，然後捂上眼睛。

「啪。」

巴掌蓋到臉上的聲音在安靜的室內相當清晰，微微的疼痛感清楚的傳遞到大腦。

三秒後，鄭歎睜開雙眼。視線從指縫看過去，陌生卻又有些熟悉的裝飾，落地窗那裡窗簾半掩著，沒有遮嚴實，光線就是從那裡照進來的。

眨眨眼，鄭歎腦子還有些混沌不清，蓋在臉上的手掌抬起，眼睛的焦距落在手掌上。

掌紋清晰，五根長長的手指，不是黑色的帶毛的貓掌。

「馬的，又做夢！」

低罵了一句，鄭歎閉上眼打算繼續睡，沉默數秒之後，鄭歎猛地坐起身，看了看抬到眼前的兩個手掌，鄭歎使勁搓了搓臉，再次試著發出聲音。

「咳！嗯哼——啊——咦——哦——」

發音很清楚。

做夢的時候，好像沒有真正說過話吧？

似乎，很久很久都沒有這種說話的感覺了。

……還是不對。

到底是做貓的時候夢見了人，還是做人的時候夢見了貓？

鄭歎掀掉身上的薄被起身下床，沒有穿鞋，直接踩在落了一層灰的木質地板上，朝著落地窗那邊走，將地面上礙事的衣服褲子等踹一邊。

這種兩條腿走路的感覺，微陌生，卻又感覺理所當然。

拉開窗簾，打開落地窗，一陣風迎面吹來，帶著陽光的溫度。鄭歎走到陽臺，看著遠處的建築，深呼吸。

「啊——」

大聲的叫喊這種暢快感，似乎好久好久沒感受過了，雖然現在思維並不算太清晰，但鄭歎就是覺得自己這麼吼出來，心情就會好了很多似的。

吼完之後，鄭歎習慣性的朝斜下方看過去。

斜下方陽臺上，沒有鐵絲網，沒有一隻黃眼圈的藍紫色鸚鵡在那裡蹦踏，那裡站著一個六、七歲大的小孩，手裡正拿著一根雪糕，大概因為鄭歎突然這麼一聲吼，有些嚇住了，愣在那裡抬頭看著鄭歎，連雪糕融化滴到地面都沒注意。

收回視線，看著遠方，鄭歎再次大吼一聲：「啊————」

比前一聲吼得更長，歇斯底里似的。

樓下那戶，站在那裡的孩子被走出來的家長抱進屋了，那家長看鄭歎的眼神就像在看一個神經病。

沒在意別人的視線，沒理會其他住戶的罵聲，鄭歎暢快淋漓的吼了幾聲之後，進屋洗了個冷水澡，出來後腦子清醒多了。

拿過放床頭櫃上的手機上看看日期，二〇一三年六月十二日。

鄭歎抓了抓頭……十二號？

手機上一連串的未接來電，來電人名有些熟悉，鄭歎沒管，翻看了一下來電時間，最早的一個是八號打過來的。

沒去管那些未接來電，鄭歎現在依然困惑，到底貓是真的，還是人是真的？如果做夢的話，那也太真了，不都說做完夢，醒來就忘了嗎？

他在手機上點開微博，自動登入，卻不是記憶中的那個「鄭歎」的帳號，退出，重新登入，輸入新的帳號密碼。反應一會兒之後……登上了！

那個跩跩的黑貓頭像，跟記憶中的一樣，那些帖子，包括校車遊戲貓事件、世界末日話題的爭吵，都一一對上。

——如果夢裡的是真的……

鄭歎又搜索了幾個關鍵字，比如某部關於黑貓的電影，比如某紀錄片，又比如某寵物中心，還有某焦姓教授……都和記憶中的一模一樣。

並不算大的手機螢幕裡面，一張張熟悉的圖，一個個與記憶重合的畫面，看得鄭歎腦疼。

——這他媽到底怎麼回事？！

將手機隨手扔旁邊，鄭歎使勁琢磨，想琢磨出個所以然來，最後還是肚子扛不住，下樓找了間最近的餐廳吃飯。

一頓飯吃得味同嚼蠟，注意力根本沒放在飯菜上，他機械性的拿著湯匙往嘴裡送飯，視線卻看著窗戶外面，想著其他事情。

最後，在盤子裡的飯吃完前，鄭歎做了個決定，機票現在訂不到了，高鐵訂不到，他訂了張特快車的票，下午六點的車，明早六點能夠到楚華市。

既然想不清楚，就過去找找答案。

出了餐廳往回走的時候，路過一間並不大的理髮店，鄭歎揪了揪頭上的黃毛，走了進去。

再次出來時，他原本一頭的黃毛變成了黑色，也剪短了些。

回到家換了套簡單點的運動裝，拿了手機、提款卡、身分證……看著身分證的照片和人名，鄭歎對著證件上的人輕輕彈了一下，將證件放進錢包，帶了些零錢，收拾好之後輕裝往車站去。

◆◇◆◇◆◇◆◇◆

次日早晨六點，鄭歎走出車站，沒有招計程車，而是走到公車站，看了看車站外面的站牌和各路車的行車路線，很多熟悉的站名。上了公車，他找了個靠窗的位子坐下，隨著公車的行駛，看著外面的街道和建築。

端午剛過，很多商店裡關於端午節的看板還沒撤下，這個時間點上班的人很多，容易塞車的十字路口那裡，私家車和公車排成長條。外面的氣溫有些高，汽車的喇叭和人們的叫喊聲充斥在這條街道。

這樣的天氣和遇到的事情讓人容易煩躁，可鄭歎的心思卻並不在這上面，說不上煩躁，只是有些複雜。

車上一位中年乘客的手機鈴聲響了，歌曲帶著八、九〇年代流金歲月的感覺。這首歌鄭歎聽過，不是從網路上，也不是藉助其他電子設備，而是聽一隻鳥唱過。鄭歎彷彿又看到了那隻帶著黃眼圈搖頭晃腦唱歌的賤鳥。

有些曾經不屑一顧的歌曲，在多年後回憶時卻如同珍寶，這首歌所在的時間點，所涉及到的人、物、事，所引發出來的情感，總能讓人回味許久。

與這輛公車並停在路口的另一輛公車上，靠窗的地方，坐著個揹著背包的年輕人，手上拿著一袋包子啃著。察覺到鄭歎看著他，他也朝這邊看過來。隔著兩層車窗，還反光，對方的表情看得並不真切。

前面向右轉彎的指示亮起，鄭歎所在的這輛公車先行。隨著車輛的行駛，有那麼一瞬間，鄭歎看清楚了對方的表情和眼裡的疑惑，但很快，兩輛公車漸離漸遠。

當街景變得熟悉，鄭歎的心情越發複雜，有些忐忑，又有些高興。

街道旁有一名年輕警察，剛逮到個賊，用手銬靠住，拿著對講機說著什麼。

商業廣場大螢幕上放著一部電影的預告，孔翰導演，演員有魏雯、薛丁、陶琪……

在離原本的目的公車站還有兩站的時候，鄭歎下車了。

沿著記憶中熟悉的路往前走，經過湖邊別墅區外面的時候，一隻三條腿的玳瑁貓從街對面跑過來，嘴裡叼著一隻老鼠，看了鄭歎一眼，然後俐落的從圍牆護欄那裡翻進別墅區內。沿湖的那條路旁，一隻比其他貓明顯要大一些的深灰色帶著黑色花紋的貓，在柳樹上磨爪子。

沒有出聲，鄭歎繼續往前走。路過附屬醫院，經過一間小雜貨店的時候，鄭歎看過去。長著一張刻薄臉的老闆坐在櫃檯後，咬著菸，指使著店員搬動貨物，一隻白色的貓蹲在貨架上，眼神犀利的看著路過的行人。

從楚華大學校區邊沿的那個側門進入，鄭歎沿著邊上的圍牆往裡走。一棵高大的樹旁，並不顯眼的圍牆牆上，鉛筆寫的那一行行歪七扭八的字跡映入眼簾。

「鄭黑碳到此一遊，2009年12月12日。」

「2010年9月9日。」

「2011年2月28日。」後面還有個抽象派的太陽。

鄭歎抬起手指在那字上面摸了一下，沾上了一些鉛筆的黑色。

撚了撚手指，鄭歎沿著旁邊的小道往前走去，走過小樹林區，經過老瓦房，一棟棟熟悉的房屋、熟悉的草坪，閉著眼睛都能知道的小道，還有那個社區……

東教職員社區的大門警衛大叔眼睛毒著，一眼就從進出院子的人中瞧見鄭歎這個生面孔了。

「哎那個誰，你找誰啊？」大叔探出大門警衛室的窗子，指著鄭歎喊道。

「我找住在B棟五樓的焦教授。」鄭歎走過去說道。

「哦，焦老師他家啊，他不在，現在應該在生科院裡，不過他們家的貓前幾天丟了，一家人都快找瘋了哎！小夥子，你知不知道他家貓的線索？一直純黑色的貓，這麼大，叫黑碳，見過沒？」警衛大叔急切的問道。

「以前見過。」頓了頓，鄭歎又加道：「長挺帥的一隻貓。」

聽到鄭歎的回答，警衛大叔眼裡希望的亮光又黯淡了，不再多說，擺手示意鄭歎可以進去。

深呼吸，鄭歎抬腳進去。

提著菜籃子進出的大媽掃了鄭歎幾眼，估計在心裡猜測鄭歎的來歷。

靠社區大門的一處，樹蔭下的長椅上，李老頭和嚴老頭牽著小花和牛壯壯坐在那裡聊天。兩個老頭只是瞥了鄭歎一眼就沒再看了，反而小花和牛壯壯的視線卻跟著鄭歎移動。牛壯壯那雙小三角眼裡，難得的沒有平時的凶悍。

阮英牽著撒哈拉往外走，經過鄭歎的時候，撒哈拉以迅雷不及掩耳之勢朝著鄭歎的腳就是一口，那速度，與平時裝衰弱的樣子截然不同；力道不算大，不會咬傷腳，但下口也不輕，因為牠在鄭歎的運動鞋上留下了幾條深刻的牙印和一鞋的口水。

阮英也沒想到平時不咬人的撒哈拉竟會突然來這麼一下，趕緊向鄭歎道歉，還說著賠償。鄭歎笑著拒絕了。

等院英訓斥著撒哈拉離開時，撒哈拉還回頭看了鄭歎一眼，眼神略帶挑釁，尾巴甩得那叫一個得意。

鄭歎瞪眼：撒哈拉你這傢伙等著，我保證不打死你！

來到B棟樓下，鄭歎心跳得有些快，想著是直接按電子鎖上的門牌號碼呢，還是開口喊人。這時，一樓的老太太帶著狸花胖貓走到陽臺，見到鄭歎，老太太疑惑的問鄭歎找誰，還問了鄭歎有沒有見到一隻黑貓。

鄭歎回答之後，老太太也是一臉的遺憾可惜，「他家人都不在家，你去生科院那邊找找焦老師吧，柚子應該也在那邊……可惜了黑碳啊，焦家人都急哭了，焦遠那小子還回來過，昨晚才離開，小顧今天去上班的時候眼睛還是紅的呢……唉，這叫什麼事啊！」

老太太可惜著，碎碎叨叨，可旁邊的大胖卻盯著鄭歎瞧。

鄭歎朝牠伸手，大胖看了一眼老太太之後，走了過去。

「咦？」老太太很驚訝，「小夥子你以前來過？我家大胖不親近陌生人的。」還有一句話老太太沒說，不只是不親近陌生人，就算是認識的人大胖也不給面子。可老太太沒想到大胖竟表現得這樣熟稔。

鄭歎「嗯」了一聲，他也不知道該怎麼回答，撓了撓大胖的下巴，便起身對老太太道：「那我去找焦老師了，您先忙。」

雖然疑惑，老太太也沒多問。不過，在鄭歎離開後，大胖也跟著過去了。

大院子裡，並不算密集也不算高大的樹下，一隻黑白花的貓在草叢裡抓蟲子玩，一隻黃色的貓抱著樹撅著屁股磨爪子。

鄭歎走過去將正在磨爪子的阿黃提起來，「你這個笨蛋！」這話憋了十年，總算說出來了。聽到動靜的警長也不玩蟲子了，走過來。

鄭歎就近在一張長木椅上坐下，跟過來的大胖跳上長椅，蹲在旁邊；見狀，阿黃和警長也跟著跳上去，依次蹲在那裡。一如從前。

夏天的早晨，氣溫隨著太陽的高升而上浮。有風，一陣一陣的，吹得樹葉沙沙響。

社區裡上班、上學、買菜的人經過這邊時都會往長椅上看幾眼，以前他們總見到四隻貓並排蹲在那裡，現在焦家的那隻黑貓不見了，卻又見到一人三貓坐那裡，真奇怪，這三隻貓什麼時候跟人這麼熟悉了？

在長椅上坐了一會兒，心情平靜了些之後，鄭歎拍拍三隻貓，說道：「先走了，待會兒再回來跟你們玩。」

起身離開社區，沿著路走到路口的時候，一輛校車經過，鄭歎趕緊招手。

司機是那個光頭，為了形象，戴了頂帽子。現在是上課時間，車上沒什麼人，光頭司機便跟坐在副駕駛座的鄭歎說話。

「小夥子你是我們學校的嗎？」光頭司機問。

「不是啊，不過我以前經常來這裡，熟得很，還坐過好幾次您的車呢。」鄭歎回答。

光頭司機趁著有人下車的空檔，看了看鄭歎，搖搖頭，肯定道：「不可能，你經常來這裡還坐我車的話，我絕對有印象。」

「哦，那可能是我記錯了，坐的其他輛校車吧。」鄭歎也沒就這個問題糾纏下去。

光頭司機憐憫的看了鄭歎一眼，「年紀輕輕記憶力還沒我好呢，回去讓你媽多弄點魚頭、核桃什麼的幫你補補腦。」

鄭歎：「……呵呵。」

「你可別不當回事，我跟你說……」

「司機，我下車！」

被光頭司機叮囑了一路，終於等到地方，鄭歎迫不及待下車。看著熟悉的學校大門，他走了進去。

坐在大門內一側的警衛看鄭歎走得這麼理直氣壯，想了想，還是沒攔住這個生面孔。

焦爸的辦公室在哪裡，鄭歎熟得很。來到辦公室門前的時候，易辛正好從裡面出來，裡面傳來小柚子和焦爸的說話聲，並不大，隨著易辛將門關上，聲音也隔斷了。

易辛奇怪的看了看眼前的人，以為是院裡哪個大學生，隨便問了句找誰之後就離開了。

鄭歎站在門口，敲敲門。

「進來。」裡面傳來聲音。

鄭歎扭動門鎖，推開門。

《回到過去變成貓12回到未來，黑貓一夢！》完

番外

永遠的東區四賤客

一、從前有隻胖狸花

在很多人眼裡，大胖就一隻安靜的，比社區其他貓壯一點、胖一些的狸花貓。但是很少有人知道，大胖小時候其實又小又瘦。

在養大胖之前，滿頭華髮的老太太獨居著，雖然他兒子一直想將老人接過去，但老太太還是更喜歡這個生活了幾十年的社區，也拒絕了兒子請保姆的建議。某天，老太太看到社區裡有人養貓，起了養貓的心思，正好她受邀回老家參加某個晚輩的喜宴，便打算著回老家挑一隻貓崽帶回來。她還是更喜歡老家的貓。

老太太的老家就在本省，離市區也不算太遠，每個星期都會有老家的人來省城這邊做生意運貨，自然也會來拜訪老太太，畢竟這裡面有些人能夠在省城安穩做生意還是託了老太太的關係，逢年過節肯定是要來走走的。恰逢來的人家裡的母貓生了崽，聽說老太太想帶一隻家鄉的貓過來養，立刻就應下了。

老太太坐著兒子安排的車回了老家，到老家了才知道接下來一個多月還有幾個晚輩辦喜事，雖說血緣上隔得有些遠了，但老一輩的關係在那裡，有人熱情挽留，老太太也嫌老家、省城來回走太麻煩，索性決定在老家待一、兩個月再回省城，畢竟同輩的很多人年紀大了，說不定什麼時候誰又走了，趁這身子骨還硬朗，多說說話。

這期間，老太太去選了貓。其實，老太太過去的時候，這窩貓崽都一個多月大了，而且長得壯、毛色好看的都被人訂了，但那家人沒跟老太太說，只讓老太太選，看上哪隻就帶走。對那家人而言，經常去省城運貨，老太太這裡肯定得打好關係，所以相比起村裡的別人，他們更想多討好老太太，只要老太太挑貓挑得滿意就行。至於其他早就過來訂了貓的人，他們並不怎麼在意，不就一隻貓嘛，到時候說幾句歉意的話、喝個酒，這事也就過去了。

只是那家人沒想到，老太太對著那窩貓崽看了又看，最後挑中了最小的那隻。

「這隻是最後生下來的，平時搶食也搶不過其他貓崽，本來生下來就小，吃的也沒其他貓崽多，這一個月下來就更明顯了。」

那個人安撫的替母貓順了順毛，他家這母貓是隻老貓了，跟人熟，也不像其他貓那樣見人就跑，就是鄰里過來看貓崽，母貓也不會多在意，只是現在看到面生的老太太之後有些警覺不安而已，主人家來順順毛，牠又安靜下來了。

「就這隻，我一眼就瞧中了。」老太太指著被兄姐們擠在邊角的那隻明顯要小一圈的貓崽說道。她挑貓就看眼緣，看中了就認定了。

主人家有心想勸勸，但見老太太決心已定，也不再多說。這窩貓崽已經被訂了四隻，他家打算自己再留一隻，至於最小的這一隻，本打算等長大之後賣掉的，沒想到被老太太瞧中了。

一週後，那家人將貓替老太太送過去。貓崽已經快兩個月大了，這幾天接連有人過去領貓，貓窩裡就剩兩隻，現在將最小的送過來，貓窩裡便只剩下打算留下的那隻了。

至於取名，村裡人很少為貓特地去想個名字，這方面給的建議少。老太太見著小貓崽又瘦又小，便取名叫「大胖」，希望以後這小貓長得大點、壯實點。

「大胖！」老太太用兩手托著大胖，喊了幾聲名字。

被托在手心的才兩個月大的大胖，抖著乾癟的小身子，爭著眼睛可憐兮兮的看著眼前的老太太，叫聲也不大，相比起其他小貓來說顯得孱弱多了。

回省城之後養了幾個月，大胖身型見長，也不像小時候那麼乾癟了，每個月還被老太太帶去軍區那邊住，也接觸了更多的新事物。

大胖很黏老太太，都不用牽繩拴住，平時也不怎麼跑，更不像其他貓那樣精力充沛的滿屋子亂竄，這在貓裡面是少數。

不過，就算大胖比其他貓要安靜許多，但畢竟是一隻貓。

每一隻貓都會為自己的手癢付出點代價，而大胖的代價就是與泡麵結下了不解之緣。

某天，老太太又帶著大胖去兒子那邊住，老太太被朋友拉出門嘮嗑，屋裡的大胖沒人管著，牠在屋裡走了一圈，然後順著桌子腿爬上桌去，看了看桌上的東西。桌子上的東西不多，除了一個杯子，只有一袋泡麵放在那裡。

大胖盯著那袋泡麵盯了半分鐘，還是忍不住抬爪子碰了碰。

泡麵的外包裝袋發出的響聲讓大胖很好奇，光碰滿足不了好奇心，牠還走上去踩了好幾腳。

「喀！」

一聲不同於泡麵包裝袋的響聲讓大胖踩踏的動作頓了頓，之後，踩得更歡騰了。雖然不是每一下都能聽到那種「喀」聲，但次數多了還是能聽到的。

於是等大胖他貓爹進屋的時候，便看到大胖蹲在泡麵上，兩隻前爪還使勁踩著泡麵的邊緣，不時能聽到裡面的麵條被踩斷的聲音。

等大胖的貓爹將泡麵拆開，就發現裡面的麵餅邊沿掉了很多碎屑，畢竟現在的大胖還不算多重，麵餅大體上還是好的，只是邊沿的地方被踩斷很多小碎屑。

第二天，大胖牠貓爹出門前看了看乾淨的桌面，又返身回房從角落的紙箱裡掏出一袋泡麵，搖了搖聽裡面有多少碎屑，再將泡麵放在桌子上，與昨天同樣的位置。等下午他回來的時候，就看到大胖蹲在泡麵上打盹。將大胖抱開，他拿起那袋泡麵搖了搖，聽聲音就知道比早上剛拿出來時的碎屑要多得多。

打盹被抱開還有些迷糊的大胖看了看眼前的人，還挺疑惑的叫了兩聲。

大胖牠貓爹放開泡麵，曲腿放低身，眼神與大胖齊平，「喜歡玩泡麵是吧？」

大胖打了個哈欠。

「那行，以後有得你蹲。」

於是，只要在大胖被老太太帶來這邊，就得蹲一會兒泡麵，然後發展到後來做錯事罰蹲。

這邊的社區裡有幾隻退役的軍犬，平時會有人過去讓牠們做一些簡單的訓練。退下來的軍犬早已經不是巔峰狀態了，這些簡單的訓練只是讓牠們活動活動而已。

沒想，大胖牠貓爹一時興起，帶著大胖就過去了。好在那些軍犬很服從命令，並沒有對大胖表示出攻擊性。大胖也不怕，不知道是神經太粗，還是本來就膽子大，相處幾天之後還跟那幾隻軍犬玩了起來。

再後來，每次大胖被帶過來，就會跟那幾隻軍犬一起「玩耍」——對牠來說是玩耍，但其實是跟著那幾隻軍犬一起訓練。因為貓本身的優勢，跨越障礙什麼的，對牠來說簡單得很，也難怪牠一開始就當玩。

見大胖接受能力這麼強，牠貓爹又開始起心思了，找人開小灶為大胖「上課」，也沒有去強制扭轉大胖的性子，只是讓大胖學會遠離一些危險物，比如捕鼠夾、捕貓籠之類的。

很多訓練任務大胖做不到像那些軍犬如此完美，有時候還惹亂子，本來幾隻軍犬進行訓練任務進行得好好的，因為大胖出錯一打岔，幾隻狗的步調就亂了，好在沒惹出大麻煩。大胖也不到處亂跑，就算跑也不會跑遠，消失一小會兒之後就會找個高地開始叫人，別人也看在牠貓爹的面子上不會說什麼。

貓不會像狗那樣完全的服從命令，訓練軍犬的人也不會對大胖像軍犬那樣嚴格要求，很多時候大胖就在邊上蹲著看那些軍犬訓練，或者在旁邊跟著跑跑。

其他人倒是覺得無所謂，反正這貓就是來打醬油的，只是跟著跑跑而已，跟著訓練做錯了也沒誰會打牠，輕鬆得很。可老太太不是，看著大胖跟著那幾隻軍犬跑跑跳跳的，老太太那個心疼勁啊！在老太太心裡，軍隊的訓練都是很累的，軍犬也累，這樣一想，自家大胖肯定也累，她管不住大胖跟著跑，只能在伙食上多出點力了。

於是，即便運動量不小，但大胖那體型還是膨脹起來了，帶去獸醫那裡檢查，人家也說不出個所以然來，只說大概跟人一樣，吃同樣的糧食、同樣的運動量，牠就是有胖瘦之分。

大胖從小被牠貓爹教著玩摩斯密碼遊戲，能熟練的玩一些簡單的摩斯密碼遊戲，就像訓練的時候聽懂那些簡短的指令一樣，能夠按照教導的重複做出來。當然，這比不了黑碳和將軍，更深奧的摩斯密碼遊戲，大胖沒法接受，畢竟牠沒有那兩者特殊。即便如此，在很多人眼裡，大胖已經算是貓中的精英了。

只是，隨著日子一天天過去，大胖越來越「富態」，在大家眼裡就少了那麼點精英味，誰家的精英會是個胖子呢？

大胖被老太太收養的第一年，老太太帶著家人過年回家祭祖，也帶著大胖。回村當晚，大胖就跟村裡兩隻偷自家老宅鹹魚的貓打架，還以一敵二，追打得那兩隻直叫。那兩隻貓短時間內都不敢往大胖家老宅門前走，就算老太太帶著大胖離開老家的老宅，那兩隻貓也是在兩週後才小心謹慎的在遠處閒晃了一圈。

當初給貓的那家人看著大胖就納悶，你說以前明明一窩裡面最小、最瘦弱的那隻，怎麼就變成最壯的了呢？比牠兄姐們長得還壯，瞧前兩天打架那時候的凶樣，再想想村頭老王他家那隻貓被壓地上咬得慘叫的樣子，嘖！

或許是小時候被兄姐們搶食，大胖長大後特別護食。

而東社區裡，警長和阿黃牠們從來不去搶大胖的食物，打不過，也不敢搶。

有次西社區的一隻貓過來，趁陽臺那裡的門開著，大胖也跟著另外三隻貓出去閒晃，便循著味道進去偷吃，被回來的大胖逮個正著。

原本慢悠悠走回家的大胖見狀，瞬間斯巴達了，以那遠不符胖身形的速度衝過去就將那隻貓壓地上咬，咬得那隻貓慘叫，那貓好不容易負傷掙脫逃出門，耳朵上的毛都被咬掉一撮，大胖還不放棄，硬是追著出了東社區的門，中途將那隻貓又壓著踹咬了幾次。自那之後，那隻貓連東社區的門都不敢進，在校園裡閒晃看到大胖也是避之不及。

雖然護食，但大胖也不亂食，極少吃別人給的東西，就算是社區裡其他認識的人，牠也未必會給面子。

總的來說，大胖對其他動物雖然算不上特友善，但也不會主動攻擊，除非被搶食或者遇到危險物等原因才會爆發。平時瞧著很無害，乍一看像隻毛茸茸的溫順的貓娃娃，也有人說大胖太不活潑了，有社區的其他貓在前，更襯得大胖像個慢條斯理的小老頭，比阿黃還安靜得多；但對老人而言，這也算優點了，特別省心。

東社區B棟樓一樓陽臺上用的是那種水泥護欄，大概是一樓的緣故，大胖家陽臺的欄杆比樓上人家的都要寬，平時擱著兩盆花，有時候老太太也將鞋墊拿出來放那裡曬曬。不過，欄杆上專門有塊地方是留給大胖的。不管是蹲在陽臺地面上還是蹲在欄杆上，大胖總是喜歡蹲在某個固定的位置。

曾經有人對老太太開玩笑說：「妳家大胖是不是有強迫症？」

老太太笑而不語。

就像個受過訓練的戰士一樣，大胖每天在同一時間、陽臺上同一個地方守著，看上去瞇著眼睛有些迷迷糊糊、漫不經心的樣子，但時不時因為細微的聲響而轉動的耳朵顯示牠很警覺。

社區的人們似乎也習慣了在某個時間段於陽臺上看到瞇著眼安靜蹲在那裡守著的胖狸花。當年揹著小書包唱著「太陽當空照」從樓前走過的孩子，已經改成騎自行車匆匆而行，或者已經走出家門，往更遠的地方去拚未來了。但每次大家回家，經過這棟樓的時候還是會習慣性的往一樓陽臺那裡看一看，然後對旁邊的朋友說：「看，牠就是大胖，從我小時候牠就在那裡蹲著了。」

夏天的風陣陣吹，帶著樹葉的沙沙響。

老太太在廚房裡做涼糕，打算明天帶過去兒子那邊，孫子昨天還打電話說想吃了。

剛吃完飯的大胖從房裡舔著嘴巴走出來，走到陽臺的時候，大胖朝陽臺一處比較隱蔽的角落看了一眼，並沒有發現鑰匙，便收回視線，再走幾步蹲在陽臺地面上慢條斯理的舔爪子抹抹臉，然後跳上圍欄，蹲在牠的固定位子，瞇起眼睛打盹。

樓前有樹，樹葉擋住了火辣的陽光，大胖蹲在那裡正好有陰影，不會太熱。

正蹲著，大胖耳朵動了動。

一隻吉娃娃追著警長往這邊過來，警長也沒看大胖，咻的一下從樓前跑過，眨眼就沒影了。

沒追到貓的吉娃娃往周圍看了看，視線落到蹲在陽臺欄杆的大胖身上，立刻齜著牙叫起來。牠打算去小花那裡暫時避避難。

「汪汪汪汪汪！」

估計被警長招惹的那些小狗們對貓都有一種敵視感，所以見到一副「不關我事」樣子蹲在陽臺上的大胖之後就朝著牠吠叫了，只可惜陽臺那裡太高，吉娃娃使勁跳起來也遠搆不著，只能叫一叫，沒其他的法子。

大胖眼睛睜開一條縫，低頭往吉娃娃那邊看過去。敵不動我不動，敵動我仍舊穩如泰山。不炸毛也不叫喚，大胖就這樣沉默的盯著。

下方那隻吉娃娃的叫聲漸漸變小，往後退，再退，色厲內荏的叫兩聲，然後灰溜溜的離開。見那隻小狗走了，大胖才慢悠悠轉回頭，打了個哈欠，瞇著眼睛繼續打盹。

◆◇◆◇◆◇◆◇◆

二、從前有隻黑貓警長

東社區最早出名的貓並不是焦家的黑碳，也不是「厚重沉穩」的大胖，更不是阿黃「黃公公」，那時候東區四賤客還沒深入人心，可是這邊的孩子們卻大多知道，他們社區裡有一隻黑貓警長。

某日，一個剛上完繪畫才藝班課程的小孩回社區的時候，看到八個月大的警長叼著一隻老鼠從眼前跑過，回到家那孩子興致高昂，都沒顧得上吃飯，充分發揮他的藝術細胞，拿出蠟筆就畫了一張「黑貓警長勇擒小竊賊」的圖，後來這幅畫還拿去參賽了，再後來，甭管是東社區的還是西社區的，甚至市區的其他小學都有人知道，楚華大學東社區有一隻黑貓警長。

國語課寫作文的時候要寫貓，附小的孩子們家裡沒養貓的，半數以上都寫的是警長。

那時候，附小的老師們只是笑笑，只當孩子們因為動畫片而對那隻「黑貓警長」喜愛，也沒去過度關注那隻貓。直到多年後某一天，那隻曾經被眾多小朋友稱讚過的神勇的「黑貓警長」一躍成為楚華大學校寵，照片遍布全國，當初的幾位國語老師還聚在辦公室談論了一個下午。

在孩子和大人們心中，那隻「黑貓警長」神勇依舊。

現在，很多孩子已經從小豆丁變成中學生，曾經的小學生也有已經上了大學的，但每當提起家裡社區的貓，很多人還是記得有那麼一隻「黑貓警長」存在，而且這傢伙還經常在社區裡刷存在感。

十年過去，依舊如此。

但是，在另一些人眼裡則是另一番印象。

熟悉警長的人都知道，此貓有兩個特點：一個是好鬥，打起架來不要命，從哪裡被放倒，爬起來休養好再奔過去那裡戰；另一個就是特具語言天賦了，且此貓的狗性很足。

曾經有人傳言，警長牠飼主從小將牠當狗養。對此，警長牠飼主必須喊冤。

警長的語言天賦是天生的，這傢伙從小就對一些「怪聲音」很好奇，比如洗衣機運轉起來的聲音，比如開著的電視機，比如樂器，比如貓之外的其他物種的叫聲。等警長牠飼主注意到的時候，警長已經跟著樓下那隻小京巴搶著玩撿東西遊戲，還有一口越來越純熟的狗腔。這種天賦技能，就算是被整個社區公認為最聰明的焦教授家的那隻黑貓也學不來。

醫學上有人說過，養貓狗能降血壓，還能降低心臟病等機率，這話的有力證明者為大胖和小花，看看養著大胖的那位老太太，再看看每天牽著聖伯納犬小花出去悠閒散步的李老頭，都證明這話確實在理。

可是！

警長牠飼主沒那感覺！

警長還小的時候，基本上都被強制關在家裡，那時候牠也沒那本事翻窗爬高牆，所以家裡的東西最先被禍害。

警長牠飼主每天回家都能看到各種劣跡，等琢磨出經驗之後，家裡人離開的時候都會將電視機插頭拔掉，洗衣機關好，冰箱上不放東西，或者只是放一些紙質品，衣櫃上鎖……

警長的精神狀態總是在活躍與異常活躍之間擺動，除了睡覺和吃飯時間之外，總得做出點事情以滿足牠那過於旺盛的好奇心，凡是人用的東西牠都去碰兩下，人不用的東西牠也好奇。牠曾經還對熨斗特好奇，被熨斗燙了一次爪子之後才長記性，但也僅僅只是收爪，每次警長牠貓媽熨衣服的時候，牠還是會好奇的蹲在旁邊看著。

等警長漸漸長大，就想著出去野了，關也關不住，偏偏家裡老人也不是愛關著貓的人，他們那輩人養貓也沒那麼多講究，隨意得很。

警長在社區裡遛熟之後，就愛去招惹社區裡的吉娃娃或者小京巴之類的小型犬，然後跳到高處，跟那些已經被牠撩撥起怒氣的狗對著叫，叫累了就蹲下來，舔舔爪子，饒有興致看著那些小狗們在下面憤怒的叫卻偏偏拿牠沒辦法的樣子，然後瞇著眼醞釀睡意。

每次警長家的老人看牠到處找麻煩，就會樂呵著拍腿：「哎！我就是喜歡牠那跩了吧唧的小樣兒！」

曾經也有人建議帶警長去做手術，跟阿黃一樣，阿黃自打做手術之後聽話多了，還省心。可惜警長家的人意見不能統一，最後不了了之。

至於警長自己，牠是沒什麼憂心的事情，在家有人按時投餵，在外能自己找點天然蛋白質當零食，還能找其他貓活動活動筋骨。

警長在社區裡雖然總愛去招惹其他貓狗，包括小花和牛壯壯，但有兩隻牠不招惹，一個是大胖，一個是黑碳。前者牠打不過，去招惹大胖純碎是找死，真將大胖撩撥起脾氣了，警長絕對討不到半點好；至於後者，牠打不過是一回事，還有就是黑碳救過牠，再說了，黑碳的脾氣不好，警長一個爪賤就會挨揍。

警長很喜歡牠們四賤客一起行動，有玩的，還不擔心被其他貓狗欺負。

後來社區裡來了個黃白花的貓，有人叫牠花生糖。警長跟牠打過一架，沒打贏，後來被黑碳帶著，和花生糖一起去巡街挑場子，這個警長喜歡，所以在一開始的時候，只要聽到花生糖在社區裡叫，牠比黑碳還積極。

只是再後來，黑碳經常跑沒影，警長自己跟著花生糖出去過幾次之後就再也不跟去了。花生糖長得越來越壯，打架也更加厲害，以至於花生糖一出去，其他貓都避之不及，警長想找隻練練手的都找不到，很不爽。所以，等花生糖再來社區叫小夥伴的時候，警長就當沒聽見，然後等花生糖離開之後，牠才出去找貓幹架，或者去撩撥社區的小京巴和吉娃娃。

十年後，警長已經不像以前那樣總去撩撥小狗了，但依舊閒不住，牠一半時間在社區裡，一半時間在小花圃那邊，社區裡有牠的貓友，而小花圃則有牠的兩個狗友。對警長來說，每一天都充滿了樂子，沒有樂子也能自己創造樂子。

六月的一天，社區裡氣氛很怪，各飼主也緊張兮兮的，生怕自家的貓被拐走了，阿黃被關在家，社區裡也沒見到其他貓的影子，警長今天還是逮到個空隙溜出來的。

牠已經連著三天都沒見到黑碳了，從那棟樓前走過，扯著嗓門叫了兩聲，抬頭看，也沒見五樓陽臺有黑色的貓頭探出來，只有一樓陽臺那裡蹲著的大胖掀起眼皮朝這邊掃了一眼，然後繼續閉著眼睛蹲在那裡。

見大胖沒有要動的意思，又叫不到其他小夥伴，警長只能自己出去找樂子。

在社區樹林那邊閒晃兩圈，在草叢裡滾了幾下，磨磨爪子，警長看到了一個眼熟的物體——離牠不遠的地方，一根矮樹枝上有個褐色的東西，此時有一個接一個的小不點從裡面爬出來。

樹枝上褐色的東西是螳螂卵，此時一個個近乎肉色的小螳螂從裡面爬出來，相對來說，這個螳螂卵孵化得遲了一些，校園裡有些地方五月份就孵化了。

警長見過那些小不點，前段時間牠還在小花圃那邊看到過，蘭老頭不讓牠禍害這些小不點。於是，閒得無聊的警長就蹲在那根矮樹枝前，歪著腦袋好奇的看著那些小螳螂孵化出來，也沒動爪，只是看著，尾巴尖晃來晃去。

不知道看了多久，小螳螂絕大部分都已經孵化出來了，警長伸直前臂，打了個哈欠，抬爪子正準備舔舔，突然發現爪子上有隻小螳螂正沿著牠的前臂往上爬。

於是，警長舔爪子的想法暫時擱下，取而代之的是突然跳起，還連著幾個高難度的空中翻轉動作，左蹦右跳、前撲後滾。

此時剛好有兩個過來東社區拜訪老師的學生經過，穿著背心的那人指了指警長那邊，對同伴道：「看，校寵又在發神經了。」

另一人瞧了一眼，「大概發現什麼好玩的了吧。」

剛孵化出來的小螳螂太小，他們在這裡根本注意不到。

「那說不準，我上週也見到牠在我們宿舍大門前的草坪那裡蹦躂，為了研究個所以然，我還特地蹲旁邊舉著手機拍了近半個小時，硬是沒看出牠到底為啥玩得那麼嗨！」

「……牠是不是在耍你？」

「誰知道呢！神經病的世界我不懂，反正現在回想起來，我覺得我幹了件蠢事，而且做這蠢事還被院長看到了！」穿背心的那學生苦著一張臉，像是做了什麼後悔莫及的事情。

「……院長他老人家有沒有跟你談人生？」

「沒。」

「那還好。」

「他老人家只是背著手搖著頭，說了句『一個顛一個痴』。馬的，當時想死的心都有了！」

「……」

那兩個學生也沒走近去瞧，他們覺得這大概跟前幾天一樣，不知道校寵又在抽什麼風，他們這種凡人還是不去探究了。

警長一點都不知道自己給別人帶來了煩惱，牠現在正沉浸在自己的世界裡，玩得嗨。

讓警長停止的是一聲狗叫。聽到那聲狗叫之後，警長就立刻轉移注意力了，朝社區一直關著的那扇鐵門看過去，門那邊站著一隻虎斑土狗，那隻土虎斑在朝警長叫過之後，往B棟樓那邊看了看，瞧瞧周圍，沒看到那隻黑貓，又轉回注意力。

警長跑過去，從鐵門鑽出，和虎斑土狗順子一起往小花圃那邊跑，跑兩步還撲騰一下旁邊的花草，在草地上蹭兩下。肚皮朝上在草地蹭背的時候，警長掃過社區沐浴在陽光裡的一棟棟被爬山虎爬滿牆的老住宅樓，視線在B棟樓五樓陽臺那裡停留了幾秒。

社區裡有很多貓，消失著消失著，就永遠沒了，牠想打架找麻煩也找不到影。那黑碳呢？沒有黑碳，牠們這三隻貓都沒再一起行動了。

翻身起來，抖了抖身上的草屑，警長邁著步子朝小花圃那邊過去，這個時間點那邊有吃的，吃飽了在狗窩睡一覺再回家，明天一溜出來，繼續跑黑碳樓下叫去！

◆◇◆◇◆◇◆◇◆

三、從前有隻黃公公

「快看，那隻貓長得真威風！」

「真的哎，像小老虎似的。」

從花壇旁邊經過的幾個來東社區拜訪老師的學生看到花壇上的貓之後，都忍不住掏手機趕緊拍了幾張。

在離地面約莫半公尺高的一座花壇邊沿上，一隻黃色的、身上帶著斑紋的貓在那裡，長得也不瘦弱。此刻，這隻貓正翹著尾巴，沿著花壇邊沿直走。眼睛睜得也不大，帶著點漫不經心的隨意，瞳孔因為光線而縮成梭狀，眼神看上去很是犀利，再加上那貓科動物標準的高傲步伐，給人的整體感很不錯，也難怪會有學生看到之後第一印象就是「威風」。

只是很快，那幾個學生就發現自己的第一印象判斷錯誤了，那隻黃貓直視著前方，壓根沒有留意腳下的花壇壁，走到邊沿時也沒有一點兒要停留或者跳躍的意思，直接踩空，就這麼掉了下去，還沒來得及調整好落地姿勢就在草地上狼狽的打了個滾。

幾個學生：「……」

等幾個學生離開之後，阿黃在草地上滾夠了、蹭夠了，選個合適的地方，抖抖身上的草屑，打了個哈欠，趴在那裡醞釀睡意。牠睡覺的地方沒有大胖那麼挑剔，只要在東社區內，牠哪個角落都能睡得安心。

當年阿黃最喜歡的就是大清早出來閒晃一圈，然後跟三個小夥伴出院子經過東苑超市那邊，在正在裝修改建的超市門口解決代謝問題。牠最喜歡的就是在東苑超市外面那一堆沙子裡拉便便，拉完埋好後，就走到不遠處的小樹林子裡磨磨爪子，找個合適的地方蹲著，看著水泥工拿著大鐵鍬鏟沙的時候鏟出屎來的反應。

想當年，在很多人眼裡，阿黃並不是一隻好貓，因為牠亂拉亂標記的事蹟。再優質的貓砂也未必能讓一隻貓改掉牠的個性。阿黃被關家裡的時候，就算把牠放在貓砂盆裡，牠也能一滴不漏的將尿全噴在貓砂盆外面，所以阿黃是東社區唯一一隻用兩層貓砂盆的貓。

而在外面的時候，阿黃就更歡了，當年教職員社區這邊很多地方都能聞到那傢伙的尿騷味，不過那傢伙明顯屬於屢教屢不改型，挨多少次抽都不帶長記性的。

在八個月的時候，阿黃終於被帶去寵物中心做了去勢手術，那之後，牠的破習慣改了不少，也不那麼亂拉了，只有一個，牠還是喜歡在東苑超市那邊的沙堆裡拉屎。所以說，貓的很多破習慣是做手術都扭不過來的。

阿黃並不會像警長牠們那樣常跑外面鬼嚎蕩漾，但阿黃喜歡找存在感，被關家裡久了一放出來就沿著住宅樓嚎叫著跑一圈，然後再去活動。

阿黃自己不會跑遠，基本上都在東社區內活動，牠記路的本事沒其他貓好，簡單點說就是有些路痴，再加上膽子也不那麼肥，所以幾乎都在社區內。但如果是其他三隻貓都出去並一起行動的話，牠也會跟著出去湊熱鬧，有時候一起蹲樹上看熱鬧，有時候一起蹲木椅上曬太陽打盹，也有時候去林子裡抓鳥玩蟲子。當然，跟西社區那邊也打過群架。

雖然阿黃有很多並不怎麼好的習慣，但脾氣卻是四隻貓裡面最好的。牠不像黑碳那樣成天跑個沒影，不像警長那麼好鬥到處找麻煩，也不像大胖那樣的小老頭性子。

阿黃和大胖相反。大胖看上去很好相處，其實是個狠角色，而阿黃長著一副嚴肅正經的精英樣，但內芯其實是個笨蛋，對人和其他動物也比較友善，社區裡小花和牛壯壯小時候就經常跟阿黃一起在草地上玩耍。阿黃在家的時候也黏人，沒人注意牠，牠就自己找存在感，你看電視，牠擋電視機前面；你看書，牠擠過去趴書上；牠貓媽織毛衣，牠就過去抓毛線球。

社區裡有些小孩子總愛叫阿黃為黃公公，源於某次一個熊孩子聽到自家爸媽聊起阿黃的時候說了句「阿黃是個小太監」，後來就經常和社區的孩子們叫阿黃小太監或者黃公公。阿黃聽習慣了也知道在叫自己，也不在意，牠並不理解這些詞所代表的意思，小孩子只要不揪鬍子、抓尾巴什麼的，牠一向都比較寬容，就算捏著牠臉上的肉往兩邊拉，只要不太疼，牠都懶得反抗，由著孩子們玩。有時候社區一些人看到趴草地上曬太陽的阿黃也忍不住手癢，像搓麵團似的將這傢伙在草地上搓幾搓。

很多知道阿黃這親和性子的人都說是因為阿黃做了去勢手術，所以性子有些軟綿綿的，但如果那些人看過阿黃跟著另外三隻打群架就知道，這傢伙其實挺凶悍，該有的血性還是有的。

大概沒有其他沒去勢的貓那些蕩漾心思，所以阿黃也省下不少心力，身上還有些肉，雖然不像大胖那樣，但也比警長看起來厚實不少，配合那張極具欺騙性的外表，看起來還挺威風。

隨著年齡的增長，就算笨蛋依舊，阿黃也學會很多事情，明白一些簡單的道理，漸漸改掉一些壞習慣。只是，阿黃一直不明白，為什麼天冷時牠們四隻一起在樹林子旁邊的草地上曬太陽的時候，黑碳總喜歡找些石頭塞進牠揣著的爪子裡，直到將內折的臂彎間塞滿……

這到底是為什麼呢？

六月的風帶著些許囂張，將阿黃身上的毛都吹得逆了起來，也將迷迷糊糊睡著的阿黃喚醒。

瞇著眼睛打了個哈欠，起身跳上旁邊的花壇，阿黃看著已經偏斜的陽光和前面那一片青綠的草地。

草地有些大，有些空曠。

「喵——」

阿黃站在花壇邊上朝著草地的方向叫了幾聲。

去幼稚園接孩子回來的人已經習慣了這隻幹啥都喜歡先叫兩聲的貓，並沒在意，倒是一個被牽著的小朋友走過去，盯著阿黃看。

阿黃與那小孩對視幾秒，氣味挺熟悉，也不怕，伸了個懶腰之後又趴著了，還是像冬天那樣揣著爪子，又過了幾秒，阿黃反應過來這麼揣著有些熱，正打算伸展開趴著，突然發現眼前的小孩動了。

揹著小書包的小孩在口袋裡掏了掏，掏出一顆核桃放在阿黃眼前，頓了頓，又伸手指將核桃往阿黃內揣的兩隻前爪中間戳進去，然後跑回等在幾步遠處的家長身邊。

「阿黃在幹什麼呀？」那家長打趣道。

小屁孩咧著嘴：「阿黃在孵蛋。」

◆◇◆◇◆◇◆◇◆

四、這「鳥」日子沒法過了

將軍在覃教授還只是個學生的時候就跟著他了，作為鳥中的高富帥，將軍一直都屬於人見人愛、老少皆喜的角色。

覃教授家是書香門第，覃教授的父親覃老教授在自己領域很有影響力，要不然覃教授也不會那麼年輕的時候就擁有一隻藍紫金剛鸚鵡，並且經常帶著將軍去各個自然保護區遊玩。可以說，作為一隻寵物鳥，將軍受到的待遇相當之好了。

金剛鸚鵡的壽命相對較長，覃教授認識的人中飼養的金剛鸚鵡有不少都已經二、三十歲，仍舊健健康康的。去南方一個生態保護區的時候，覃教授還見到過一隻六十多歲的五彩金剛鸚鵡，每天那位飼養牠的老教授拿著收音機出來散步的時候，牠就重複著收音機裡播音員的聲音。

後來覃教授在楚華大學任教，將軍每年也跟著在楚華大學東社區住些時日。而隨著年歲的增長，將軍的智力也一直在攀升中，再加上將軍本就比其他同類聰明那麼一點點，對於人類語言的理解和運用也超過了很多人的想像——論口齒伶俐，八哥、鷯哥（注：九官鳥）等都未必比得上金剛鸚鵡，而作為「口齒伶俐」之中的佼佼者，將軍這傢伙算得上嘴賤一級的了。

當年覃老教授養的那隻紅綠金剛鸚鵡學會的第一個五字句子是「學而時習之」，而同樣跟著學習的將軍學到的第一個五字句子則是「看你那鳥樣！」，說得那叫一個鏗鏘有力，由此可見牠在嘴賤這上面的天賦。氣得當年還是學生的覃教授恨不得掐著這傢伙的脖子問：你怎麼就不能學好的呢？！

早晨，覃老教授家裡那隻紅綠金剛鸚鵡會對著起床的覃老教授說「good morning」，而將軍則會朝著還躺床上的覃教授學雞叫。

當時覃老教授他們社區有戶人家裡，親戚送了幾隻雞，雖然那家人沒想養著，也沒都一下子全宰了，放陽臺上做了個簡易的籠子關著，其中就有一隻公雞，而那隻公雞每天早上都打鳴，將軍就是跟著這隻雞學的。

只是，將軍學的雞叫有點不倫不類，用覃教授的話來說，就像閹了又沒閹徹底的公雞似的，有些歇斯底里還喘不上氣的感覺，聽在耳朵裡那個難受啊！再好的美夢都被驚成噩夢了，更別提繼續睡。

後來那家人將雞全宰了，社區沒再聽到雞叫，再加上覃家人特意的把將軍和雞隔離，將軍這破習慣才改過來，不然後來去楚華大學之後，受難的就是東社區的人了。

將軍的愛好有很多，其中較為突出的，一個是愛咬貓耳朵，這大概跟牠小時候被貓欺負過有關，而另一個讓人又愛又恨的習慣就是唱歌。

覃教授還是學生的時候，確實沒有太多的時間去照料將軍，所以每天將軍有大部分時間都是跟著覃老教授夫婦的，而這兩位特別喜歡教牠唱歌，教的還是很有當時時代特色的歌曲，就連戲曲也喜歡教一教。

就算覃教授到楚華大學任教這些年，將軍還是偏好那時候的歌，大概因為現在很多流行歌曲牠根本聽不懂歌詞，欣賞不了那種節奏。當然，覃教授也極少教牠那些饒舌歌。去南方過年的時候，將軍接觸覃家的七大姑八大姨，她們教的自然也沒有多少二十一世紀的新風尚流行歌。

至於將軍討厭的，有很多，鳥類中牠討厭的就是喜鵲和杜鵑了。牠不知道為什麼周圍的人都喜歡喜鵲那種「醜八怪」，不會唱歌也不會說相聲，怎麼院子裡那些人每次看到喜鵲都笑得嘴巴都咧了呢？

至於杜鵑這種被人們賦予了很多神話色彩的鳥，將軍就更看不慣了，牠尤其看不慣某些杜鵑的「寄生」行為。將軍被放出去的時候，要是看到有杜鵑將卵產在別的鳥的鳥巢裡，還將鳥巢裡原本的鳥蛋或者雛鳥從鳥巢裡踹下去，將軍就追著咬。

有一次將軍太衝動飛得太快，林子枝葉太密集，牠一時沒反應過來，自己撞樹上了，還被樹枝劃傷了翅膀，被覃教授關在家裡養了幾個月，這仇就結得更深了。

來東社區的頭幾年，將軍一被放出去就會欺負社區裡的那些貓，牠那體型再加上本身的戰鬥力，也不怕社區裡的這些寵物貓，找不到貓也閒得無聊的時候就愛嘴賤。

將軍覺得東社區開始有意思的時候，就是五樓那隻黑貓出現的時候，牠覺得跟那隻黑貓沒有什麼交流障礙，這太難得了，真是鳥生之幸！

相處久了，將軍也漸漸不去惹社區裡的其他貓了，專門跟著東區四賤客一起鬥西社區的「入侵者」。

每年將軍被帶到南方過完冬又回到楚華大學東社區的時候，就先去跟五樓那隻黑貓打招呼。直到有一天，將軍跟著覃教授出差回來時聽說五樓那隻黑貓丟了，牠每天站在陽臺的鐵網那裡大聲喊也沒見那隻黑貓露頭，為此，將軍還失落了一段時間，牠覺得自己在東社區的知己沒有了，找不到樂子了。

可是，又過了一段時間，將軍發現了新樂子，這讓失落了好些時日的將軍又抖了起來。

三樓——

二毛坐在筆記型電腦前玩遊戲，旁邊放著一罐啤酒和一盒雞翅。女兒被老婆帶著去外公家，要在那裡住一段時間，二毛本來還想跟著一起，但在那邊住了幾天就被趕回來了。

二元她外公是個文化研究者，每次二元過去的時候都會小考一下二元掌握的知識，知道小外孫女懂得很多，一開始老爺子還挺高興，可漸漸地老爺子那臉就拉下來了。

什麼叫砍柴不誤磨刀工？什麼叫君子如玉玉碎瓦全？什麼叫一人得道萬人升天？！

老爺子氣得鬍子都快揪沒了，在小外孫女被教歪之前，老爺子決定親自掰正了！至於教導這些東西的二毛，直接被老爺子趕了回來。

此刻，在東社區這個住處，屋裡只有二毛和黑米。

獨自在家，玩遊戲看部片喝個小酒啥的也不錯，還有黑米陪著呢！再說九月份開學那時候，女兒也會回來，這日子一眨眼就會過去，不難熬。

二毛贏了一局正蹺著腿閒晃得意，然後拿起那罐啤酒喝了幾口。

正得意著，二毛就聽到外面憋著嗓子的歌聲響起。

「我家住在黃土高坡～～大風從坡上颳過～」這是樓上那隻賤鳥。

下一刻，又一道聲音接著吼。

「不管是西北風～還是東南風～都是我的歌～我的歌～」這是四樓新搬來的那個小子。

——歌你妹啊！！

「喀喀喀！」

二毛將啤酒罐捏得扭曲，剛贏了一局遊戲的喜悅被這合唱崩得一點不剩。他「啪！」的一聲將已經被捏得扭曲的啤酒罐摔地上。

「馬的，這日子沒法過了！」

自打前些日子四樓那小子搬來之後，就經常出現這種「深情對唱」，昨天唱的是《童年》，那隻鳥知道個屁的童年啊！前天唱《樹上的鳥兒成雙對》，馬的，二毛聽得身上雞皮疙瘩直掉。大前天還唱《一剪梅》呢，八月的天，楚華市正熱得冒煙，衣服全扒了都嫌熱啊，唱得再好二毛也體會不出「雪花飄飄、北風蕭蕭」那個意境，更何況樓上那兩個神經病唱得著實不怎麼樣啊！

說到四樓那個小子，雖然那小子剛來就挨家挨戶混臉熟，在社區裡人緣還挺好，但二毛就是莫名覺得怎麼看怎麼不順眼，總感覺那小子一肚子壞水，看到就想先踹兩腳再說話，都不知道為什麼自家一向對人警惕的黑米會親近那小子。

終於等外面的歌唱完，二毛心想，消停了吧，消停了自己就繼續玩遊戲。可沒等二毛玩完一局，趴在旁邊的黑米耳朵一支，跳上書桌，走到窗戶旁往外瞧。

下一刻，二毛就聽到樓下傳來幾聲貓叫。

接觸貓久了，二毛對貓的叫聲也有分辨能力，聽到聲音能推斷是哪隻貓在叫，尤其是這個聲音，一聽二毛就知道是嘴邊長痣的那個小王八蛋。

二毛起身正打算將那小王八蛋趕走，就聽到四樓那小子朝下喊：「等著！」

樓下，花生糖看看四樓，又看看三樓，還是乖乖走到一邊等著。不遠處，警長和阿黃已經輕快的踮著貓步過來了。

一樓，蹲在陽臺的大胖在花生糖過來時就伸長脖子扭頭往樓上看，在四樓的人露頭之後，便走到房門前，探頭朝房間裡「喵」了一聲。

房間裡，戴著老花鏡看書的老太太抬眼看了看大胖，說道：「要出去玩了？記得按時回來，別打架。」

三樓，二毛往下瞧，看到四樓的那小子跑下去了，四隻貓跟著。

「那小子又要帶著這些貓去打群架？咦，我為什麼要說『又』？」二毛納悶了，回房間裡坐下來還琢磨著原因。

四樓，將軍看著剛還跟自己深情對唱的傢伙，現在跟那些貓出去溜達，眼神都沒往這邊瞟一眼，不禁大力踩向圍著陽臺的鐵網，一邊將鐵網踩得匡匡響，一邊還叫著：「放我出去！放我出去！放我出~去~~」

正跟人通電話的覃教授拿過來一個小水壺，指了指地上放著的花盆裡的西瓜苗，「乖，種西瓜吧。」

以前將軍鬧性子，覃教授就這樣讓牠轉移注意力，可這次將軍不幹了，依舊匡匡踩著鐵網。好不容易整理好情緒、打算繼續玩遊戲來解悶的二毛深呼吸，將耳機戴上，決定兩耳不聞窗外事。

這日子什麼時候是個頭啊！

五、十年

◆◇◆◇◆◇◆◇◆

下課鈴聲響起，在各班老師出門之後，教室內的學生們也開始活動起來。

一長排教室外面的走廊邊，拿著課本經過的老師以及出來活動的學生們都好奇的看著站在走廊上的兩個人，這其中不乏一些嘲笑和輕視的視線。在學生們眼中，被老師罰站的都是「壞學生」，對於壞學生，自然也不會多友善，一些經過的學生都懶得側頭看一眼，全然無視。

兩個罰站的人中，靠左的那個學生長著一張笑臉，看起來總有些不正經似的，這人在附近幾個班也有些名氣，因為這人的厚臉皮，屬於屢教屢犯一類，典型吊車尾的。此刻這人正跟從教室出來的同學說著話，一點都沒有罰站的自覺，對他來說，這是家常便飯，算不得什麼大事。

而靠右邊的人則垂著頭，面無表情。當然，因為他垂著頭，就算有表情也不會讓同學看到。

「哎，你們班這兩人為什麼被罰站？」隔壁班有人小聲問這邊認識的人。

「我們班的宋寧你知道吧？」被問的人給了個「你知道」的眼神。

周圍幾個學生都一副「哦，原來如此」的表情。

三班的宋寧，人漂亮、成績好、性格也不錯，每次考試都是年級前十名，各班老師都在班裡提過，追她的人很多，不過人家宋寧壓根就沒那意思，屬於典型的好學生一類。

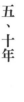

不到半天時間，三班的焦威和程峰為了宋寧打了一架而被三班班導師罰站一上午的事情，整個年級都知道了——每個班愛八卦的人都不少，半天的時間足夠讓他們知曉這事情。

程峰站在那裡還有心思跟路過的同學說話，「喊」了一聲，朝焦威那邊努努嘴，跟幾個關係好的抱怨：「神經病，真他媽開不起玩笑。」他說話有時候有些隨意，沒想到隨口開了個玩笑，焦威這小子就跟自己幹架了，有必要嗎？

上午的課上完，中午兩人被班導師領到辦公室繼續教育。

面對班導師唾沫橫飛的訓斥，兩人都垂著頭，只是兩人的心情是截然不同的，一個覺得無所謂，挨過去這頓訓斥就行了；而另一個，覺得難堪。

上午半天站在走廊供人「觀賞」，焦威已經覺得夠難堪的了，現在還被班導師訓，聽著班導師越來越刺的話，焦威捏緊了拳頭，那點兒敏感的自尊已經被抽了一鞭子又一鞭子，心裡有什麼像是要爆發出來似的。

「你們知道自己像什麼嗎？你們就像一鍋好粥裡面掉進去的老鼠屎！自己壞不說還要帶著整個班級跟著你們丟臉，就跟以前你們國中挺有名的叫肖什麼的那誰一樣，人渣！社會的垃圾！」

班導師很年輕，才剛三十歲，聽說是全國有名的師範院校畢業的，擔任班導師也才兩年，做事情一板一眼，自詡正道，將好的壞的用自己的標準分割得清清楚楚，誰碰線他就會開啟訓話模式開訓了。有人說這位班導師說話不懂委婉，比較刻薄，不留情面。今天焦威和程峰又撞槍口，不訓個痛快他就不會停，午飯都不用想去吃了。

班導師也沒想眼前的人敢反抗，就算是程峰這個「老油條」被拉過來訓了不下十次，也沒發生什麼意外，不料正訓著，突然桌子一聲響。

眼前的教師用桌被掀翻了，而且掀桌的人還是平時沒什麼劣跡的焦威，就是程峰這個老油條都驚訝得瞪圓了眼睛。

班導師反應也快，愣神之後，也更生氣了，看著焦威道：「你想怎樣？掀桌子，呵！脾氣比我還大！訓你幾句都不行了？有本事你別來學校上課！」

焦威轉身走了出去，沒理會班導師在後面的話。

於是，在同一天，焦威跟同學打了一架，站在班級外面的走廊罰了半天的站，然後又跟班導師掀了桌子。很快，班導師找了焦威的父母過來談話。

下午，焦威回到他們在學校附近的租屋處，沒去學校，而他父母則被班導師一通電話找去談話之後，回來對著焦威欲言又止，還是沒捨得罵，就偷偷商議著拿錢去給班導師和教導主任送送禮請吃個飯啥的，怎麼說焦威也是要回學校的，更擔心學校會對焦威記過。

學校正在打算對一些不良少年記過，聽班導師的意思，搞不好學校就盯上焦威了。班導師倒是沒想要往上報告，真弄得人盡皆知了，丟臉的不還是自己和自己帶的班？可那時候恰好有教導主任經過，就逮著不放了。

「去買些好一點兒的東西，鎮上這邊的人不比我們村子裡，眼界高，請吃飯就去那什麼豪庭還是王庭的，聽說很高級。請吃飯去那裡，這些錢夠不夠？要不我再去取點？」

焦威爸媽商議著，而他們從櫃子裡拿錢的時候正好被走出房門的焦威看到。

剛才父母的話他聽到了，看著父親手裡捏著的那一疊錢，心裡不知道是個什麼滋味。父母每天起早貪黑，一塊錢恨不得掰成幾份用，但這時候卻拿錢拿得很果斷，一點都沒猶豫，這幾千塊錢對他們家來說得忙活幾個月。

上了高中之後，心思沒都放在學習上，焦威的成績一直都排在中下游，也沒想著將來一定要讀到什麼程度。他到鎮上的時候還真想著以後不讀書算了，自己幹點啥不行，村子裡很多人出去工作了，每年都能寄不少錢回家，國中同學也有不少不讀書的，也沒誰活不下去。

「別去了，我不讀了。」焦威啞著嗓子說道。

「你這孩子說啥呢，怎麼能不讀呢？！」首先強烈反對的就是焦威他媽，平時最是節儉的婦女這時候反對得堅決。

「對，我們不能不讀。沒事，你先在家等著，我去找找老師，別擔心啊。」焦威他爸說道。

焦威他爸平時最喜歡說的就是去省城楚華大學教書的那個朋友，對比自己，自然希望焦威學著人家讀大學。兩口子以前老家種田，後來做點小生意，雖說勉強算個生意人，但性子依然和以前一樣，有些憨厚實在，並不像別人那麼會獻殷勤，也沒跟人套過關係，求人送禮這種事情以前更沒做過，他們回來的時候還諮詢過其他人。

焦威見過他們學校有人去找教導主任，總之一句話，以那幾位老師的作風，像他們這種底層小市民去求人的時候要兩帶兩不帶——帶錢帶禮，不帶自尊，不帶骨氣。

父母出門之後，焦威並沒有在家待著，心裡悶得慌，有些委屈、後悔、愧疚、憤恨，還有其他說不清道不明的東西，莫名想哭，卻哭不出來。

在屋子裡待不住，焦威索性出門，漫無目的的走。

夜早已經黑了，焦威走過燈火輝煌的街道，沿著越來越冷清的公路繼續往前，累了就原地休息一會兒，然後繼續走。越往前走，公路越寬，這邊離鎮中心已經比較遠了，設計也更合理，比鎮中心更寬的街道兩旁並沒有多少人，遠沒有那邊繁華，即便公路再寬也沒有幾輛車從這邊走。

不知道走了多久，到了城郊，公路已經不再平整，也沒那麼寬，沒有路燈，兩旁都是大片大片的農田。

月光下，農田裡的作物隨著風擺動，時不時傳來一些貓叫或者其他詭異的叫聲。對很多人來說，這一幕有些陰森，但焦威現在或許是心情原因，並沒有覺得害怕，走累了之後反而還原地坐下，也不嫌地髒。

明明心情很複雜，腦子裡也不知道在想什麼，焦威對著眼前的農田發了一整夜的呆，一點睡意都沒有。晚上還有點涼，不過焦威挺了過去，就那麼一直坐著。

城郊這邊走的人極少，一整夜也沒幾輛車經過，直到天濛濛亮，才有那麼幾個人出現，還好奇的看了看坐在邊上的焦威，不過沒去搭理，都忙著自己事情，騎著自行車沒停就走了，各忙各的事。

焦威想了一夜也沒想出個什麼頭緒。他現在有些茫然，也有些不敢回家，不敢見到認識的人……但難道要在這裡繼續待下去？

這時候，突突的聲音響起，一輛摩托車經過。大概因為這一帶的路不好走，車速並不快。

原本焦威沒打算去注意，沒想到這輛摩托車卻在騎過去之後又騎了回來，還在離焦威幾步遠的地方停住。

「焦威？」車上的人拿下安全帽，問道。

見焦威望過去，車上的人樂了，「喲呵，還真是你啊，這是怎麼了，玩蹺課呢？今天可不是週末。」

焦威還真沒想到會在這裡見到這人。

這位是焦威的國中同學，也是昨天他們班導師訓斥時口中所提過的「混混」、「人渣」、「社會垃圾」的「叫肖什麼的那誰」。

肖小混混成績一直不好，雖說不算是倒數第一吧，但也是個末流，不耐煩盯著書本，國中畢業之後就沒讀了。這兩年焦威還見過這人幾次，只是沒說過話，倒也不至於不認識。

現在焦威也沒想理會這人，他現在一個字都不想說，也不想看到認識的人。

肖小混混沒在意焦威的態度，靠著他的小摩托車站著，拿出一根菸叼著慢悠悠抽了起來，腳還一抖一抖的，看上去帶著一種賤賤的得意和幸災樂禍，似乎在說：呵呵，沒想到你也有今天，慘了吧？

焦威沒搭理，肖小混混倒是自顧自的說了起來，說到自己畢業後的一些小生意和成就，順帶著損一下焦威他們這些曾經的同學。

說了半天也沒見焦威出聲，肖小混混咂咂嘴。

「焦威，我知道你們這些人看不起我，我也不屑理會你們，你們什麼想法跟我有個毛的關係，只是現在既然碰到你了，看你混得這邋遢樣，我就說幾句，你聽不聽隨意。」

肖小混混手指夾著菸，熟練的彈了彈菸蒂。

「我這腦子學不來你們讀的那些高深玩意兒，我也沒讀高中，在你們眼中我就是個混混，但混混是誰都能當的嗎？有些人一輩子都是混混，從一池子好水變成個臭泥潭，然後徹底爛掉。可是有些人能混出頭！你知道啥叫混出頭嗎？」

焦威依舊沒出聲，倒是側了側頭，看向自己這位國中同學。

見焦威終於有了反應，肖小混混更來勁了。扔了菸蒂用腳尖碾了碾，他朝田地那邊抬了抬下巴，「知道那是什麼嗎？」

焦威望過去，朝陽已經開始顯露，展現初始之晨的生機。

「朝陽？」焦威道。

「嘖。」肖小混混不屑的嗤了聲。

肖小混混不再靠著摩托車，而是往田地那邊走了一步，看向入眼的大片田地，抬手點了點，說道：「那裡，那裡，還有那邊的一大片，都將是我的！」

「你想在這邊種田？」焦威並不是看不起種田的人，他家也種田，只是以他對肖小混混的瞭解，實在想不出這人買地幹嘛。

肖小混混被焦威一句「種田」噎了一下，他挺想說一句「豬腦袋」，但是想到考高中時這人成績，便把即將出口的話嚥了下去，換而道：「就你那腦子，也只能讀書了，別想著從事我這職業，你玩不來，也別想著學人家去工作做生意，鐵定被坑。」

面向大片的田地，肖小混混抬起雙臂，一臉的陶醉。

「焦威，你相信這裡會變成一個繁華區、成為新的鎮中心嗎？」

焦威看了看眼前大片大片的農田，搖搖頭。他想像不出。

肖小混混只是遞過去一個「膚淺」的眼神，也沒解釋，而是看著那片農田繼續道：「很多人對老子說『你們錯過了崛起的最好時代，現在想崛起，晚了』，但老子不服！晚什麼？不晚！」

說著說著，肖小混混就激動了。

「你們瞧不起我？呸！我還瞧不起你們呢！至少我知道自己要做什麼，知道以後自己的路該怎麼走，你知道嗎？除了整天抱著書待教室裡，老師讓你幹啥就幹啥，還知道什麼？你們找到自己的路了嗎？要清楚找到自己的路至少還得好幾年。現在，我的起點是高於你們的，至於將來你們能不能駕駛高知識分子的飛機超過我這小破摩托車，那得看你們有沒有那本事，有些人就算是開著跑車也愛沒目標的瞎竄，再說了，或許我這小摩托車將來也換成賓士了呢？」

這要是別人，未必能聽懂這些話，但是焦威懂。他們班以前有個國文老師打過比方，他說每個人的起點都是相同的，只是有的人出發的時候開著賓士，有的人則拖著木板車，縱使出發點一樣，但速度自然不同；不過，知識是一種武裝力量，書中自有黃金屋，拉木板車的雖然落後了，可說不定將來能駕著飛機超過去，他說，讀書是窮人的唯一出路。

而肖小混混這類人，就是各科老師口中的反面教材，也難怪肖小混混怨氣這麼大，看來他對自己在老師們心中的印象清楚得很。

等肖小混混將心裡的怨氣發洩夠了，雄心壯志抒發暢快了，喘了兩口氣，斜著眼看著焦威。

「有句老話說得好，『飛得高看得遠』，別呼搧兩下翅膀就覺得自己盡力了。能飛多高，只有先飛起來看看才知道。遇到點小委屈就覺得天塌了似的，像個小丫頭一樣，老子就是看不慣你們這孬樣！這點你得跟我學！」

說完，肖小混混頓了頓，然後特臭屁的用他那口標準的方言腔飆了一句英語：「I、m a chunyemer！」（注：「chunyemer」為中國大陸漢語拼音「純爺們兒」）

焦威：「……」

肖小混混說夠了，跨上摩托車，戴好安全帽，他還是很惜命的。

焦威有些艱難的站起身，動了動因為久坐而麻了的雙腿，「載我一程。」

「走你自己的！我們道不同，不載！小混混我就先騎著我的小破摩托走了，你還是繼續回去造你們高知識分子的飛機，你這腦子也就只能幹這個了，找準方向就趕緊飛起來吧。當然，到時候混不好可以回來幫我工作，看在國中同學的分上，我給你高一點兒的薪水……」話還沒說完，就騎著他的小破摩托車突突的走了。

看著揚塵而去的摩托車，再看看望不到盡頭的路，焦威突然意識到，自己好像真的跑遠了。這路上也沒再見到什麼車，只能自己走回去。

從旁邊的田地裡竄出來一隻貓，看了看焦威，然後繼續跑田裡去抓擺動的葉子。

田地的另一頭，視線裡縮小的青磚瓦居民房那邊，有人朝這邊大喊了幾聲「咪——」，隨之還有敲飯盆的聲音。正在田裡抓草葉子玩的貓立刻站起身朝那邊跑去，一邊跑還一邊叫著，像是在回應。

抬手擋著陽光看了看，焦威深呼吸，抬腳沿著路往回走。一夜沒在家，也沒打電話，父母估計也急得一夜沒睡。

十年後——

一輛車停在楚華大學門口，焦威從車裡出來，他跟著他的博士生導師去一個有合作專案的公司處理了些事情，導師在這附近有房子，回來的時候順路將焦威送過來。

焦威去自家小餐館吃了飯之後便進校門，手頭有幾份需要拿去院裡蓋章。

沿著校園主幹道沒走多遠，焦威就聽到有人叫自己，循聲過去，便見到一個長著張笑臉的人朝自己跑過來。

「喲，程峰，過來怎麼沒打電話給我？」焦威笑著對來人道。

「公司來這邊培訓，我還以為你不在呢！你前陣子不是說有事嗎？這是剛回來？」程峰抹了抹頭上的汗，「說是幹部培訓，居然還要搞軍事教育，馬的，自打大一之後就沒再被這麼訓過，熱死了，好在你們學校樹多……你們學校女學生的品質挺好，我那時候讀的學校是工科為主的院校，一溜的『和尚』，那裡面的女生就算長個蛤蟆樣也早就被訂了……嘿，看那個，那妞身材不錯哎，快看快看！」

「你不是都有未婚妻了嗎？」焦威問。

「嗨，這不是沒在身邊嗎？瞧你那正經樣，一點都不長進。」說著程峰的眼睛還滴溜溜往走過來的幾個女生身上瞟。

焦威笑了笑，程峰這人說話就這樣，以前不知道打過幾次架，後來卻熟了。

學生時代就那樣，球場上打得鼻青臉腫，或許下一場就稱兄道弟了。誰以前沒幹過幾件中二的事？少年有少年的衝動，成年人有成年人的思維方式，出校門摸爬滾打了幾年，看人看事自然也成熟多了。高中時候的事？那時候都是些無關緊要的小摩擦，直來直去，一個大男人也不會去斤斤計較以前的破事。等出校門進社會了會發現，前一刻稱兄道弟的人，後一刻還能捅你刀子。高中時的友誼能保持到現在，還是很珍惜的。

去年辦過一次高中同學會，程峰還拉著焦威喝過酒，不僅有程峰，還有焦威他們班導師。當年那個做事一板一眼、訓話刻薄滿是刺的班導師，現在也變了，十多年的班導師生涯，一屆一屆的學生帶過來，也有自己的領悟，學生們聚會的時候還跟焦威和程峰聊過當年的事情。三個人都挺平靜，程峰還跟那位班導師喝了好幾杯，稱兄道弟似的。

一邊跟高中的班導師碰杯，程峰還說著：「導仔啊，您當年還說我們是社會垃圾呢！看，現在我們不都成社會精英了？」

班導師也笑了，「我當年那是怒其不爭啊！你們現在這樣，我也感到欣慰。說起來，你們那時候，我訓幾句你們也都聽著……」說到這裡的時候，班導師還看了看焦威。

焦威「咳」了聲，摸摸鼻子，想起了當年跟班導師對著掀桌子的事情。

「有啥不好意思的？我也有責任。」班導師拿著杯子跟焦威碰了碰，喝了口酒才道：「你也是爭氣，你考上楚華大學的那年，校長都樂得拿著自己珍藏的酒跑去拉著你爸喝過幾次呢。」

喝完杯子裡的酒，在程峰倒酒時，班導師笑著道：「真懷念你們以前那時候，哪像現在，那些學生不能說、不能碰，嬌氣，稍微說幾句就去拉爸媽過來吵架，要不然就拿手機發微博罵……」

不管是當年在班上成績好的，還是吊車尾的，那個已經有些謝頂的中年人，一個一個認著長得大變樣的曾經的學生，回憶每一個人的事情。那是他教過的學生。

除了當年的班導師，現在已經成大老闆的肖混混也變了樣，當年的那一片農田地區，成了鎮上新的經濟中心。不僅是鎮上，肖混混在市裡都混出頭了。

說起肖混混，程峰雖然國中時不跟焦威和肖混混同班，但跟肖混混還是認識的，後來也有過聯繫。

「前段時間我小外甥週歲宴，回老家還碰上肖大混混了，那小子開著賓士，人模狗樣的，出來閒晃身後還跟著保鏢，聽說還是什麼市裡有名的企業家呢，常跟市長接觸，就市裡新建的樓那邊有老大一片都跟那小子有關。對了，肖大混混說今年過年回去請我們去他新開的餐廳吃飯。」程峰說道。

「這個可能讓你們失望了。」焦威遺憾道。

「怎麼了？」還沒等焦威說話，程峰就做了個「停止」的手勢，「別跟我說這個專案、那個工程的，我不懂，你就說說明白點的吧。」

「我今年十二月份要出國，跟著我導師以前的老師做一個專案研究，大概要兩年才能回來。本來去年就該出去的，只是這邊有事情沒走開。」

「兩年啊……博後？」程峰覺得挺遺憾的，估計自己結婚的時候，焦威都趕不過來了，「那兩年完了呢？留國外？還是回來？」

「回來吧，我打算留校。」

「嘿，那也挺好，這邊離我們公司也不遠，可以經常來找你喝酒。」程峰笑著道，頓了頓，又對著焦威擠眼說道：「聽說宋寧在這邊讀在職博士班？」

「嗯，不過是在管理學院那邊。」

「別糊弄我啊，說點我不知道的吧，嗯？我們倆是什麼關係，鐵哥們兒！有什麼不好意思的……」

焦威笑著看向前面的路，不說話。

兩旁高大的梧桐樹將頭頂的烈日遮住，只有一些細碎的光點灑下，陣陣風吹過，將八月酷暑帶來的熱意驅散不少。

十年前，那個騎著破摩托車的小混混指著大片農田說著他輝煌的未來；十年前，身旁的這人跟自己打了一架，鼻青臉腫的站在走廊上罰站，相看兩相厭；十年前，那個找不到前路的少年，中二了一場。

沿著這條梧桐樹道往前走，焦威突然回想起了當初第一次來這裡的時候，那一天，一隻黑貓帶著自己從這裡走過……

「哎，你們學校挺和諧啊。」

程峰的話將焦威的思緒拉回，沿著程峰所指的方向看過去，焦威看到靠近東社區方向的那塊大草坪，在那裡，草坪邊上的樟樹下，一個年輕人隨意坐在草地上，抱著一本厚厚的書，像對待敵人一樣盯著書頁。

在那個年輕人身邊趴著三隻貓，焦威還都認識。胖胖的狸花貓安穩的趴在那裡，閉著眼睛悠然打盹，阿黃在草地上蹭背，警長撲騰著爪子像是在草坪上發現了什麼。

看著看著，那年輕人將書往草地上一扣，將蹭過去的阿黃像搓麵團似的搓了幾下，然後在草地上打滾，一邊打滾還一邊小聲叫著：「難啊，好難啊～～」

程峰瞧見這一幕倒是感慨：「唉，當貓多好啊，沒那麼多麻煩事，不用背書，不用考試，不用大熱天的訓練，不用寫心得，寫不好也沒人抓著數落。」

「當貓好嗎？」焦威問。

「我哪知道，我又沒當過。」程峰笑道。

當貓怎麼樣？

誰知道呢。

番外《永遠的東區四賤客》完

《回到過去變成貓》全套十二集完結，全國各大書店、租書店、網路書店，強力熱賣中！

後記

二〇一三年十月開始寫這本小說，一年多的時間，逾一百四十萬字，文中時間跨越十年，在完結的那一刻，陳詞心中是感慨萬千的。

與其說這是一本虛構的小說，不如說是作者本人對過去的回憶和紀念。這其中的人和事，有很多都是根據真人真事改編，或許很多讀者想像不到、無法相信，但在現實中確實有原型，只是寫進小說中的時候經過藝術化，進行了一些修飾而已。

可能有人不相信貓能學狗叫，可能有人會質疑文中除了主角黑碳之外其他動物的行為，但在現實生活中，大多數都是存在的。多年養貓的人可能會有所體會，肯定能從書中看到一些自家貓曾表現出的令人驚訝的行為，讀到某段也有會心一笑的時候。

有多少人養貓？

數不清，但總能在不經意間見到一隻隻或懶散或活潑的身影。

養貓人的體會可能比其他人更深刻，引用文中提到過的一本寵物雜誌上的話：我們也許居住在不同的城市，看不同的風景，過迴異的生活，每天和不同的陌生人擦肩而過，帶著各自的心情打開家門，而迎接我們的卻是同一種幸福。當你抱著貓溫暖的身體靜靜地觀察這座城市時，是否知道，這裡有多少故事與貓有關，別的城市又在發生著什麼？我們，是因為有貓才愛上這座城，還是因這座城才擁有了貓？

看完這本書，你們在生活中見到黑貓的時候，又是否會想起「黑碳」？是否在見到其他貓、狗等寵物的時候，記起曾經看過的這本小說中提到的某個角色？

從網路版完結到現在，已經過去很久了，還是會有讀者在微博或者起點的書評區留言，表示本書完結時有點惆悵和不捨，以後再見不到一隻叫黑碳的黑貓了。不過，陳詞要告訴大家的好消息是，除了港臺地區出版的繁體以及大陸地區出版的簡體書籍之外，《回到過去變成貓》將來也會有動畫、影視改編作品出現，請《回貓》的讀者們拭目以待。

感謝大家一直以來的支持！

感謝典藏閣不思議工作室的各位！

咱們，下個路口見。

陳詞懶調　二〇一七年一月

羊角系列 038

回到過去變成貓 12（完）

回到未來，黑貓一夢！

出版者■典藏閣
作　者■陳詞懶調　繪　者■PieroRabu　拉頁畫者■PieroRabu、Magi
授權方■上海玄霆娛樂信息科技有限公司（起點中文網 www.qidian.com）
總編輯■歐綾纖
製作團隊■不思議工作室

郵撥帳號■50017206 采舍國際有限公司（郵撥購買，請另付一成郵資）
台灣出版中心■新北市中和區中山路 2 段 366 巷 10 號 10 樓
電　話■(02) 2248-7896　傳　真■(02) 2248-7758
物流中心■新北市中和區中山路 2 段 366 巷 10 號 3 樓
電　話■(02) 8245-8786　傳　真■(02) 8245-8718
ISBN■978-986-271-745-5
出版日期■2017 年 2 月

全球華文國際市場總代理／采舍國際
地　址■新北市中和區中山路 2 段 366 巷 10 號 3 樓
電　話■(02) 8245-8786　傳　真■(02) 8245-8718

新絲路網路書店
地　址■新北市中和區中山路 2 段 366 巷 10 號 10 樓
網　址■www.silkbook.com
電　話■(02) 8245-9896
傳　真■(02) 8245-8819

☞您在什麼地方購買本書？☜

1. 便利商店（________市／縣）：□7-11　□全家　□萊爾富　□其他________

2. 網路書店：□新絲路　□博客來　□金石堂　□其他________

3. 書店（________市／縣）：□金石堂　□蛙蛙書店　□安利美特animate　□其他____

姓名：________地址：________________________

聯絡電話：____________　電子郵箱：________________________

您的性別：□男　□女　　您的生日：西元________年________月________日

（請務必填妥基本資料，以利贈品寄送）

您的職業：□上班族　□學生　□服務業　□軍警公教　□資訊業　□娛樂相關產業

□自由業　□其他________

您的學歷：□高中（含高中以下）　□專科、大學　□研究所以上

☞購買前☜

您從何處得知本書：□逛書店　□網路廣告（網站：________）　□親友介紹

（可複選）　□出版書訊　□銷售人員推薦　□其他________

本書吸引您的原因：□書名很好　□封面精美　□書腰文字　□封底文字　□欣賞作家

（可複選）　□喜歡畫家　□價格合理　□題材有趣　□廣告印象深刻

□其他________

☞購買後☜

您滿意的部份：□書名　□封面　□故事內容　□版面編排　□價格　□贈品

（可複選）　□其他

不滿意的部份：□書名　□封面　□故事內容　□版面編排　□價格　□贈品

（可複選）　□其他

您對本書以及典藏閣的建議________________________

____

____

✌未來您是否願意收到相關書訊？□是　□否

✍感謝您寶貴的意見✍

印刷品

$3.5
請貼
3.5元
郵票
不思議信箱
FUSIGI POST

235 新北市中和區中山路二段366巷10號10樓

華文網出版集團　收

（典藏閣－不思議工作室）

陳詞懶調×PieroRabu

回到過去變成貓

BACK TO THE PAST
TO BECOME A CAT NO.12 END